QUI T'A FAIT PRINCE ?

DU MÊME AUTEUR

ROMANS

Le Chien du Seigneur (Plon, 1952 ; De Borée, 2005)
Les Mauvais Pauvres (Plon, 1954)
L'Immeuble Taub (Gallimard, 1956 ; Bartillat, 2001)
Le Fils de Tiberio Pulci (R. Laffont, 1959), ou *La Combinazione* (Julliard, 1988)
Le Péché d'écarlate (R. Laffont, 1966)
La Garance (Julliard, 1968 ; AEDIS, 2000)
Un front de marbre (Julliard, 1970), ou *Les Mains au dos* (De Borée, 2004)
Un temps pour lancer des pierres (Julliard, 1974)
Le Pays oublié (Hachette, 1982 ; De Borée, 2003)
La Noël aux prunes (Julliard, 1983)
Les Bons Dieux (Julliard, 1984)
Avec flûte obligée (Julliard, 1986)
La Dame aux ronces (Presses de la Cité, 1989)
Juste avant l'aube (Presses de la Cité, 1990)
Un parrain de cendre (Presses de la Cité, 1991)
Le Jardin de Mercure (Presses de la Cité, 1992)
L'Impossible Pendu de Toulouse (Fleuve Noir, 1992)
Gens d'Auvergne (Omnibus, 1992)
Y a pas d'bon Dieu (Presses de la Cité, 1993)
La Soupe à la fourchette (Presses de la Cité, 1994)
Suite auvergnate (Omnibus, 1995)
La Maîtresse au piquet (Presses de la Cité, 1996)
Le Grillon vert (Presses de la Cité, 1998)
La Fille aux orages (Presses de la Cité, 1999)
Un souper de neige (Presses de la Cité, 2000)
Auvergne encore (Omnibus, 2000)
Les Puysatiers (Presses de la Cité, 2001)
Dans le secret des roseaux (Presses de la Cité, 2002)
L'Ecureuil des vignes (Presses de la Cité, 2004)
Avec le temps... (Presses de la Cité, 2004)
Une étrange entreprise (Presses de la Cité, 2005)
Le Temps et la Paille (Presses de la Cité, 2006)
Le Semeur d'alphabets (Presses de la Cité, 2007)
Le Bonne Rosée (Presses de la Cité, 2008)
Un cœur étranger (Presses de la Cité, 2008)
Les Permissions de mai (Presses de la Cité, 2009)
Le Voleur de coloquintes (Julliard, 1972 ; Presses de la Cité, 2010)

(la suite en fin d'ouvrage)

Jean Anglade

QUI T'A FAIT PRINCE ?

Roman

Terres de France

PRESSES DE LA CITÉ

Ce roman a paru aux éditions Robert Laffont en 1992.

ISBN 978-2-258-14448-4

Presses de la Cité
un département **place des éditeurs**

place des éditeurs

Aux Tourlonias, aux Tarrérias,
aux Constancias, aux Barnérias,
aux Rigaudias, aux Giraudias,
aux Obstencias, aux Besseyrias,
aux Chevalérias, aux Vachérias
qui ont choisi de s'enrichir ou de rester pauvres
en Auvergne, au pays des… ias.

1

Ce 22 septembre de l'an 1750

J'ai décidé de remplir ce registre afin de garder mémoire du voyage que j'entreprends aujourd'hui et pouvoir vous raconter, chers parents, mes aventures quand j'aurai le bonheur de revenir parmi vous. J'aurois pu aussi bien vous écrire des lettres ; mais, outre qu'aucun d'entre vous ne connoist l'alphabet excepté mon grand-père et parrain Marin Cambray, de sorte que vous auriez dû recourir aux services d'un prêtre ou moine ou apothicaire d'Augerolles pour vous en faire la lecture, outre cette incapacité, dis-je, vous auriez été dans l'obligation de payer le port desdites lettres. Ce qui ne convient pas à votre grande indigence. Vous devrez donc attendre mon retour sans recevoir de moi aucunes nouvelles. Excepté si je puis vous en faire apporter par quelque personne de rencontre.

Je déclare donc par les présentes que ce registre est la propriété du Sr Marin Tourlonias, fils légitime d'Antoine (fils de Benoît) et de Marie Cambray (fille de Marin) son épouse décédée. Agé ce jour de vingt-cinq ans et huit mois, étant né le 16 janvier 1725 à Augerolles en Auvergne ; exerçant la profession de marchand ambulant ; résidant audit bourg quand il n'est pas en voyage. Si ce registre venait à se perdre et qu'il me fût rapporté, le trouveur seroit récompensé par mes soins : nous boirions bouteille à l'auberge et y mangerions de l'oie rôtie avec de la moutarde, comme la mère Besset la prépare si bien.

Il est assez miraculeux que, dans une famille ignorante comme la mienne et illettrée jusques au bout des ongles, je sois le seul des quatre enfants vivants d'Antoine Tourlonias qui cognoisse la lettre manuscrite aussi bien que l'imprimée. Cela tient à l'instruction que m'a fournie mon parrain et aïeul Marin Cambray. Je ne sais d'où lui venoit ce surprenant nom de baptesme, étant donné qu'aucune commune de notre région ne s'est mise sous la protection de saint Marin. Mais peut-être s'agissoit-il en fait de saint Martin, qui perdit une lettre sur quelque registre paroissial. Toujours est-il que Marin je suis, Marin je reste. Au cours de ma dixième année, à la naissance du quatrième enfant qui me suivit (puisque j'étois resté l'aîné après le décès de mes frères Jean 1 et Jean 2), me jugeant chez mes parents plus encombrant qu'utile, mon parrain me prit chez lui et me garda cinq autres années. Cet homme me portoit une affection très singulière. Il tenoit si fort à son titre de parrain qu'il refusoit de me répondre quand je le nommois, à la manière auvergnate, Grand, *c'est-à-dire grand-père, exigeant d'être appelé* Poueyrì. *Il me parloit seulement en la langue françoise qu'il cognoissoit parfaitement ayant servi dans sa jeu-*

nesse une dizaine d'années chez les Montgon, seigneurs du Buisson[1]*, parmi plusieurs abbés et nobles personnes qui ne s'exprimoient pas autrement. Il y attrapa même quelques rudiments du latin, qui présente avec notre jargon auvergnat des ressemblances surprenantes.*

— C'est à peu près le même langage, affirmoit-il. De sorte que s'il t'arrive un jour de sortir du Royaume et de te rendre dans les pays voisins où l'on s'exprime encore en langue latine, je veux dire en Espagne ou en Italie, tu pourras te faire entendre en leur servant ton patois d'Augerolles.

Il m'en fit la démonstration dans l'église. Chaque dimanche, au cours de la sainte messe, le curé Dupon s'interrompoit pour nous recommander :

— A présent, mes chers frères, échangez le baiser de l'amitié en prononçant pax tecum.

Chacun frottoit un moment son museau contre celui de deux ou trois personnes, voisins ou voisines, ce qui n'étoit pas toujours une fricassée bien appétissante, et il disoit pax tecum.

— Mais que veut dire ce pax tecum *? demandai-je à mon grand-père Cambray.*

— Cela veut dire : passe tes gognes[2].

1. De nos jours, Aubusson d'Auvergne.

2. Les *gognes* (même si l'on prononce *gougnes* ou *gaougnes* en certaines paroisses) sont en Auvergne les « lèvres » et ce qui les entoure ; par dérivation, tout le visage. Le mot a produit le verbe *s'igoùgner*, qui veut dire « faire des grimaces », l'adjectif *igoùgnà*, « grimacier », et une bourrée, la *gognade*, à la fin de laquelle – *pax tecum* – le danseur lève son chapeau et plante trois baisers dans les joues de sa cavalière. Il faut savoir ces particularités si l'on veut comprendre les mœurs auvergnates.

Je fus bien aise d'en être informé. Sans ce précieux aïeul, j'aurois toute ma vie parlé uniquement le langage grossier de notre village, bien compris aux alentours d'Augerolles, de moins en moins à mesure qu'on s'en éloigne pour traverser des villes où le françois domine, mais ensuite, paroît-il, utile de nouveau au-delà de nos frontières…

Ce grand-père Cambray avait fréquenté beaucoup de monde et entendu toutes sortes de propos. Si bien qu'il avait sur les choses humaines des idées surprenantes :

— Au commencement, il n'y avait à la porte du Paradis terrestre ni comtes, ni barons, ni évêques. Seulement des laboureurs et des bergers. Caïn fut laboureur, Abel fut berger. Ensuite, leur semence se répandit sur toutes les terres. Des hommes s'enfermèrent dans les villes, d'autres restèrent dispersés dans les campagnes. Ils avaient cependant des rapports entre eux, vendant et achetant leurs produits réciproques. Mais les hommes des villes devinrent si nombreux que leur abondance créa de grands désordres. Ils décidèrent un jour : « Choisissons quelqu'un qui sera notre maître à tous, nous jugera, nous commandera, de même que le père de famille commande à ses enfants. Afin qu'il ne favorise personne dans notre ville, allons le prendre à la campagne. » C'est ainsi qu'ils élurent un laboureur inconnu et le proclamèrent leur roi. Le premier roi fut un paysan. Le premier évêque fut un pêcheur. Mais quel roi, quel évêque d'aujourd'hui s'en souviennent ?

Pas l'évêque de Clermont, Mgr Massillon, qui vint inaugurer dans l'église une chapelle rafraîchie. En grand tralala, trois carrosses armoriés, six chevaux pomponnés, tous les hommes, femmes et enfants agenouillés au bord de la route à leur passage, comme avait recommandé le curé Dupon. Monseigneur leur jeta par la portière à pleines mains des bénédictions qui ne lui coûtaient guère ; ils eussent préféré des poignées de menue monnaie. Il n'en jeta point par charité chrétienne, sachant que ces misérables se seraient entre-tués pour trois liards. La moitié des chefs de famille étaient inscrits au rôle d'imposition sous la rubrique de *mendiants*. Ce qui ne les empêchait pas de devoir quatre ou dix sous aux titres de la crue, de la capitation ou de la taille. Tel fut le cas d'Antoine Tourlonias, père de Marin le Jeune, natif du hameau, près de Marat, de la Peyrouse qui méritait bien son nom, bâti au milieu des pierres, où paissaient seulement quelques chèvres faméliques. Afin de soulager sa famille d'une bouche à nourrir, Antoine s'en était éloigné dès l'âge de quatorze ans, pour s'établir à Augerolles. Il y avait vécu de trente-six métiers, trente-six misères. Tantôt apprenti forgeron, tantôt aide-sabotier. Tantôt pratiquant la *pique* ou mendicité, la *chine* ou ramassage des chiffons. Vieux draps de lit pleins de puces, vieilles chemises de chanvre, à bout de ravaudages. *Peilles* qu'il portait ensuite aux moulins à papier de Thiers, de Valeyre, de la Combe, de la Forie, où ils étaient transformés en jolies feuilles blanches. Jusqu'à l'âge de soixante ans, il avait ainsi marché par monts et vaux, son gros sac sur l'épaule droite, sa balance romaine sur l'autre. Chantant aux abords des maisons :

— Pêêêêê... illereau !

Si bien qu'un peu le sac, un peu le crochet, un peu sa barbe noire, ses dents de loup qui luisaient au milieu, il terrorisait les petits enfants.

— Désobéis-moi encore un coup, menaçaient les mères, et je te donne au peillereau, qui t'emportera dans sa *boge* !

Presque quadragénaire et malgré son manque de biens, Antoine Tourlonias avait épousé Marie Cambray qui n'avait que la moitié de son âge. Comment avait-il pu obtenir cette jeunesse ? Quels accords avait-il passés, lui, le gueux, le chineur, le piqueur, le peillereau, avec Marin Cambray, laboureur, propriétaire de plusieurs lopins, ancien domestique chez les Montgon, pour qu'il lui accordât sa fille ? Y avait-il eu entre elle et lui une de ces passions sauvages qui osent affronter tous les obstacles et finissent par les surmonter ? Marin le Jeune ne sut jamais répondre à ces questions et ne s'en soucia guère. Toujours est-il qu'ils eurent ensemble un premier enfant, Jean 1, qui mourut au bout de dix-huit mois. Puis un second, Marin le Jeune. Puis un troisième, Jean 2, qui retourna au Ciel avant sa seconde année. Puis un Damien qui vécut quatorze ans. Et ainsi de suite. Après le huitième, la source se tarit.

Au terme de chaque campagne de chine ou de pique, Antoine reparaissait :

— Regardez, Marie Cambray, ce que je vous rapporte !

Un peu de grain, quelques pièces qu'il faisait sonner et trébucher sur la table. Et une armée de puces qu'on lui voyait sauter même de la barbe. Il faisait la connaissance de son dernier mioche, né durant son absence, et s'arrangeait avec sa femme pour qu'elle en mît sans retard un nouveau en train. Il restait trois ou quatre mois au coin du feu. Puis les fourmis lui remontaient aux genoux, il reprenait sa route. Les voisines à la fontaine disaient de lui :

— Ne portez pas peine ! Les mauvais sujets, c'est comme les mauvaises pièces : ça s'en va, mais ça revient toujours.

La Marie Cambray, elle, bonnes gens, ne disait rien du tout. Encore dévorée sans doute par la passion qui l'avait jetée dans les bras de ce Barbe-Bleue aux dents blanches. Soumise à ses quatre volontés, approuvant toujours ce qu'il faisait, le défendant du bec et des ongles contre les médisances. Sa gaminaille s'élevait comme elle pouvait, répandue par les terres à la façon des poules, cueillant les doucettes aux talus, les pissenlits et les mousserons dans les prés, les mûres et les noisettes dans les haies, ramassant les faines sous les hêtres, les noix et les châtaignes sur les chemins. Nourrie au lait de bique et au pain de jument. On appelait ainsi ce produit plus noir que gris où se mêlaient le seigle, l'orge, l'avoine pilés ensemble avec tout leur son ; on y trouvait même quelquefois des épis entiers.

Voyant comme allaient les choses, le vieux Cambray décida donc de préserver au moins son filleul. Il le prit dans sa maison du Vert, près d'Augerolles, sur une pente ensoleillée, où paissaient les brebis, où mûrissait le raisin. Il avait construit lui-même son logis de pisé, transportant par hottées l'argile arrachée au sol. Si bien que sa baraque passa tout entière sur son échine avant de passer par ses mains : l'étable, la grange, la soue des porcs, l'habitation des hommes. La maison au sol de terre battue sentait les choses vieilles et douces : le lard rance, la pomme flétrie, la mélisse séchée, la fumée de genêt. Marin l'Enfant dormait dans une caisse remplie de paille, derrière la queue des vaches qui sont d'agréable compagnie.

L'étable servait aussi de salon, l'hiver, lorsque arrivait le tour des Cambray de recevoir leurs voisins à la veillée. On entendait leurs voix venir sur la neige. Délaissant la salle, où l'on mange et où l'on dort, ils allaient directement chez les bêtes, tapant leurs sabots avant d'entrer pour faire tomber les semelles de glace :

— *Bon si treytou !* Bonne soirée tout le monde !

Ils s'asseyaient sur des bottes de paille, le dos appuyé au mur blanc de salpêtre, les jambes allongées, les petits enfants sur les genoux de leurs mères. Un lumignon à double plateau de cuivre accroché à une poutre éclairait faiblement. Les visages faisaient des taches blêmes dans la pénombre. La chaleur des hommes et la chaleur des animaux se confondaient comme dans la grotte de Bethléem. Quelqu'un racontait une histoire qui fait bien peur ou qui fait bien rire. Interrompu quelquefois, en toute simplicité, par un ruissellement d'urine ; il fallait attendre la fin de la cataracte. Un des derniers à raconter était généralement l'Antoine Tourlonias, parce qu'il avait partout roulé sa bosse, parce qu'il en connaissait des vertes et des pas mûres, mais avait la langue un peu leste. Sitôt qu'il ouvrait la bouche :

— Attention à ce que vous allez dire ! recommandait son beau-père. Il y a ici des âmes innocentes.

On renvoyait son conte à la fin de la soirée, quand tous les enfants se seraient endormis. De temps en temps, il levait un doigt impatient :

— Je peux dire la mienne ?

— Attendez encore un peu.

Enfin, les jeunes filles, des femmes s'en allaient pour lui laisser le champ libre, emportant leurs agnelets. Celles qui demeuraient acceptaient de tout entendre. L'Antoine se levait, posait son chapeau pour qu'on vît mieux les expressions de sa figure et, agenouillé devant tous, il partait dans son récit auvergnat. L'accompagnant de gestes et de mimiques, racontant de toute sa personne. Ainsi la confession du curé de Bertignat :

— Naturellement, il avait à son service un sacristain pour sonner les cloches, balayer l'église, allumer les cierges, le servir à la messe et dans les enterrements. Bon. Le curé vivait avec sa sœur Mélanie, une veuve pas trop vieille, et la fille de cette sœur, Ernestine, âgée de dix-sept ans. Près de chez lui, une tante, Toinette, qui, elle, depuis bien longtemps avait passé fleur, et qui, quelquefois, venait lui rendre visite. Bon. Voici qu'arrive le temps de Pâques. Le sacristain doit se confesser. D'habitude, il le faisait au vicaire ; mais celui-ci était parti soigner une parente. Fallut donc qu'il fît sa confession au curé en personne. Ce qui, vous devez comprendre, ne lui allait pas trop. Mais le bon Dieu commande. Il lui débite donc la série de ses péchés. Commence par les petits. Arrive aux gros :

— Mon père, j'aurais pas dû, mais un jour je m'en suis pris à votre nièce Ernestine, qui est si jolie.

— Tu t'en es pris comment ?

— Ben... je lui ai fait son affaire. Dans la remise. Sur les fagots de genêt.

— C'est-il possible ! Ma nièce, bonnes gens ! Et elle ne s'est pas défendue ?

— Un peu. Pas trop. Elle m'a semblé, même, plutôt consentante.

— Espèce de... ! Combien de fois ?

— Une seule. C'était avant-hier.

— J'y mettrai bon ordre. As-tu fini ?

— Non, mon père. Votre sœur aussi y est passée.

— Ma sœur, Mélanie ?

— Oui, mon père. C'était dans le bois du Poyet, un jour qu'elle cherchait des champignons. Consentante aussi.

— Oh ! grand putassier ! Qui aurait cru chose pareille de la part d'un sacristain ? Combien de fois ?

— Une seule. Mais c'est pas tout.

— Encore quoi ?

— Il y a aussi votre tante Toinette, qui me fait casser son bois. Alors, je profite de l'occasion. Mais c'est plutôt elle qui m'invite, moi je ne demande rien. Elle me dit : « Quittez vos sabots, et venez me tenir un moment compagnie. » Je comprends ce que ça veut dire.

— Ma tante aussi ! A son âge !

— Y a pas d'âge, y a pas d'âge.

— Combien de fois ?

— Sept ou huit. Mais à présent, mon père, j'ai vraiment vidé mon sac à péchés.

Dans le confessionnal, le curé de Bertignat bouillait comme une marmite. Le sacristain a attendu un long moment qu'il refroidisse. Comme ça prenait un peu de temps, il a fini par demander :

— Et ma pénitence ?

L'abbé se lève, sort de son placard, crie au pénitent « Viens ici ». Puis il se baisse et dit :

— Pour ta pénitence, embrasse-moi le derrière, bien comme il faut, dix fois de suite. Comme ça, tu auras baisé toute la famille.

A de tels contes, les assistants hurlaient de rire, l'étable en était toute secouée. Les vaches, surprises, tournaient la tête vers ce vacarme. Ou bien – flac ! – elles lâchaient une bouse d'indifférence.

Les choses duraient ainsi jusqu'à ce que le sommeil vînt.

— Allons, disait quelqu'un, faire téter les noires. (C'est-à-dire les puces.)

Chaque veilleur se dirigeait vers son pucier, éclairé en chemin par la lune, les étoiles ou la neige. A défaut, par une torche de sapin qui fumait, crépitait et pleurait dans la nuit. Tels étaient les plaisirs de l'hiver, la saison la plus heureuse, car elle ne permettait pas de courir les peilles. On devait par force rester sous le chaume des couverts.

Venait le printemps : il fallait repartir. Antoine Barbe-Bleue réclamait son fils pour l'emmener en campagne. Son beau-père protestait.

— Ce fils, disait le gendre, m'a été donné par Dieu pour qu'il gagne son pain et celui de sa famille !

— Son pain, je le lui donne.

— Alors, donnez du pain aussi à ses père, mère, frères et sœurs !

Marin Cambray accordait du grain. Antoine partait seul à la chine ou à la pique.

Le plaisir de l'été, à Notre-Dame d'Août, était d'aller pèleriner à l'Hermitage, sur la montagne du Forez. Toute sa vie, Marin le Jeune se rappela cette première ascension qu'ils en firent, le Grand, la Grande et lui. Avant l'aube, ils se mirent en route pour cinq heures de marche. Jusqu'au Trévy, on empruntait un chemin facile ; mais plus haut, il fallait suivre des sentiers de chèvre. Ou même couper à travers bois et guérets. Bientôt, ses courtes jambes n'en purent plus de fatigue. Alors, Marin le Vieux usa d'un stratagème :

— Vois-tu ce rocher, là-haut ? Eh bien, l'an dernier, en revenant du pèlerinage, j'y ai caché une pièce de deux liards. Si tu y arrives, elle est pour toi.

L'enfant ne posa aucune question, ne demanda point le motif de cette cachette. Soudain éperonné, il marcha, il courut.

— Avec deux liards, on peut acheter beaucoup de choses, le harcelait le parrain. Du bois de réglisse, un sifflet de fer, une pirouette (c'était alors le nom de la toupie), du sucre noir, un ruban, un almanach.

Il tombait, se relevait. Pendant ce temps, derrière lui, le vieux choisissait dans sa bourse la pièce de deux liards. Quand ils touchèrent au but, l'enfant se jeta sur le rocher, enfonça fébrilement les doigts dans ses replis. Sans rien trouver, naturellement.

— Cherche bien.

Nouvel assaut. Nouvel échec. Alors, le Grand glissa la main dans une fente inexplorée, ramena triomphalement la pièce rouge ! Grand-mère Rivaud souriait en faisant ce branlement de tête continu dont elle était affligée. De sorte qu'elle avait l'air, en toutes circonstances, de dire non, non, non, même si elle approuvait.

Plusieurs fois ainsi la chose se répéta, jusqu'à l'Hermitage. C'était, au milieu des bois, une grande bâtisse de pierre grise, pleine de fenêtres. Devant, un beau jardin d'herbes et de fleurs. Derrière, des rochers sauvages, et dessus, une petite chapelle. A leur pied, une source d'eau miraculeuse. Capable de laver toutes les misères du corps et de l'esprit. Dans la maison, vivaient des moines barbus, vêtus de robes noires à trente-trois boutons, autant que les années du Christ. Ils portaient le titre de Missionnaires Royaux. Ils chantaient les offices, exploitaient la forêt, offraient le vivre et le couvert aux visiteurs payants ou nécessiteux. Le jour du pèlerinage, chacun prenait son saoul d'*Ave Maria*, de cantiques, de vêpres, de processions. A midi, on tirait le manger de la besace, on buvait à la source, on s'en frottait les yeux, le nez, les oreilles ou toute autre partie du corps qui en avait besoin. C'est ainsi que Françoise Rivaud avait guéri jadis cette rougeur sur la joue qui la grattait depuis six mois. Elle en avait entendu le nom dans la bouche d'un des moines missionnaires : *érysipèle*. Qu'elle avait déformé, ne connaissant point le grec, en *hérésie*. Aussi affirmait-elle à tout venant :

— L'eau de l'Hermitage m'a guérie en cinq minutes de mon hérésie.

Vers quatre heures, les Tourlonias repartirent, emportant autant qu'ils purent d'eau guérisseuse, dans des bouteilles et des gourdes. Ils arrivèrent à la nuit close. L'enfant fit le compte des piécettes qu'il avait gagnées à l'affaire : six liards, c'est-à-dire un sou et demi.

— Que vas-tu en faire ? dit le parrain. Tu as le choix. Ou bien tu les dépenses tout de suite. Ou bien tu les gardes pour plus tard : elles seront les semences de ta fortune.

Il choisit la seconde solution. Marin le Vieux conserva ces liards dans un tiroir secret, bien à l'abri du soleil.

Jamais il ne se donna la peine d'enseigner à son filleul le calcul : le petit sut compter de naissance, ayant tété les chiffres dans le lait de sa mère. Ainsi ont fait, font et feront toujours les enfants d'Auvergne. Mais il lui apprit la lecture dans une *Vie des plus grands saints et saintes, leurs martyres et leurs miracles*. Il sut que les habitants d'une ville de Lycaonie avaient pris Paul et Barnabé, à cause de certaines guérisons miraculeuses qu'ils avaient accomplies, pour des dieux descendus parmi les hommes ; ils appelaient le premier Mercure et le second Jupiter ; les deux apôtres eurent toutes les peines du monde à les convaincre qu'ils n'étaient que des hommes ordinaires ; mais quand ils les eurent bien convaincus, les Lycaoniens les lapidèrent. Il sut que les yeux de Lucie lui furent arrachés à Syracuse et qu'ils se trouvent maintenant à Naples dans l'église San Giovanni Maggiore. Il sut que Laurent fut cuit sur le gril à Rome et que, pour cette raison, il est devenu le patron des rôtisseurs. Que saint Benoît imposait à ses disciples de ne jamais se déshabiller pour dormir, connaissant bien la faiblesse de la chair et sachant que l'Ennemi a une prédilection pour les heures nocturnes, comme les malfaiteurs ordinaires. Pour sa part, Marin l'Enfant se comportait en vrai bénédictin lorsqu'il se couchait dans son lit de paille. Il enlevait seulement ses braies de futaine et gardait tout le reste, afin d'être moins dévoré par les noires.

Sa Grande le nourrissait de farinades, d'orties bouillies, de chou vert, de lard jaune, de soupes au pain qu'éclairait de cent mille yeux l'huile de chènevis. Et de proverbes. Ce qu'on rejette avec les pieds, on va le chercher ensuite avec les dents. Qui donne à naître donne à paître. Parlez à l'âne, il répond par des pets. A quoi Marin Cambray ne craignait pas d'ajouter le sien : l'homme a deux bons jours sur la terre, quand il prend sa femme et quand il l'enterre.

Après cette *Vie des plus grands saints et saintes*, ils entrèrent dans la lecture des *Evangiles*. Françoise Rivaud écoutait la parole de Dieu, en attrapait des bribes en faisant non, non, non, de la tête. Ils tombèrent un jour dans *Matthieu* sur la parabole des talents. Un maître, partant en voyage, avait confié son argent à ses trois serviteurs : « Vous me le rendrez à mon retour. » Deux firent fructifier par le commerce les talents qu'ils avaient reçus en dépôt. Le troisième, qui craignait la fatigue, les enfouit dans le jardin. Et revenant, le maître demande qu'ils lui remettent ses sous. Au lieu des cinq talents reçus, l'un en rend dix. Au lieu de vingt, le second en rend quarante. Le troisième, en revanche, présente tout sec le seul talent qu'on lui a confié. Le maître félicita les deux premiers et leur abandonna la moitié des profits qu'ils avaient obtenus. Mais il chanta pouilles au troisième :

— Serviteur de rien ! Jean-foutre ! Tandis que je me démenais au loin pour ma famille, pour ma maison et pour vous autres, tu as laissé dormir bêtement ce talent dans la terre au lieu de le placer entre les mains des banquiers afin qu'il rapporte de légitimes intérêts !

Il le mit à la porte et ne voulut plus jamais entendre parler de lui.

— Ainsi, dit Jésus, ne soyez pas vous-mêmes des jean-foutre. Faites fructifier les talents que mon Père vous a donnés.

Ayant lu et entendu cette parabole, Marin l'Enfant pensa aux liards qu'il avait confiés à Marin le Vieux, et lui fit part de ses réflexions :

— Parrain, il me semble que mes pièces sont mal placées dans votre tiroir, où elles ne rapportent rien. Est-ce que je ne devrais pas faire comme les bons serviteurs de l'Evangile ?

L'aïeul fut émerveillé de cette comparaison.

— Mon filleul, répondit-il, tu iras loin. Plus loin que ces montagnes.

Il désignait l'horizon de bosses et de forêts derrière lequel le soleil avait coutume de se lever. Pour l'encourager dans son calcul, il ne manqua pas d'ajouter de sa poche, chaque année, aux talents de son petit-fils les légitimes intérêts au denier 18 qui était l'usure généralement pratiquée en ce temps-là par les prêteurs honnêtes.

Ce Marin Cambray, laboureur, lettré, ancien domestique chez les nobles, était aussi pourvu d'une étonnante adresse manuelle. Des années durant, il avait travaillé à un buffet qui était le plus beau meuble de sa maison. La partie supérieure, assez ordinaire, s'ouvrait par deux portes à ogive, profilées d'après les boiseries qui ornaient l'autel de l'église d'Augerolles, fermées par des barres verticales derrière lesquelles on discernait la vaisselle d'étain. Et quelques livres qui formaient la librairie de la famille. C'est le bas qu'il fallait regarder. En quatre panneaux minutieusement sculptés, il représentait les quatre saisons du laboureur. On l'y reconnaissait au printemps, tenant de la main gauche le manche unique et cranté de son araire, l'aiguillon dans la droite, en train de retourner la terre de son champ. Un enfant, armé d'une branche feuillue, émouchetait les vaches et criait en patois ce qu'il faut pour les conduire et les encourager :

— *Barrado ! Chormanto ! To dri ! Ne pleja pa !* Allez tout droit ! Gardez la ligne !

Les bêtes, un peu écartées par-derrière, baissaient le front, poussaient le joug avec ensemble. Des poules picoraient dans le sillon les vers et les larves. Au-dessus, l'alouette montait à la verticale vers le soleil, puis, suspendue, chantait son tirelitirelo-cuicuicui. Au loin, fumait la cheminée d'une chaumière. Devant la porte, une jeune mère allaitait son nourrisson, remuée dans toute sa chair par ce flot de lait qui faisait d'elle une source de vie.

Sur le second panneau, dans l'été rayonnant, toute la famille moissonnait le seigle. Non plus à la faucille comme jadis, mais à la faux coucheuse qui étendait proprement les tiges sans qu'il fût nécessaire de les serrer par le cou, comme un qu'on étrangle. Des femmes les liaient en gerbes. Nouant le lien avec un bâton. Grimaçant aux chardons qui leur mettaient les bras en feu. Des enfants les redressaient, les asseyaient sur leur cul, les disposaient en faisceaux, afin qu'elles pussent bien sécher. A l'écart, la grand-mère préparait les liens de paille. Le soir, afin de reposer leurs membres rompus, tout ce monde dansait sur l'aire à la musique d'un pipeau.

Le troisième panneau montrait les vendanges qui sont la fête de l'automne. Garçons et filles accroupis entre les files de ceps. Aussi attentifs aux grains tombés, les recueillant un à un, que s'il se fût agi de grains de chapelet. Mais parfois se mâchurant la figure mutuellement avec des grappes mûres à l'excès. Se transformant en diables et en diablesses. Ou buvant à la régalade du *bousset.* Le porteur de hotte vidait sa *berte* dans les bacholles. Plus en arrière, la vendange tombait dans la cuve, était piétinée, à la lueur des torches, par les fouleurs tout nus, pourpres du front aux orteils. Les femmes, faussement scandalisées, se bouchaient les yeux avec des doigts écartés. Les enfants, accroupis sous la chantepleure, la bouche ouverte, recevaient l'étrenne du vin doux. Dans les profondeurs du panneau, l'alambic de cuivre préparait sa cucurbite et son serpentin, servi par des alchimistes. De ses fumées sourdait l'esprit de vin qui en est la partie la plus subtile et la plus forte. Comme le feu est l'esprit du bois, et comme lui capable de réchauffer, de détruire ou de guérir.

Le dernier panneau, celui de l'hiver, donnait l'envie du froid, de la neige, de la cheminée où le chaudron bout et hausse un peu son couvercle pour laisser passer la vapeur. Tout autour, des fileuses rassemblées. Un chat qui lève une patte pour jouer avec un fuseau. Des hommes tressent des paniers. Une Grande récite son rosaire. Des vieillards jouent aux osselets et tapent du poing sur la table en s'accusant de tricherie. Un teilleur broie du chanvre. Dehors, les corbeaux broient du noir, perchés sur des peupliers, au-dessus de la terre blanche :

— Prions, mes frères, cornent-ils, pour que Dieu nous enlève l'appétit. Ou nous fournisse quelque charogne. Je cro-as, je cro-as, je cro-as.

Pendant dix ans, Marin Cambray fignola ces quatre saisons au couteau et à la gouge. Puis il en fit cadeau à sa femme qui y installa ses étartuelles, se réservant seulement un peu de place pour ses livres.

A l'âge de quinze ans, Marin le Jeune eut la douleur de perdre sa mère. Son père exigea qu'il lui fût rendu pour lui tenir compagnie et l'emmena ramasser les peilles. Quand ils chantaient *Peillereau !* sous leur grand tricorne avachi, nul n'osait leur refuser quelques chiffons. Ils étaient aussi preneurs de vieux souliers, de vieilles casseroles, de vieux chapeaux, de vieilles bassines qu'ils réparaient et revendaient dans les foires. Antoine donnait à son fils les bons enseignements de ces métiers de galvaudeux. Comment il faut avoir la main leste sur le bien égaré ; cacher les défauts des objets que l'on vend ; savoir refiler une pièce de plomb à la place d'une d'argent, entre chien et loup, quand le client n'y voit guère ; ou bien l'on choisit les vieillards à la vue basse. Quand il revenait au Vert, grand-mère Rivaud lui apprenait au contraire, en secouant la tête, les principes chrétiens. Ne pas voler, ne pas mentir, ne pas jurer, ne pas envier, ne pas tuer. A ces leçons contradictoires, Marin le Vieux ajoutait des conseils personnels. Un surtout lui revenait souvent à la bouche :

— Si j'étais que de toi, je partirais pour l'Italie, vu qu'il y a là-bas de l'argent à gagner. Beaucoup d'argent. Sais-tu qu'une grande partie des impôts que nos paysans doivent payer aux gens d'Eglise s'en va vers Rome dans les coffres du pape ? Il répand cette richesse autour de lui. C'est comme le soleil : plus on est proche, plus on reçoit de ses rayons. Crois-moi, mon filleul, il te faut aller au pays du pape.

Il terminait, comme chaque fois qu'il prononçait une sentence forte, par : « Dis que c'est une bête qui te le dit. » Ce qui signifiait le contraire de ce que cela semblait signifier.

Les choses durèrent plusieurs années ainsi. Marin en profitait pour grandir et forcir. « Pars donc pour l'Italie, répétait régulièrement le parrain, et tu seras sauvé. » Un jour, il fut enfin convaincu. Ils firent ensemble de longs préparatifs. Le vieux Cambray possédait un âne baptisé Galant. Et une maringote : une charrette capotée.

— Je te donnerai la voiture et la bête, promit le Grand. Nous la remplirons de marchandises que tu vendras en cours de route. Tu en achèteras d'autres et les revendras plus loin. Jusqu'à ce que tu arrives à Rome.

— Quand je verrai le pape, qu'est-ce donc que je lui dirai ?

— Tu lui diras : Saint-Père…

— En quelle langue ?

— En français, en auvergnat. Le pape connaît toutes les langues par l'opération du Saint-Esprit.

— Saint-Père, donc ?

— Saint-Père, je suis votre serviteur. Commandez-moi. Ensuite, tu feras selon ses commandements. Je dois cependant t'avertir d'une chose : on salue le pape en baisant sa pantoufle. C'est une manière de lui dire : Moi, pauvre vermisseau, je ne suis pas même digne de baiser la main de Votre Grandeur. Mais sois tranquille : les pieds du pape sont propres. Il a un serviteur qui les lui lave tous les matins.

— Tous les matins !

— De plus, cette pantoufle a un pouvoir merveilleux : elle efface les péchés de celui qui la baise.

Il fut décidé qu'ils iraient acheter les marchandises à Thiers où l'on vend de tout.

— Et avec quel argent ? demanda la Grande en branlant la tête.

— Nous le trouverons.

Ce fut le 14 septembre qu'il attela son âne à la voiture.

— Françoise, dit-il à sa femme, je vous prie de vider complètement le buffet des quatre saisons. Demain, je l'emporte à Thiers, à la foire au Pré, pour le vendre.

— Vendre mon buffet ? Vous n'y pensez pas !

— J'y pense tellement que je vous le demande. Et même je le commande.

— Mais vous me l'avez donné !

— Soyez tranquille, je vous en fabriquerai un autre.

— Un autre ! Le premier vous a demandé dix ans. Croyez-vous que j'aurai encore tant de patience ?

— Il faudra bien, ma pauvre. C'est une pièce de valeur. A Thiers, je suis sûr que j'en tirerai un bon prix. Avec cet argent, j'achèterai à notre petit-fils le nécessaire pour remplir sa maringote et aller voir le pape. Il fera fortune. Un jour, il reviendra de Rome avec des écus plein sa besace. Il la videra sur la table en disant : « Voyez ce que j'ai gagné grâce à vous, mon Grand et ma Grande ! Vous avez fait mon bonheur. Je vais maintenant faire le vôtre. » Est-ce que ça ne vaut pas la peine de sacrifier ce meuble ?

Françoise Rivaud pleura son buffet en branlant la tête. Puis elle se consola, songeant à la fortune de son petit-fils, qui était à ce prix.

Les deux hommes, l'âne et le buffet partirent un peu après le minuit. Le vieux connaissait bien cette route, par Aubusson, Vollore, Escoutoux, qu'il avait suivie maintes fois dans sa jeunesse, au service des Montgon. La lune les éclairait assez pour empêcher qu'ils ne se perdissent. Marchant dans les montées, portés dans les descentes, les deux Marin atteignirent le Pré de la foire au premier angélus. On attacha Galant tout titubant de sommeil à un arbre, et il dormit, debout sur ses quatre pattes, le reste de la journée. Plus qu'une simple foire, ce 14 septembre, qui prétendait célébrer l'Exaltation de la Sainte-Croix, était la plus grande fête de la ville. Tous les Thiernois y descendaient en flots épais. Avec l'intention bien ferme d'y vendre ou d'y acheter qui du papier, qui du cuir, qui des couteaux, qui des oignons, qui des bacholles, qui une vache, qui un cochon. Et l'intention non moins ferme d'y boire et d'y bien manger aux buvettes installées en plein air, où l'on trouvait le liquide, vin d'Escoutoux, vin des Garniers, vin de Limagne, et le solide, andouille cuite, saucisse sèche, fromage à l'ail, pain blanc et pain gris. Il suffisait d'avoir la bourse pleine pour s'offrir ces grossières délices. Inventée par les moines de Saint-Symphorien, établis au bord de la Durolle, cette foire existait depuis des siècles et l'on y entrait librement, sans verser péage comme autrefois. Elle s'étalait dans le Pré qui lui donnait son nom, depuis ladite rivière jusqu'à un monticule boisé nommé le Breuil. Du côté de la plaine, il était bordé de peupliers comme d'une file de sentinelles. Mais marchands et marchandises avaient aussi pris possession de l'autre rive, grâce au pont en dos d'âne, dit Pont-aux-Choux, qui enjambait la Durolle. De sorte que sa crue envahissait à présent toute la ville basse. Outre les objets les plus divers, paniers, tonneaux, échelles, melons, courgettes, pommes, poires, noix, raisins, vaches, volailles, porcs, ânes, mules, le tout dans le plus grand méli-mélo qui fût au monde, elle offrait le jeu des bateleurs qui marchaient sur les mains, grimpaient les uns sur les autres comme pour dépendre la lune, des jongleurs, des avaleurs de sabre, des hommes-serpents, des femmes-anguilles. Accompagnés de tambours, de trompettes, de galoubets. Un astrologue en chapeau pointu prédisait ton avenir en déchiffrant une poignée de grains versée sur une planche. Un apothicaire vendait la santé, chantant ses herbes, ses racines, ses liqueurs. Au milieu de cet énorme tohu-bohu, passait une patrouille de bénédictins en robe de bure. Ils contrôlaient la morale, l'ordre, l'honnêteté. Si par hasard certain *foireux* d'après-midi s'était chargé d'un peu trop de boisson, les moines le saisissaient par les deux ailes, l'emmenaient gentiment jusqu'à leur abbaye :

— Viens avec nous, cher frère, prendre un peu de repos. Notre-Seigneur Jésus-Christ t'invite dans sa maison.

Comment refuser ? Ils le couchaient dans une cellule et le veillaient jusqu'à l'aube suivante. A son réveil, le foireux assistait à l'office de prime, assez éberlué de ce qui lui arrivait. Après quoi, il partageait la soupe des religieux et regagnait sa chaumine, bien satisfait de Notre-Seigneur Jésus-Christ.

Pour leur commerce, les deux Marin choisirent un bon emplacement, installèrent le buffet sur des tréteaux d'emprunt. Bientôt, les badauds firent cercle autour de ce meuble et de ses quatre saisons. Dans la langue d'Augerolles, qui ne différait guère de la thiernoise, Cambray en expliqua les mérites, une baguette à la main :

— J'ai travaillé dix ans à construire ce buffet, qui est tout en bois de noyer. Les portes du haut sont copiées sur celles de l'église d'Augerolles. Celles du bas sont ornées de cent dix-huit figures humaines et de quatre-vingt-seize figures animales, grandes ou petites. Toutes sculptées d'après des modèles vivants. Elles représentent les quatre saisons du laboureur…

Ayant fourni les détails artistiques, il en venait au pécuniaire :

— Afin d'établir mon filleul ici présent, je suis obligé de me séparer de ce meuble auquel je tiens plus qu'à ma propre femme. Sa valeur est inestimable. Mais je me rends compte que, par les temps qui courent, les pauvres ne sont pas riches. Aussi, je me contenterai de quinze pistoles, en monnaie blanche ou en monnaie jaune.

Quinze pistoles, c'étaient cent cinquante livres. Comme un ouvrier agricole gagnait en moyenne dix sous par jour, ces quinze pistoles représentaient trois cents journées de travail. Il y eut beaucoup d'admirateurs, mais aucun acheteur. Pendant des heures, Marin Cambray s'évertua vainement dans ses démonstrations. Il réduisit son prix à quatorze pistoles. Les badauds secouaient la tête, collaient presque leur nez aux saisons représentées, mais aucun ne mettait la main à la poche. Marin descendit à treize.

Vint le client de la dernière heure : un ventre de chanoine, des besicles d'apothicaire. Un notaire sans doute. Ou un avocat. Lui aussi observa très minutieusement les quatre panneaux, dissimulant une surprise que l'agitation de ses sourcils cependant trahissait. A la fin, il se fit répéter :

— Combien vends-tu ce meuble ?

— Treize pistoles.

— Seize pistoles, seize pistoles, grommela le notaire, sans doute un peu dur d'oreille. Tu en rabattras bien quelque chose, si je te paye rubis sur l'ongle ? Je t'en offre quinze.

Alors, un œil sur son petit-fils à qui il voulait donner une leçon de négoce, Cambray répondit avec promptitude :

— Partageons la poire en deux, Monsieur. A quinze et demie, je vous le laisse.

L'avocat réfléchit un moment, puis il tendit la main : les deux hommes topèrent. Il sortit les cent cinquante-cinq livres que Cambray recompta et entassa dans sa bougette.

— Vois-tu, mon filleul, comment il faut savoir saisir la bonne affaire ? Notre client est un peu sourd. Cela lui a coûté vingt-cinq livres.

Les deux Marin retournèrent à leur âne qu'ils trouvèrent toujours sommeillant, les pattes bien raides, les paupières baissées. Ils le réveillèrent en douceur, lui enfoncèrent le museau dans son picotin, enfoncèrent le leur dans la musette du dîner. La cloche de midi sonna tout à coup de Saint-Symphorien, provoquant un silence général. La foire soudain s'arrêta de rire, de crier, de négocier, de braire, de grogner, de mugir. Les moines en patrouille récitèrent le second angélus. Mais à peine prononcée la dernière syllabe latine, tout se remit en mouvement, en rumeur, en marchandages. Le filleul et le parrain s'adossèrent au tronc d'un arbre, les semelles dans l'herbe foulée, sortirent les œufs durs qu'ils cassèrent sur leur sabot, répandant les coquilles émiettées autour d'eux afin d'en nourrir, faute de poules, les oiseaux du ciel ; le chèvreton saupoudré de roux ; la saucisse sèche ; les pommes moissonnettes. Quand ils eurent fini leur repas, ils démuselèrent Galant pour qu'il pût prendre un peu de dessert autour de lui, dans les orties et les chardons. Cependant, les foireux poursuivaient leurs manèges. L'un d'eux vint même s'informer du prix qu'ils demandaient de leur âne.

— Galant n'est pas à vendre, répondit Cambray. Mais si je le vendais, vous ne seriez pas assez riche pour le payer.

Entendant ces propos flatteurs, ses longues dents jaunes découvertes par l'hilarité, l'âne leva la tête vers les cieux et se mit à braire comme douze trombones.

— Maintenant que nous avons de quoi, dit enfin le grand-père-parrain, songeons à remplir la maringote.

Ils firent le tour du champ de foire sur lequel la ville industrieuse exposait ses produits. Ils s'approvisionnèrent en clinquailles de toutes sortes : couteaux de table, à bout rond et à bout pointu ; couteaux de cuisine longs ou courts : stylets et poignards ; couteaux à pendre à la ceinture, à tenir dans la poche ; couteaux pour dames ; coutelous pour enfants ; coutelas pour bouchers ; ciseaux à dentelle, de tailleur, de ferblantier ; forces à tondre les brebis ; rasoirs à châsse de bois teint pour faire croire à l'ébène. Tout cela au meilleur marché qui fût, possiblement affligé d'un défaut quasi invisible, d'une paille, d'une ébréchure, d'une irrégularité qui n'empêchaient pas le bon fonctionnement, mais réduisaient les prix. Ils achetèrent des bagues d'étain, d'os, d'ivoire ; des aiguilles à coudre, à broder, à repriser ; des lancettes vétérinaires ; des dés de cuivre pour couseuse, ouverts du fond pour les tailleurs d'habits. Le collier de Galant reçut une garniture de grelots pour l'empêcher de s'endormir en route, car il était d'un tempérament sommeilleux. Ils se fournirent également en feuilles de papier de tous formats, certaines cousues par le dos en cahiers ou en registres. En cartes à jouer dont Thiers était depuis longtemps spécialiste. (Les Thiernois étaient eux-mêmes de fervents joueurs, particulièrement du bonneteau qu'ils pratiquaient jusque sur les sépulcres de leurs morts ; mais aussi de la bouillotte, de l'écarté, du brusquembille et du grabuge, y perdant chaque semaine une partie de ce qu'ils gagnaient par leur industrie.) Ils se fournirent en cartes parisiennes, qui se peuvent dissimuler dans la main. Et en lyonnaises, plus longues, servant au jeu de tarots. En cartes drolatiques qui comportaient une question ou une réponse ; lesquelles, réunies par le hasard, combinaient des dialogues divertissants :

— *AIMEZ-VOUS LE SOURIRE DE CUPIDON ?*
— *Infiniment, sur le gazon.*

— *VOULEZ-VOUS FAIRE LE VOYAGE DE CYTHÈRE ?*
— *Cela ne se dit pas.*
— *ÊTES-VOUS AMOUREUSE ?*
— *Sur cela, consultez mes yeux...*

Ils achetèrent une trompette en corne de vache, très utile pour appeler la clientèle. Et, pour faire plaisir à Françoise Rivaud, une brioche aux *grattons*, spécialité de la pâtisserie thiernoise.

Ils repartirent enfin pour Augerolles en suivant la vallée de la Dore. Tout le long du chemin, Marin le Jeune s'amusa à souffler dans sa corne, à la grande stupeur des gens et des animaux. A Courpière, ils achetèrent encore chez un apothicaire de l'encre en poudre. Et chez un tonnelier une douzaine de ces tonnelets creusés à la tarière dans un seul bloc de bois, comme un sabot, munis d'une anse et d'un goulot de fer, que les vignerons d'Auvergne appellent *boussets*. Pour l'ensemble de ces acquisitions, le parrain paya quatorze pistoles, trois livres, cinq sous et dix deniers. Ils trouvèrent la grand-mère dépossédée au milieu d'une flaque de larmes. La brioche aux grattons la consola un peu. Dès le lendemain, Marin le Vieux entreprit de construire un second buffet.

Il ne restait plus à Marin le Jeune qu'à prendre le chemin de Rome et de la fortune.

2

Ce 28 septembre 1750

Outre ce que nous avions acheté à Thiers et Courpière, nous entassâmes dans la maringote diverses choses tirées du galetas : trois bouteilles vides ; des casseroles et des souliers réparés ; une pirouette de buis et deux petites vaches de sapin jouguées à une barcelle qui avoient longtemps amusé mon enfance ; une outre vide que je me proposais de remplir à l'Hermitage avec cette eau miraculeuse qui sait guérir les hérésies ; un chapelet en noyaux d'olives rapporté du Puy-Sainte-Marie ; une pelisse en peau de bique pour me protéger du froid ; des vêtements de rechange. A tous ces objets à vendre, mon aïeul en ajouta un à conserver : un bâton d'alisier sommé d'un pommeau qui avoit l'air d'une canne ordinaire ; mais quand on tournoit ce pommeau dans un certain sens, il faisoit jaillir une lame très pointue qui le transformoit en épée.

— Avec cela, dit-il, tu pourras te défendre contre n'importe quel malintentionné.

A peine me restoit-il dans la voiture la place de m'étendre. Car elle étoit destinée à me servir, non seulement de boutique, mais de salon et de chambre, comme ces cabanes sur roues que les bergers emploient l'été sur nos montagnes, au milieu de leurs troupeaux. Ainsi apprêtée, la maringote demeura une semaine encore dans la grange, grand-mère Françoise ne se décidant pas à me laisser partir.

— Reste encore aujourd'hui ! me supplioit-elle chaque matin. Je sais bien que nous ne nous reverrons plus !

— Cessez de dire des simpletés, la rabrouoit son homme. Il nous reviendra riche et puissant. Peut-être duc ! Peut-être cardinal !

— Comment cela cardinal ? Avec des plumes ? s'étonna Françoise Rivaud, car ce nom étoit pour elle celui d'un oiseau à plumet rouge. Il dut lui expliquer que le cardinal est aussi un évêque renforcé ; que tous les cardinaux assemblés se chargent d'élire le pape.

Elle eût bien aimé me voir ecclésiastique car c'étoit une femme d'une merveilleuse piété qui disposoit des crucifix, ou bien traçoit au charbon des croix un peu partout dans sa demeure afin de la garder de tous les accidents possibles, incendie, foudre, inondation, rapines. Une croix noire devoit même, au fond d'un certain placard, tenir à distance les souris. Mais elle se montroit d'une efficacité douteuse : en prêtant l'oreille, on les entendoit grignoter à l'intérieur. Si bien que ma Grande, afin qu'elles s'éloignassent, donnoit plusieurs fois du poing contre la porte avant d'ouvrir.

— Notre petit-fils nous reviendra évêque ou cardinal, répétoit Marin le Vieux. Et même – ajoutoit-il en riant – il vous fera construire un trône de reine, avec des fourrures en peau de lapin. Ce sera si doux que vous y passerez la moitié de vos journées !

— Taisez-vous donc, grande bête !

Il faisoit allusion au cabinet de planches établi au fond du jardin, dans lequel se trouvoit un siège percé muni d'un couvercle. Chacun de nous à tour de rôle alloit s'y recueillir un moment, sans le secours de personne, à l'opposé du roi de France dans son palais de Versailles. Tels étoient les pauvres usages des Cambray dans leur hameau du Vert, près d'Augerolles en Auvergne.

Quelques jours plus tard, il me fallut enfin dire adieu à ce pays de gueux où j'avois pratiqué la chine et la pique en compagnie de mon père Antoine ; ramassé sur les chemins les fers et les clous perdus ; appris à lire et à parler la langue françoise dans l'Evangile et la Vie des plus grands saints. (A tel point que le curé Dupon étoit venu un jour proposer à ma famille de me faire instruire au séminaire de Thiers. Sommé de choisir entre Jésus-Christ qui est au ciel et le pape qui est à Rome, j'optai pour le moins escarpé.) J'embrassai ma Grande et mon Grand ; puis mes sœurs Françoise et Antoinette, mon frère Joseph ; allai au cimetière dire adieu à ma pauvre mère Marie Cambray.

— Promets-moi de revenir dès que tu auras fait fortune, dit mon père.

— Je vous le promets.

Sur ces mots, malgré mes vingt-cinq ans, il m'allongea une gifle retentissante qui m'ébranla de la tête aux pieds, afin que je me souvinsse de ma promesse. C'étoit une pratique employée avec les enfants qui ont la mémoire courte, par exemple lorsque l'un d'eux accompagnoit son père au bornage d'un nouveau lopin :

— Rappelle-toi bien l'emplacement des quatre pierres ! recommandait l'homme en lui assenant un soufflet sur chaque joue.

Monseigneur l'Evêque n'agissoit pas autrement le jour de la confirmation :

— Te souviendras-tu de Jésus-Christ ?

Et le confirmand recevoit le sien, de bonne mesure. Dès lors, Jésus-Christ s'ancroit profondément dans sa mémoire.

C'est donc la joue encore chaude que je pris place sur le siège de la maringote et criai :

— Au revoir à tous ! Que Dieu vous protège ! Hue, Galant !

Autour de nous, parenté, fraternité, cousinage, voisinage, cochons, volaille s'écartèrent. La route de Rome commençoit devant l'église et s'en alloit d'abord en direction des ruines du château de Frèdeville. Pour ce, elle passoit devant une haute croix formée de deux troncs d'arbre équarris. Chaque piqueur, chaque colporteur, au commencement de sa campagne, avoit coutume en passant devant elle de prélever avec la lame de son couteau une parcelle de son bras et de la porter au cou comme une relique ; de sorte que le bras principal en étoit demi rongé. Je ne faillis point à cet usage et glis-

sai la mienne dans un sachet de toile dont ma Grande m'avoit muni. Pourvu de ce scapulaire, je criai encore hue ! à mon âne et nous prîmes hardiment notre chemin. J'emportois dans une bourse trois livres d'argent et quarante sous de billon. Et, sur l'insistance de ma grand-mère, la Vie des plus grands saints et saintes, leurs martyres et leurs miracles, *afin de me pénétrer toujours de ces bons exemples.*

Nous devions passer par l'Hermitage où coule la source guérisseuse à laquelle j'avois bu maintes fois. En revanche, c'étoit la première que Galant se rendait en pèlerinage…

Lorsqu'ils furent à la Chapelle-Trinquard (qui n'était rien que quelques pauvres chaumières échelonnées le long d'un chemin et d'un ruisseau), Marin voulut tenter sa première expérience commerciale. Il se plaça sur le pont et souffla dans sa corne. Il ne parut chien ni chat. Il monta jusqu'à l'église, répéta ses appels. Galant y mit du sien. Après un moment de ce duo, des femmes, des enfants sortirent sur le pas de leur porte. Quelques hommes, traînant d'énormes sabots, osèrent même s'approcher, tout en restant à distance de la voiture décapotée.

— Avancez ! criait Marin en langue auvergnate. N'ayez pas peur ! Je ne vous prendrai pas votre argent de force !

— Que prétends-tu nous vendre ?

— Venez voir !

Avec des grimaces de dégoût, ils considérèrent le papier, les registres, les almanachs, les calendriers, les couteaux. Ils furent plus intéressés par les clous : si précieux que Marin les vendait à la paire.

— Combien ?

— Un liard les deux grands, un demi-liard les deux petits.

Seulement voilà : ils étaient sans pécunes. Ils proposèrent en échange ce qu'ils avaient : du pain, du fromage, du lard. Afin de ne pas sortir bredouille de son étrenne, Tourlonias ne refusa point cette sorte de monnaie. Une femme lui demanda une aiguille contre une écuellée d'airelles.

— J'accepterais bien, dit-il. Mais je ne sais où les mettre.

— Mettez-les dans votre ventre.

Il adorait ces petits fruits violets et douceâtres. L'échange se fit donc : il avala les airelles, tandis que la paysanne choisissait son aiguille. De sorte qu'il eut pour ce dîner-là le dessert avant la soupe. Il repartit les gognes zinzolines, content de la Chapelle-Trinquard où il avait vendu plusieurs articles sans avoir touché un sou.

Son âne et lui cheminèrent deux heures encore par des sentiers montants. La nuit s'approcha. Avant qu'elle ne fût complète, il s'écarta du chemin, s'enfonça dans un bois noir, dételа sa bête, lui permit de se régaler son saoul de broussailles et de bruyères, cependant que lui-même complétait avec du lard et du pain son repas d'airelles. Il attacha Galant à un arbre par son licou de corde. Alors, songeant à la chaumine d'Augerolles où se trouvaient réunis en ce moment son père, son frère, ses sœurs, aux questions qu'ils pouvaient se poser à son propos (« Où peut-il être, bonnes gens ? Comment va-t-il dormir ? Ne sera-t-il pas mangé par les loups ? »), il eut la pensée de pleurer un petit coup. Mais il se retint, se rappelant qu'il était parti vers la fortune. Il serra dur la mécanique de la voiture, boutonna la toile qui fermait l'entrée comme un volet, s'enfonça complètement, tira sur lui ses couvertures, plaça la main sur le pommeau de sa canne-épée, recommanda son âme à Dieu, ferma les paupières. Impossible pourtant de s'endormir, car la forêt, qui semblait silencieuse le jour, se remplissait de bruits sitôt le soleil couché : ululements de chouettes, couinements de mulots, craquements de branches arthritiques, râles de bêtes assassinées. Il restait immobile, se recommandant : dors, dors, dors, tu n'as rien d'autre à faire. Il se fredonna même une berceuse que sa Grande chantait :

Sommeil de lait ! Sommeil de miel !
Remplis mes yeux et mes oreilles...

Choses vaines. Et comme pour le narguer, il entendait au-dehors, à quelques pas de lui, Galant vautré dans la bruyère – car il dormait encore plus dur couché que debout – qui ronflait comme seules savent ronfler les consciences pures.

Le prieur de la Mission Royale le reçut avec une grande courtoisie :

— Oui, oui, je vous reconnais, mon fils. Vous êtes un habitué de notre Hermitage.

Marin expliqua qu'il se rendait à Rome pour baiser la pantoufle du pape et assurer le salut de son âme. En passant, il désirait remplir son outre.

— Je voudrais aussi, mon père, que vous m'accordiez une attestation d'origine.

— Dans quelle intention, mon fils ?

— Dans celle de faire connaître votre source et ses vertus. J'en parlerai même au Saint-Père et lui en ferai boire une tasse, s'il veut bien. Ce qui vous amènera sûrement de nouveaux pèlerins.

— Voilà, mon fils, un merveilleux projet.

Ils allèrent ensemble remplir à la source la peau de chèvre. Après quoi, le prieur rédigea de sa main :

A la requête du Sr Marin Tourlonias, demeurant à Augerolles (Auvergne), né le 16 janvier 1725, j'ai, Gabriel Busset, prieur de la Mission Royale de l'Hermitage (Forez), assisté de mes yeux au remplissage d'une outre d'environ quinze pintes à la source miraculeuse qui sort de dessous l'autel de notre oratoire et qui a accompli à ce jour un nombre incalculable de guérisons. De tout quoi j'ai dressé la présente attestation pour servir et valoir ce que de droit.

Au-dessous de ce texte, il ajouta sa signature minutieusement paraphée. Puis un cachet en cire rouge marqué du sceau de la maison. Les voyageurs se reposèrent quelques heures au monastère. Marin fut même invité à partager le repas des religieux. Il osa leur montrer le beau papier qu’il transportait. Tous succombèrent à la tentation et en achetèrent qui une feuille, qui un cahier, qui un registre.

— Puis-je encore, mon père, implorer une dernière faveur ?

— Parlez, mon fils. Nous n’avons rien à refuser à quelqu’un qui fera boire de notre eau au Souverain Pontife.

— Ce serait de me tracer, sur une de ces feuilles, le nom des villes où je dois passer pour me rendre à Rome.

Le prieur s’enferma dans sa cellule en compagnie de ses livres et de ses pensées. Il y resta une heure. Le résultat fut un beau dessin représentant les pays, fleuves, montagnes, vallées, frontières, que le colporteur et son âne auraient à traverser. Il les nomma, les décrivit :

— Le royaume de Francc s’ctcnd jusqu’ici et se termine par un massif montagneux : les Alpes. De l’autre côté, vous trouverez le royaume de Sardaigne où les gens parlent piémontais. Ensuite, ce sera la république de Gênes, un pays de navigateurs. Puis le grand-duché de Toscane, où l’on parle toscan. Enfin, vous entrerez dans les Etats de l’Eglise où l’on parle toutes les langues du monde.

Des points rouges parsemaient ces lignes, comme les boutons de la rougeole ; ils marquaient l'emplacement des villes : Montbrison, Saint-Etienne, Valence, Gap, Briançon, Turin, Gênes.

— Mais vous pourrez aussi emprunter d'autres routes : tous les chemins mènent à Rome.

Là-dessus, le prieur le bénit avec son équipage, et ils se séparèrent.

De l'Hermitage à Noirétable, le chemin serpenta entre des forêts de sapins noirs comme la suie pendant presque deux lieues. Inutile de souffler dans la corne : pas un hameau, pas une maison. Seules présences humaines : quelques huttes de charbonniers occupés à cuire leur bois, disposé en meules recouvertes de terre. On les sentait de loin au brouillard blanc qui s'en dégageait, parfumé de résine. Une fois le charbon refroidi, ils l'enfermaient dans d'énormes sacs de chanvre et s'en allaient le vendre par charretées à Noirétable, à Chabreloche et principalement à Thiers qui en faisait dans ses forges une grande consommation. Marin essaya bien de leur placer quelques-unes de ses marchandises ; mais les charbonniers n'en avaient besoin d'aucune. Cependant, apitoyés par son jeune âge, ils lui demandèrent la permission de caresser la croix blanche que tous les ânes gris ont sur l'échine en souvenir du voyage de Jésus à Jérusalem :

— Cela nous portera bonheur.

Ils rétribuèrent ce service en invitant l'ânier à leur table, formée de trois souches. Le jeune Tourlonias, qui depuis longtemps, dans ses campagnes de pique, avait pris l'habitude de ne refuser aucune offrande, ne dit pas non et il s'assit sur un fagot. Au menu, il y eut du lard jaunâtre et froid, cuit à l'eau les jours précédents, dont il mangea une tranche sur son pain en guise d'assiette. Secondement, un plat de chair rôtie.

— Qu'est-ce que c'est ?

— Devine.

— Du lapin ?

— Non.

— Quelque volaille ?

— Non plus.

— Je ne devine pas.

— On te le dira quand tu l'auras mangée.

Il la trouva douce et tendre, si bien qu'il en redemanda. Pour finir, chacun reçut une pomme dans laquelle il mordit sans la peler. La pomme, dit-on, ressemble à la femme : la peau est le meilleur.

— Dites-moi à présent quelle viande vous m'avez servie.

— De la viande de z'hérisson.

— De z'hérisson ? Pas possible !

— De z'hérisson !

Ils expliquèrent que le bois fourmillait de ces bestioles. Introuvables le jour, car elles détestent le soleil, elles sortent le soir en famille de leurs terriers et se promènent au clair de lune à la recherche de taupes, de mulots, de limaces dont elles font leur nourriture. Comme elles se déplacent lentement, il est facile de les capturer, de les assommer contre une pierre. On choisit les plus grosses, on épargne les petites. Pour les cuisiner, les charbonniers employaient à peu près la même méthode que pour leurs bûches : ils creusaient un trou dans le sol, le remplissaient de braises encore ardentes, couchaient dessus les z'hérissons tout bourrus, les recouvraient de branches et de terre. Au bout d'une heure, cuits à l'étouffée, ses aiguillons ramollis, le z'hérisson se laisse peler, ouvrir ; un peu de sel là-dessus, et il ne reste qu'à s'en repaître. Les charbonniers burent à leurs gourdes de l'eau assaisonnée de vinaigre. Tout cela fut donné en échange d'une caresse sur la croix blanche de Galant.

Deux heures après, la maringote se trouvait dans Noirétable, un village peuplé de scieurs. Scieurs de long, scieurs de large, scieurs de travers, tous sciant avec science de leur scie, sciotte ou passe-partout, chantant sciemment leur scie la plus sciante, scions, scions, scions du bois. Marin poussa son âne au milieu de ce chantier et souffla dans sa corne. Aussitôt, le sciage s'arrêta. Saupoudrés de sciure jusqu'aux paupières, les hommes accoururent vers le colporteur.

— Que faites-vous ? demanda Tourlonias.

— Ne le vois-tu pas ? Nous sommes en train de scier. Nous scions tout le jour, de l'aube à la nuit.

— Et pour qui sciez-vous ?

— Pour qui nous le commande : les charpentiers, les menuisiers, les maçons, les couteliers de Thiers, les armuriers de Saint-Etienne. Et toi, qui es-tu ?

— Je m'appelle Marin Tourlonias. Je vais à Rome baiser la pantoufle du pape afin d'assurer le salut de mon âme. Vous m'achèterez bien quelque chose pour m'aider à faire le voyage ?

Ils le regardèrent avec respect. Puis il baissa la capote et ils purent examiner sa cargaison. Après une longue hésitation, ils se décidèrent pour un bousset de deux pintes. Point final. N'ayant rien d'autre qui leur plût, il s'éloigna d'eux, l'argent en poche, tandis qu'ils retournaient à leurs chèvres en sciant leur chanson :

N'y a rien de si beau en France,
Par mon arme, che di,
Bredondaine, confre, fre, fre, fre,
Tralala, tchon gre !
N'y a rien de si beau en France
Que les scieurs de long.

Le maître vient les voir(e),
Par mon arme, che di,
Bredondaine, confre, fre, fre, fre,
Tralala, tchon gre !
Le maître vient les voir(e) :
« *Courage, compagnons !...* »

Du courage, il en fallait aussi maintenant aux deux voyageurs, car, à partir de Noirétable, ils devaient sortir de l'Auvergne pour entrer en pays hostile. Dans le redoutable Forez dont les habitants étaient des Fourinas, ou, pis encore, des Ventres Jaunes. Ainsi surnommés parce qu'ils habitaient une plaine criblée d'étangs, chacun grouillant d'innombrables rainettes dont les hommes se nourrissaient presque exclusivement, comme les cigognes. Ce qui leur jaunissait le ventre. De plus, à l'encontre des Auvergnats, ils éprouvaient une grande haine, se moquant d'eux à toute occasion, les traitant de mange-raves, de mange-patya, de sangs-de-chou, ce qui était bien étrange dans la bouche de ces mangeurs de grenouilles. A la messe et aux vêpres, ils chantaient chaque dimanche : *De l'Auvergne et du Dauphiné, Libera nos Domine.* Ils interdisaient à leurs filles de fréquenter un mange-rave occasionnel. Mais eux ne se gênaient pas pour franchir le col des Supeyres ou le Béal. Pour aller faire danser sans invite les jeunes Auvergnates aux reinages de Viverols, de Saint-Anthème, de Valcivières, de Saint-Pierre-la-Bourlhonne. Il en résultait des conflits frontaliers qui se réglaient à coups de trique. Une de leurs gentillesses consistait à intervenir dans les jasseries, le dernier jour de l'estive, quand les fourmières, restées seulettes toute la saison d'été, appelaient leurs parentes et leurs hommes à un grand festin. Elles servaient de la soupe, de la poule au pot et un grand chaudron de patya, c'est-à-dire une ratatouille où se trouvaient confondus et bien beurrés tous les légumes disponibles, haricots, pois, choux, carottes. Cela cuisait une heure à petit feu. Venait ensuite le fromage : la fourme glorieuse, produit de leur saison, fourme en bûche qu'on détaille de haut en bas, par demi-tranches horizontales, dont la pâte blanche semble pétrie de violettes. On l'honorait sans retenue. Après la panse, la danse : hommes et femmes gambillaient le reste de la nuit. Or il se trouvait souvent dans les parages quelques Fourinas malintentionnés pour venir gâter la fête. Ne pouvant y être admis, ils se faisaient la courte échelle, grimpaient sur le toit de paille et déversaient dans la cheminée des mottes de terre qui, immanquablement, tombaient dans le chaudron. Fureur des mange-patya : ils empoignaient des fourches, se précipitaient dehors. Mais les Fourinas s'étaient déjà dispersés dans la nuit. C'est assez dire les craintes que pouvaient nourrir Marin et son âne, Auvergnats pure laine, avant de pénétrer dans ce territoire ennemi.

L'étape suivante devait les conduire à Montbrison, suivant l'itinéraire tracé par le prieur. Plusieurs routes partaient de Noirétable. A qui demander son chemin ? Craignant, dans ce village frontière, de tomber sur un Fourina trompeur capable de le diriger vers l'autre bout du monde, Marin décida de s'adresser au curé. Il espérait lui placer en même temps quelques feuilles blanches, se disant que les religieux ont un goût marqué pour cette sorte de denrée. Il monte donc vers l'église implantée sur un sommet. On lui désigne le presbytère, dont il va tirer le cordon. La porte s'ouvre, il entre, le voici devant un ecclésiastique chenu, un tablier bleu sur sa soutane, parmi une jonchée de verges et de copeaux.

— Pardonnez-moi, dit-il. Vous me voyez en pleine besogne. Ma paroisse est une des plus pauvres du diocèse de Clermont. Les trois quarts de la population sont dans l'indigence.

— L'indigence, dit Marin, je connais. A Augerolles.

— Pourquoi me parlez-vous d'Augerolles ?

— Parce que j'en viens.

— Pas possible ! Et moi je suis d'Olliergues ! Je me nomme Gouttebel.

— Moi, c'est Tourlonias. Il y a un Gouttebel au Poyet-Haut : j'ai fait une campagne de pique avec lui. Un maître piqueur !

— C'est mon cousin !

Ils s'embrassent, heureux de cette demi-parenté. L'abbé Gouttebel expliqua qu'il tressait des paniers à salade, carrés, avec un couvercle, on met dedans la salade mouillée, l'on secoue. Il en fit la démonstration.

— Chez nous, dit Tourlonias, ma mère l'enfermait dans un torchon percé. L'eau passait par les trous.

— Mes paniers sont supérieurs.

— Certes.

— J'en fabrique deux par jour.

— Et c'est d'un bon rapport ?

— Oui, quand je peux les vendre.

— Combien les vendez-vous ?

— Dix sous aux pauvres. Vingt aux riches.

Marin raconta qu'il se dirigeait vers Rome, mais que, pour le présent, il comptait faire étape à Montbrison. Par où devait-il passer ?

— Je m'adresse à un homme d'Eglise parce que je sais qu'il ne me trompera pas.

— Vous ne pouvez vous égarer : c'est la route des saints. Vous suivez tous les saints de rencontre : Saint-Jean, Saint-Julien, Saint-Thurin, Saint-Laurent, Saint-Sixte, Sainte-Agathe, Saint-Paul. Ils vous conduiront à Montbrison. A leur sainte conduite, je veux ajouter ma petite protection personnelle.

Là-dessus, il lui mit dans la main une médaille de saint Christophe, gardien des voyageurs, disant :

— Elle me revient à quatre sous. Vous m'en donnez ce que vous voulez.

Marin ne crut pouvoir faire moins que lui en donner cinq. Puis le vieux curé lui proposa une autre affaire :

— Je vous confie dix de mes paniers à salade. Vous avez plus de facilité que moi pour les vendre. Vous savez ce qu'ils valent : de dix à vingt sous, selon le client.

— Vous voulez que je les vende à votre place ?

— Vous m'avez bien compris.

— Mais comment pourrai-je vous retourner l'argent ?

— Ce qui m'arrangerait bien, c'est que vous me les payiez d'avance. A six sous pièce.

— Je ne peux vous faire cette avance. Je débute dans le commerce.

— Peut-être pourriez-vous me consentir un acompte d'une livre ou deux ?

— Pas même.

— N'en parlons plus. Dans ces conditions, vous me les payerez quand vous les aurez vendus. En revenant de Rome. Vous pensez bien en revenir ?

— Sûrement.

— Retenons donc que vous me devez trois livres de principal. Pour les intérêts, on verra plus tard. Je vous fais confiance. Et je vous placerai chaque soir dans mes prières.

Marin proposa bien au curé Gouttebel de lui vendre quelques feuilles blanches (« Pour quoi faire ? Je n'écris jamais ! »), quelque almanach (« Je me moque du temps qu'il va faire. A mon âge, chaque jour nouveau est une surprise »), quelque bousset (« J'en ai déjà un »). L'autre, plus Auvergnat que lui, trouvait chaque fois un bon motif pour dire non. En revanche, comme les charbonniers de la forêt, il lui offrit de partager son fricot, une ragougnasse de légumes et de mou de porc dont un chien n'aurait pas voulu.

— Je l'ai préparé moi-même, trop pauvre pour entretenir une servante.

Faisant à mauvaise fortune bon visage, Marin en mangea un peu, les gognes serrées après chaque bouchée pour contenir sa répugnance. Puis il dit merci et s'en alla, chargé de dix paniers à salade de verge crue, d'un saint Christophe, et délesté de cinq sous.

3

Ce 17 octobre 1750

Nous enfilâmes donc, Galant et moi, la route des saints qui devoit nous conduire à Montbrison. Une route serpentine, bien que contraire à la sainteté qui va tout droit son chemin. Toute en descentes et en montées qui m'obligeoient à mettre pied à terre, et même à pousser la maringote lorsque je voyois mon pauvre animal ahaner et mourir à la peine. Il arrivoit aussi de temps en temps que, guidé par quelque mystérieuse voix intérieure, Galant refusât carrément d'emprunter tel ou tel chemin. Ni la bride, ni le sermon, ni le bâton, ni la carotte ne pouvoient le convaincre. Il ne me restoit qu'à obéir à son caprice et à prendre sa déviation. Je dois dire que chaque fois je m'en suis bien trouvé. Il lui arrivoit aussi, aux abords de certaines maisons, sans refuser tout à fait de marcher, de secouer la tête longuement comme faisoit ma grand-mère Françoise Rivaud, pour dire non, non, non. Si je passois outre à son branlement, je devois constater ensuite que les habitants de ces maisons étoient de la pire espèce forézienne ; que je n'avois pas même réussi à leur vendre un clou ; que par conséquent j'eusse mieux fait de respecter son refus. Aussi, à toute approche d'un bourg nouveau, surveillois-je attentivement les mouvements de ses oreilles.

D'autres fois, comme nous longions une pâture un peu épineuse, il lui arrivoit de s'arrêter brusquement, de se cabrer et de pousser un de ses braiments capables de réveiller un mort. C'est qu'il venoit de voir et de humer quelque jeune ânesse occupée à brouter, seule ou en compagnie de son ânon. Par là, il me faisoit entendre qu'il avoit soudain à faire avec cette dame de beauté. Or nous avions ensemble entrepris un si long voyage que je ne pouvois me permettre de le contrarier. Je le détachois donc de ses brancards et lui laissois quelques moments le champ libre. Sitôt dételé, il pénétroit dans la pâture, se dirigeoit vers l'objet de ses vœux, tournoit autour de l'ânesse jusqu'au moment où elle consentoit à l'agréer. C'étoit un rapide jouteur qui atteignoit sa quintaine au premier tir. Il se retiroit ensuite et, sans autrement baguenauder, abandonnoit sa fiancée d'une minute et venoit, tête basse, se remettre à ma disposition. Mais si, au contraire, la dame ne se sentait pas d'humeur folâtre, il insistoit lourdement, la harceloit de ses escalades, posoit sa tête sur sa croupe, se répandoit en grâces qui cherchaient à l'émouvoir. Elle y répondoit par des ruades, sans réussir à le refroidir. Je devois alors intervenir dans la pâture, le prendre par le licou, le tirer de toutes mes forces vers la maringote, lui suggérer qu'il auroit plus de chance en une autre occasion. Comme il étoit fort et lourd, ce jeu de tire-larigot duroit assez longtemps, sous les regards moqueurs de l'insensible. En fin de compte, cependant, il comprenoit sa déraison, cessoit de me résister et acceptoit de me suivre. Je le récompensois par une poignée d'herbe fraîche qu'il broutoit dans ma main.

Outre ces accidents, nous fîmes halte dans une douzaine de villages foréziens souvent juchés sur des sommets qui nous coûtaient beaucoup de peine à atteindre. Tantôt bien, tantôt mal reçus. L'article qui se vendoit le mieux étoit l'eau guérisseuse de l'Hermitage que je débitois à la pinte, à la demi-pinte et au gobelet, sous la recommandation écrite et le sceau rouge du prieur. A Saint-Paul-d'Uzore, je trouvai un sieur nommé Courreau, aussi gueux qu'on peut l'être, qui vint à moi une manche retroussée :

— Je suis atteint, me dit-il, du feu de Saint-Antoine. (Son bras gauche, en effet, sembloit avoir été trempé dans l'eau bouillante depuis le coude jusqu'au poignet.) Crois-tu que ta liqueur pourroit me guérir ?

— Je n'en doute point. Elle est justement recommandée contre l'hérésie. Veux-tu en faire l'expérience ?

— Nous verrons cela plus tard. Je te propose aujourd'hui une affaire. C'est de t'accompagner un bout de chemin. J'ai envie de savoir ce qui se passe en Ararat.

— En Ararat ? Où est-ce donc ?

— Par là-bas. (Geste vague en direction de l'Orient.) On y trouve des arbres à pain, des fontaines à vin, des femmes accueillantes et des chemins pavés d'or. Il me semble que tu vas aussi dans cette direction ?

— Un peu. En vérité, je vais à Rome baiser la pantoufle du pape.

— Justement ! On passe par Rome pour gagner Ararat. J'aimerois donc, si nous pouvions nous entendre,

aller un moment avec toi. En même temps, je te rendrois de grands services.

— Lesquels ?

— Par exemple, lorsque tu proposes ton eau miraculeuse au public, je me mêlerois à la foule et je crierois de toutes mes forces : « Salut, cher Docteur ! Que Dieu vous bénisse ! — Je ne suis pas docteur, répondrois-tu, et je ne vous connois point. — Mais si, voyons ! Je vous achetai, il y a de cela deux semaines, à tel endroit, de votre eau guérisseuse. — Et elle vous a guéri ? — A moitié. — A moitié seulement ? — Oui, parce que, l'ayant appliquée sur mon seul bras droit, alors que tous deux souffroient également du feu de Saint-Antoine, j'ai ensuite maladroitement brisé la bouteille. — Et alors ? — Alors, regardez comme se porte ce bras droit ! » Je le lèverois en l'air et tout un chacun constaterait sa bonne mine. « Regardez maintenant comme il étoit la semaine dernière. » Je découvrirois le gauche, stigmatisé par le feu. Après cela, ton eau se vendroit plus cher que les larmes du Christ.

Je réfléchis à cette étrange association et demandai avant de répondre :

— Quel seroit ton salaire ?

— Je partagerois ta nourriture. Rien d'autre.

— Où dormirois-tu ?

— Où cela seroit possible. Près de toi, sous la capote de ta voiture. Ou bien dessous, entre ses quatre roues. J'ai l'habitude de fréquenter l'auberge de la Belle Etoile.

— Je ne te cognois point. J'ignore ce que tu vaux.

— Faisons un essai de deux journées, pour que tu apprennes à me cognoître.

— Comment dis-tu que l'on te nomme ?

— Courreau. Comme quelqu'un qui court après l'eau. Et c'est bien ce que je ferai, d'étape en étape, après ton eau guérisseuse.

Il rabaissa sa manche gauche.

Ce soir-là, nous prîmes notre station nocturne au pied d'une colline appelée puy Grellot, couverte de vignes, un peu avant le village de Champdieu. La nuit étoit douce. Comme à l'accoutumée, je laissai paître Galant, puis l'attachai à un arbre. Courreau et moi, nous nous repûmes de pain gris, de fromage et de noix, qu'il cassoit entre ses mâchoires comme de simples noisettes. Je crois même, Dieu me damne, qu'il avaloit les coquilles avec les cerneaux : je les entendois craquer et s'émietter sous ses dents. Puis il s'allongea entre les roues de la maringote, replié sur lui-même, à la manière d'un enfant dans le sein maternel. Je m'allongeai aussi, à ma place habituelle, la main sur ma canne-épée, et je ne dormis que d'un œil, m'attendant à chaque instant d'être égorgé et dépouillé par cet étrange compagnon...

Le chant d'un coq les réveilla. Ils s'aperçurent qu'ils se trouvaient à proximité d'une ferme où ils purent obtenir, en échange d'un couteau, du lait bourru, c'est-à-dire au moment où il sort à peine des trayons, encore chaud, avec sa mousse et quelques poils de vache qui n'ont jamais étranglé personne, un gros chanteau de pain et un bon morceau de lard. Ils burent le lait, emportant le reste qui pouvait suffire deux jours à leur subsistance.

Une heure plus tard, ils entrèrent dans Champdieu, bourg établi au bord d'un ruisseau nommé le Rulhat, passèrent sous une belle porte antique encadrée de deux tours rondes et trouvèrent ce village infesté de chèvres et de moines.

— Confie-moi une livre, dit Courreau, afin que je te puisse payer l'eau que je ferai semblant de t'acheter.

Le vin était tiré, il fallait le boire. Marin sortit la pièce d'argent. Puis il alla devant l'âne en soufflant dans son cor, son compère fermant la marche à quelque distance, selon la stratégie convenue. La maringote s'arrêta au carrefour de deux rues, et il corna vers toutes les directions de la rose des vents.

— Venez voir ! Venez voir ! héla-t-il en baissant le manteau de la capote. Je vends des couteaux, des aiguilles, des épingles, du fil, des clous à sabots et des clous à vaches, des paniers à salade, du papier à écrire, des almanachs, des cartes et bien d'autres articles. Venez voir ! Venez voir ! Essayez mon eau miraculeuse garantie par les religieux de l'Hermitage. Propre à guérir tous les maux de l'esprit et du corps, et spécialement efficace contre l'hérésie. Venez voir ! Venez voir !

Quelques badauds commencèrent d'obéir à son appel. Ils avançaient de quatre pas, mais demeuraient encore à distance.

— Approchez ! Approchez ! Cela ne vous engage à rien. Je n'irai pas prendre votre argent dans votre poche !

Comme les brebis sortent de leur enclos, une d'abord, puis deux, puis trois, tandis que les autres, timides, baissent l'œil et le museau, et ce que fait la première est ensuite imité par toutes, ces personnes peu à peu sortirent de leur prudence. Marin allait à leur devant, leur mettait dans les mains ses paniers à salade, ses couteaux, ses registres. Elles tournaient et retournaient les objets, l'œil brillant, se les passaient de l'une à l'autre, la dernière les reposait sur l'éventaire.

— Combien les vendez-vous ? demanda une audacieuse.

— Eh ! Madame ! Chaque chose a son prix. Dites-moi quoi ?

— Ce panier à salade.

— Quinze sous. Mais à vous, si vous êtes ma première cliente, je le laisserai pour douze.

Voyant son hésitation, il rabattit encore à onze. Elle l'eût bien pris, mais s'en abstenait par insuffisance de pécunes. Sans doute, comme Françoise Rivaud, avait-elle coutume de secouer sa salade dans un linge troué ; elle continuerait encore longtemps. Courreau sortit de l'anonymat :

— Salut, Docteur ! Que Dieu vous bénisse !

— C'est à moi que vous parlez ?

— Oui, puisque vous m'avez guéri du feu de Saint-Antoine...

Alors commença la comédie bien manigancée du bras gauche et du bras droit. Le public n'en croyait ni ses yeux, ni son nez, ni ses oreilles.

— Et tout cela par le seul effet de votre eau de l'Hermitage. Je vous ai poursuivi de paroisse en paroisse. A Marcilly, à Pralong, je vous manquai de peu. Bien content de vous avoir enfin rattrapé. Vendez-m'en une autre demi-pinte !

Et caetera. Il sortit de sous ses hardes un flacon de verre que Marin remplit à son outre. Il paya rubis sur l'ongle la livre demandée, s'éloigna en répandant mille mercis. Cette démonstration provoqua une grande demande sur l'eau guérisseuse. Marin n'en finissait pas de servir, d'encaisser, de rendre la monnaie. Soudain, une figure nouvelle s'avança, la main levée :

— Un moment !

Il s'agissait d'un bénédictin appartenant au proche prieuré qui jugeait bon de se mêler des affaires d'autrui :

— Si vous parlez de miracle et d'hérésie, cela me concerne, dit-il en se caressant la barbe d'un air compétent. J'aimerais bien vérifier.

— Rien n'est plus facile, dit Tourlonias.

Il fouilla dans la maringote, sortit l'attestation du prieur de l'Hermitage, ornée de son sceau rouge, *pour servir et valoir ce que de droit.* Le moine la lut attentivement, parut impressionné et déclara que cette eau provenait bien d'une source qui avait par le passé accompli d'innombrables guérisons. Ce qui redoubla la demande. La moitié de l'outre se trouva vidée. Marin vendit aussi un peu de clinquaille, deux almanachs et un panier à salade.

Les deux compères se rejoignirent à la sortie du bourg et soupèrent au bord de la route, à la clarté des étoiles, avec le pain et le lard dont ils s'étaient fournis.

— Ce Champdieu mérite bien son nom, dit Tourlonias, la bouche pleine. Nous y avons fait une récolte merveilleuse.

Ils mâchèrent et savourèrent leur nourriture en silence, tandis que Galant tondait l'herbe du fossé.

— Il est dommage, fit Marin dans l'ombre, que nous ayons tous ce trou entre le nez et le menton que nous devons remplir chaque jour. Cela nous met bien en souci et en besogne. Encore si nous pouvions, comme notre âne, le combler d'herbes sauvages ! Mais il nous faut des nourritures compliquées et coûteuses. Le Créateur nous a bien mal partagés !

— Tais-toi, dit Courreau. C'est à cause de ce trou que nous nous démenons de toutes les manières. Que nous semons le blé. Que nous cultivons la vigne. Que nous élevons les gorets, la volaille, les abeilles. Que nous chassons le sanglier. Et que par conséquent nous bâtissons des moulins à farine, des étables, des bergeries. Que nous construisons des cuves et des tonneaux, des barques pour pêcher la sardine et le hareng, des vaisseaux pour aller chercher la vanille, le poivre, le sucre, le cumin au-delà des mers. C'est à cause de ce trou que le potier fait des écuelles et des cruches. Que le boulanger pétrit du pain. Que le charcutier ficelle des andouilles. Que le pâtissier pâtisse, que le ramoneur ramone, que le navigateur navigue. Si le Créateur nous avait autorisés à manger les herbes sauvages seulement, nous passerions notre vie comme ton âne, à quatre pattes. Ah ! Il savait bien qu'il nous plaçait au-dessus de la bête en nous mettant ce trou exigeant entre le nez et le menton ! C'est pourquoi, à notre tour, nous L'adorons en Le mangeant et Le buvant dans nos églises sous la forme du pain et du vin.

Courreau, qui portait barbe chenue, avait longtemps réfléchi sur ce monde si rempli de choses qu'il n'en existe pas de pareil dans tout l'univers. A le fréquenter, on ne perdait pas son temps. Il avait été fusilier dans les armées du Roi, vu plusieurs pays, participé à maintes batailles.

— J'étais, racontait-il, aux Pays-Bas, qui sont très loin d'ici, où j'eus l'honneur, sous le commandement d'un Auvergnat comme toi nommé Anterroches, de recevoir une balle anglaise à Fontenoy. Les Anglais étaient alignés en face de nous, en casaques rouges et chapeaux pointus. Nous en casaques bleues et tricornes noirs galonnés d'argent. Leurs fusils braqués vers nos poitrines. Leur capitaine nous cria entre ses mains : « Messieurs les Français, tirez les premiers ! — Non, Monsieur, répondit de même le comte d'Anterroches. Vous d'abord ! »

— C'était, dit Marin, complètement imbécile.

— Point du tout. Les Anglais tirèrent les premiers en effet. Dans la précipitation. Craignant que nous ne changeassions d'avis. La crosse à la hanche, selon une méthode que nous appelions « en seringue ». C'est ainsi que je reçus de leur plomb dans le mollet. Mais ensuite, ceux d'entre nous qui n'avaient pas été couchés par la décharge répliquèrent tranquillement. En visant bien. Chacune de nos balles porta. Pour ma part, quoique blessé, je descendis mon homme rouge comme un lapin. Notre artillerie fit le reste. Nous en foutîmes dix mille hors de combat.

Et il riait de toutes ses dents éclatantes, au milieu de sa barbe poivre et sel. Si bien qu'il avait quelque ressemblance avec Antoine Tourlonias, père de Marin, grand coureur de peilles, de souliers percés et de filles propres à le consoler de son veuvage.

— Où dis-tu que tu veux te rendre ? demanda Marin.

— En Tararat.

— Je croyais que c'était en Ararat ?

— Ararat, Tararat, c'est la même chose. Et même Taratatat.

— Est-ce que tu te moques de moi ?

— Je ne me moque jamais.

— Que vas-tu faire dans ce pays ?

— Y rencontrer une autre espèce d'hommes.

— Différents de nous ?

— Très. Ils n'ont qu'un pied, mais fort gros, fort étendu.

— Alors, ils ne marchent point ?

— Que si, en sautant. A cause de cet énorme pied, ils sautent cent fois leur hauteur, comme fait la puce. Ce qui leur permet de traverser sans pont des rivières très larges. Mais ils préfèrent marcher sur les mains, la tête en bas. De sorte que ce pied unique leur sert de parapluie ou de parasol, suivant la saison. Ils n'ont pas besoin de travailler pour se nourrir, puisque, comme je t'ai dit, ils disposent d'arbres à pain et de fontaines à vin. Mon rêve.

— A quoi passent-ils le temps ?

— A jouer à la marelle. Ils honorent leurs voisins et reçoivent les étrangers avec beaucoup de sollicitude. C'est pourquoi je vais chez eux le cœur tranquille, sûr d'y trouver à manger, à boire et à dormir. Le meilleur lit sera toujours pour moi. Les riches s'y mettent au service des pauvres et des malades. Le pays n'est pas gouverné par un roi entouré de gentilshommes, mais par des représentants du peuple (de préférence des vieillards), choisis pour leur intelligence, leur honnêteté, la pureté de leurs mœurs et la longueur de leur barbe. En somme, dans ce pays d'Ararat, les habitants font à peu près tout le contraire de ce qui se fait chez nous.

— Est-ce qu'ils meurent cependant ?

— Quelquefois. Leur cercueil, naturellement, a la forme d'une botte.

Tourlonias et Courreau se couchèrent, car il pleuvait, sous la capote et sous la même couverture, flanc contre flanc. La pluie crépitait sur la toile.

— Ce temps, s'il persiste, gâtera demain notre journée, dit Marin.

— Jamais personne, dit Courreau, n'a su boucher le trou du ciel. Il faut prendre le temps comme il vient.

— A propos d'eau : j'ai vendu la moitié de mon outre. Le reste ne me mènera pas loin.

— Nous en trouverons d'autre sur notre chemin.

— Mais elle ne viendra pas de l'Hermitage ! Elle ne sera point guérisseuse !

— Tu te trompes. Elle le sera bel et bien.

— Comment cela ? La simple eau de fontaine ?

— Assurément. La vertu miraculeuse se communique. Même s'il ne restait qu'un gobelet, qu'une goutte dans ta peau de chèvre, le pouvoir de cette goutte gagnerait toute l'eau de fontaine que tu peux y ajouter. Sinon, où serait le miracle ?

Ces propos homéopathiques rassurèrent Tourlonias. Ils s'endormirent malgré le ruissellement. Le plus à plaindre n'était pas Galant : son poil épais et rude le protégeait de l'intempérie.

La route de Montbrison était encombrée de chars à bœufs, de charrettes à vaches, d'ânes bâtés, tous transportant de volumineux paquets. Marin s'en inquiéta :

— Qu'est-ce que c'est donc que ces édredons ?

— Vous l'avez dit : des édredons. C'est aujourd'hui la Saint-Luc, jour de la foire aux duvets. Nous avons plumé nos oies, nos canards, nos poules. Et nous allons vendre. Il vient des acheteurs de Saint-Etienne, de Roanne, de Feurs, de Lyon, de Tarare. Ils en font des coussins, des couettes, des oreillers, des matelas, des panaches, des chapeaux.

Certaines paysannes apportaient des pennes réunies en petits faisceaux, destinées aux papetiers-libraires qui en feraient des plumes à écrire.

Montbrison était une ville entourée de murailles délabrées, surmontée par les ruines d'un château. Un ruisseau, le Vizézy, la traversait dans sa partie méridionale. Enjambé par une multitude de ponts, le pont Rouge, le pont de la Vacherie, de la Porcherie. Aucun ne portait le nom de l'Archi-Saloperie que lui auraient mérité les déjections qu'il roulait. La rue principale, dite de la Tupinerie, à cause des marchands de tupins (qui sont des pots de terre) établis sur ses bords, suivait à peu près le cours du Vizézy et finissait place de la Fontaine, autour de laquelle les vendeurs de duvets défaisaient leurs balles. Il en résultait un voltigement de plumules, pareilles à des flocons de neige. Beaucoup de passants devaient tousser ou éternuer malgré eux. Tout cela au milieu des cris, appels, marchandages, qui formaient un joyeux tohu-bohu. Afin de profiter de cet afflux, les deux compères et l'âne prirent leurs assises devant l'église Notre-Dame d'Espérance. Autant que sa voisine Champdieu, la ville de Montbrison grouillait de moines et moinettes, bénédictins, clarisses, lazaristes, visitandines, ursulines, qui ce jour-là se décloîtraient pour écouler la plume de leurs basses-cours. Bien d'autres marchands étaient d'ailleurs accourus, proposant qui des souliers, qui des chapeaux, qui des saucisses. Une chanteuse ambulante se tenait sur le pont d'Ecotay, encombrant la circulation autant qu'elle le pouvait afin d'obliger les passants à s'arrêter, à prêter l'oreille à sa complainte :

Ecoutez l'histoire violente
Du fameux baron des Adrets,
Venu de Nîmes et de Valence
Pour infester notre Forez.
Entouré de sa soldatesque,
Il brûlait couvents et maisons.
En 1560 et quelques,
Il s'empara de Montbrison.
Il obligea les catholiques
Qu'il avait pris à s'élancer
Du haut d'un donjon, sur les piques
De ses soldats, au rez-de-chaussée.
C'est un procédé fort cruel,
Peu digne de l'honneur français.
Ah ! plaignons les pauvres mortels
Qui furent ainsi transpercés.
Plaignons Robin, plaignons Mélile,
Le capitaine Moncelar,
Vaillants défenseurs de leur ville
Sacrifiés par ce vicelard...

La chanteuse était une paysanne descendue de sa montagne. Agée sans doute de quarante ans, burinée par la peine, tannée par les vents et les soleils, contuse de maternités, elle en paraissait soixante. En sabots, en coiffe tuyautée, en caraco de serge grise, en tablier rapiécé, un cabas de toile suspendu au bras, elle chantait d'une voix criarde qui perçait le brouhaha. Pour mieux la diriger, elle plaçait sa main droite en entonnoir autour de sa bouche et de l'autre se bouchait une oreille.

— Tous les Montbrisonnais, dit Courreau, connaissent l'histoire de ce protestant mal convaincu, qui commença et qui finit dans la peau d'un papiste, mais qui se comporta sous toutes les bannières en bête furieuse. Derrière l'église Saint-Pierre, sur la rue des Fossés, je te montrerai la tour du supplice. On raconte qu'un seul prisonnier du baron eut la vie sauve. Comme il hésitait à faire le saut : « Eh quoi ! s'écria le baron, n'as-tu pas vu tes amis sauter sans hésitation ? Tandis que toi, tu t'y prends à deux fois ? — Je te donne ma place en dix fois ! » répliqua l'homme. Des Adrets éclata de rire. Et pour ce rire, il épargna le prisonnier.

La chanteuse en arrivait au couplet de conclusion :

Soyons de bons chrétiens, mes frères
Faisons maigre les vendredis ;
Soulageons toutes les misères,
Et nous irons au Paradis.

Après quoi elle tendit son cabas ouvert à deux mains, dans lequel les badauds lançaient ce qu'ils voulaient : des pièces, sans doute ; mais aussi des noix, des morceaux de pain, des pommes, des chèvretons. « Grand merci, grand merci… » Quand cette pluie eut cessé, elle s'assit un moment sur le parapet pour reprendre haleine et attendre le changement de public. Puis elle recommença la complainte, qu'elle avait apprise de sa mère, qui l'avait reçue de la sienne, en remontant ainsi jusqu'à 1560 et quelques, sans doute, où elle fut composée par un poète anonyme.

A cette foire de Saint-Luc, ils virent aussi un homme guêtré de blanc jusqu'aux genoux. Tenant quatre plumes d'oie dans le ruban de son chapeau et à la main un paquet de livres ficelés. Il allait déclamant :

— Qui a besoin d'un maître d'école ? J'enseigne la lecture, l'écriture, le calcul et le latin. Je me mets au service de qui me payera quatre livres par semaine.

Parfois, il s'arrêtait, ouvrait un de ses bouquins et faisait à voix haute la démonstration de sa capacité. Il rabaissa ses prétentions à trois livres et demie, puis à soixante sous sans trouver personne qui voulût de lui. La plupart des gens qui l'entouraient se passaient fort bien de savoir lire ou écrire, en français comme en latin. Ce sont là sciences de notaires et de curés. Pour ce qui est de compter, ils suivaient le principe qui a cours en Auvergne comme en Forez : celui qui ne sait pas lire, c'est qu'on ne lui a pas appris ; mais s'il ne sait pas compter, c'est qu'il est une bête. Le magister dut aller chercher de l'emploi sous d'autres cieux.

Marin, Courreau et Galant firent ce jour-là une si bonne vente qu'ils décidèrent de dormir sous un toit. Ils choisirent l'auberge de la Cloche qui, au bas de la rue Saint-Pierre, recevait à pied, à cheval et en voiture. En passant, ils virent la tour du baron des Adrets, ce qui les mit en appétit, puis allèrent souper. Ils eurent une carpe, une poule au pot, des pigeons sur canapé, quatre sortes de fromages, trois sortes de confitures, une gouire aux myrtilles. Le tout arrosé au vin de Champdieu. Les deux hommes gagnèrent ensuite leur chambre où n'existait qu'un lit, mais assez large pour six personnes, qu'il contenait à l'occasion. Galant lui-même y aurait pu dormir.

Avant de fermer les yeux, Marin posa une question à son compère :

— Selon toi qui sais tant de choses...

— Avec ce que je ne sais pas, on ferait de belles librairies.

— ... quelle est la bonne religion : la catholique ou la protestante ?

— Selon moi, toutes les religions sont bonnes dans leurs principes. Et toutes souvent mauvaises dans leur pratique. Les prêtres sont pareils à des marchands de fromages, fabriqués avec le même lait. Certains en ont produit de la fourme, d'autres du gruyère, d'autres du camembert. L'un est doux, l'autre piquant. L'un est sec, l'autre coulant. Toutes les religions se servent des mêmes ingrédients : l'amour de Dieu, le respect des prophètes, l'obéissance à la Loi, la charité, la pureté, l'honnêteté. Le malheur est que ces marchands se font concurrence. Chacun veut placer son fromage. Ils n'hésitent pas à se combattre de toutes les façons : par la calomnie, par le bâton, par la corde, par l'épée. Oubliant les bons principes, ils s'entre-tuent. Si tu préfères une autre comparaison, je dirai aussi que la religion est pareille à l'huile…

— Huile ou fromage ?

— Oublie le fromage pour le moment. Rien n'est plus doux que l'huile : dans la soupe, dans la salade, dans la ratatouille. Elle éclaire notre route par la mèche de la lampe. En frictions, elle délasse nos membres fatigués. Elle apaise les vagues de la mer. Mais tu peux aussi la faire avaler bouillante à de malheureux captifs. Confectionner des brûlots pour incendier un bateau ennemi. Les religions sont comme l'huile et le fromage : tout dépend de l'usage qu'on en fait.

— Laquelle faut-il donc choisir ?

— Choisis la religion de l'endroit où tu te trouves. Sois catholique chez les catholiques, huguenot chez les huguenots, juif chez les juifs, musulman chez les musulmans. C'est le seul moyen de vivre en paix. Bonne nuit.

4

Ce 22 octobre 1750

Nous nous réveillâmes d'humeur fort joyeuse à l'auberge de la Cloche, après une nuit de bon sommeil. Notre chambre étant pourvue d'une table de toilette, j'en profitai pour me raser avec de l'eau chaude que m'apporta la fille, ce que je n'avois point fait depuis mon départ d'Augerolles. Comme ce jour-là étoit un dimanche, nous allâmes entendre la messe à l'église Saint-Pierre où le curé dans son homélie, en ce lendemain de la foire aux duvets, encouragea les commerçants à pratiquer honnêtement leur état, disant que Jésus de Nazareth avoit été commerçant lui-même puisqu'il vendoit ses travaux de charpenterie ; avec cette condition particulière qu'une part de notre profit devoit aller aux serviteurs de Dieu qui ne vivent pas de l'air du temps. Au surplus, Dieu nous rendroit nos offrandes au centuple. Ainsi fis-je lorsque le sacristain promena sous le nez des fidèles une sorte de sac allongé au bout d'un bâton ; je laissai tomber une pièce de quatre liards dans cette chaussette. Je fis le calcul que Dieu dès lors me devoit cinq livres.

Le lendemain, le niveau de mon eau guérisseuse se trouvant au plus bas, j'allai remplir mon outre à la fontaine de la Tupinerie. Après quoi, nous reprîmes vaillamment la route de Rome et d'Ararat, en direction de Saint-Etienne, mais sans crainte des zigzags.

A Moingt, nous vîmes plusieurs ruines de belle physionomie, un couvent de bénédictins et un orme considérable planté, nous dit-on, par ordre de Sully, ministre du roi Henri IV. Nous nous établîmes sous son feuillage. Nous vendîmes six couteaux, un panier à salade, huit feuilles de papier et plusieurs pintes d'eau miraculeuse.

A Saint-Romain-le-Puy, nous eûmes le courage de nous hisser jusqu'au prieuré où restoient quelques moines qui ne voulurent rien nous donner, sauf leurs bénédictions.

A Sury, nous vendîmes à bons prix. A Saint-Cyprien, presque rien. A Andrézieux, pas beaucoup mieux.

Nous atteignîmes la Loire à Saint-Rambert où nous fîmes quelque commerce avec les charpentiers qui fabriquaient des barges appelées saint-rambertes. A la Talaudière, nous eûmes au dîner de la « courgette à la pichorgne ». Et ce fut l'aliment le plus dégueulatoire qui m'ait été servi dans toute mon existence ; comme je m'en plaignois à la maudite Fourinate qui l'avoit préparé, elle me répondit aigrement :

— Mes clients habituels s'en lèchent les doigts. Si ma courgette ne vous plaît point, il vous suffit de la laisser.

— C'est ce que nous allons faire, dit Courreau.

— Rappelez-vous cependant que vous devez me la payer, puisque je vous avois avertis que vous auriez de la courgette à la pichorgne.

— *C'est que nous ne savions point, dis-je, de quelle saloperie il s'agissoit.*

— *Vous deviez vous renseigner. De toute façon, payez, ou j'envoie quérir la brigade.*

Pour ne pas envenimer les choses et parce que, quoi qu'il m'en coûte, j'ai toujours eu pour pratique d'avaler ce que je paye jusqu'à la dernière miette, je mangeai cette pichorgne en me pinçant le nez. Courreau, qui ne payoit point, la laissa dans son assiette. Lorsque, sans au revoir, nous fûmes sortis de ce bouge, mon compère s'excusa :

— *Nous n'aurions pas dû manger à la Talaud. Le monde y a une réputation spéciale :* C'est des gens de la Talaud. Ils boivent dans leur sabot, et ils hum dans leur chapeau.

— *Pardon ? dis-je.*

— Et ils hum dans leur chapeau.

— *Qu'est-ce que cela signifie ?*

— *Réfléchis un peu, et tu trouveras.*

Son éclat de rire me fit trouver. Courreau, qui ne se lavoit que les jours de pluie, étoit au contraire d'une grande netteté de bouche. Jamais il n'employoit de mots malpropres et il se parfumoit l'haleine en mâchonnant des feuilles de menthe. C'est pourquoi il disait hum *au lieu des mots inconvenants.*

Ce soir-là, je m'endormis dans l'inquiétude à cause de la pichorgne que j'avois mangée de force. En me réveillant, le lendemain, sous la capote, je m'aperçus toutefois que j'étois encore vivant, et j'en fus bien aise.

Le 21, nous arrivâmes à Saint-Etienne, au bord du Furan, qui prétend comme Rome avoir sept collines, mais presque toutes sont hors la ville. Les femmes y portent des coiffes tuyautées jusqu'aux oreilles et un grand nœud blanc sous le menton ; elles sont passementières et fabriquent des rubans de soie. Les hommes ont des bonnets bleus, des culottes de droguet, des bas de laine et des sabots. La plupart travaillent dans la clinquaille, comme les Thiernois. Ils font des couteaux qu'ils appellent eustaches, des épées, des baïonnettes, des armes à feu pour la chasse et pour la guerre, et une infinité d'autres produits dont j'aurai l'occasion de reparler. Certains extraient du charbon de terre.

Nous nous installâmes au centre de la ville, en un lieu dit le Pré de la Foire, qui forme une sorte d'îlot entre deux bras du Furan, garnis de coffres à poissons. Au milieu, se dresse une croix haute de cinquante pieds. Aussitôt, les Stéphanois, qui sont de grands badauds, accourent de toutes parts et se pressent autour de nous. Avec l'intervention de Courreau, mon compère, je n'ai aucune peine à leur vendre une grande partie de ma cargaison. Ils se jettent spécialement sur mon eau guérisseuse, car ils croient en Dieu et à tous les saints, comme le prouve une exclamation de piété qu'ils prononcent très souvent :

« Oh ! milladzeu ! Oh ! milladzeu ! »

Ce qui, je crois, signifie : plaise à Dieu.

Le lendemain, je changeai de site, me mis sur la place des Ursules. Et le jour d'après sur la place Grenette. Même nos derniers paniers à salade furent enlevés. Si bien qu'au bout de trois jours, nous n'eûmes plus rien à vendre, excepté des caresses sur l'échine de Galant. Or, ce troisième jour, Courreau disparut subitement, tandis que j'attelois mon âne à la maringote. En un instant, sans me dire pourquoi, sans répondre à mes appels. J'en restai fort troublé.

Me trouvant assez riche d'argent et pauvre de marchandise, je serois alors volontiers retourné en Auvergne si je n'avois eu en tête ce projet enraciné d'aller baiser la pantoufle du pape. Il me fallut donc réapprovisionner ma voiture. Ce ne fut pas difficile, car Saint-Etienne débite toutes sortes d'objets fabriqués, ses habitants jouissant d'une ingéniosité merveilleuse. J'achetai donc une quantité de cuillers, grandes ou petites, de gobelets, d'eustaches, de ciseaux, de casse-noisettes, de casse-pierres, de casse-pipes, de casse-têtes, de casse-pompons ; pareillement, de tire-bouchons, de tire-clous, de tire-bottes, de tire-bourre, de tire-crins ; item, de pousse-balles, de pousse-navettes, de pousse-toc, de pousse-au-cul ; item, de serre-livres, de serre-cous, de serre-joints ; item, de passe-billots, de passe-bouillon, de passe-boules, de passe-collets, de passe-lacets, de passe-montagnes, de passe-partout. Naturellement, je remplis mon outre miraculeuse à la fontaine des Gauds. Ainsi parés, nous fûmes, mon âne et moi, prêts à reprendre le chemin de Rome. Il ne manquoit plus que mon compère. Soudain, celui-ci reparut et me fournit quelques explications :

— Ami, je ne vais pas plus loin.

— Comment ? Et Ararat ?

— Je l'ai trouvé.

— Trouvé ? A Saint-Etienne ? A quoi ressemble-t-il ?

— A une femme.

— Tu as trouvé une femme ?

— Disons que je l'ai retrouvée. Ou plutôt, j'ai trouvé une femme qui ressemble à une autre que j'ai connue jadis et perdue pendant que je servois le roi de France. A mon retour, elle étoit partie.

— Pour où ?

— Pour Ararat.

— Elle aussi ?

— Nous irons tous en Ararat. Mais avant-hier, me promenant par la ville, j'ai rencontré une jeune pauvresse qui avoit son visage. Nous avons décidé d'unir nos deux pauvretés.

— Ton histoire est bien broussailleuse.

— Rien n'est simple chez l'homme.

Je ne pus le détourner de sa résolution. Il étoit convenu entre nous que je ne lui verserois aucun salaire monnayé. Aussi ne lui en offris-je point. En revanche, je lui donnai assez de nourriture pour une semaine, et j'ajoutai :

— Prends dans mon assortiment deux pièces à ta convenance.

Il examina bien toutes choses, se détermina pour un tire-crins et un pousse-au-cul de grande qualité. Le premier avec un manche en ivoire dans son étui. Le second en bois de fausse ébène avec siège orientable.

— Que comptes-tu en faire ? demandai-je.

— Rien. Les garder en souvenir de notre compérage.

Là-dessus, nous nous embrassâmes les larmes aux yeux. Il me mordit légèrement l'oreille comme font les soldats avant de se jeter dans la bataille. Ainsi prit fin le service de Courreau. De toute façon, il m'étoit devenu peu utile car, à force de manier l'eau miraculeuse de l'Hermitage, il avoit vu le feu de Saint-Antoine qui affectoit son bras gauche effacé presque entièrement. J'étois désormais déterminé à conduire seul ma grande entreprise...

Au sortir de Saint-Etienne, Marin Tourlonias et son âne prirent la route de Valence, toujours musardant de village en village. Sans l'appui de Courreau, l'eau guérisseuse s'écoulait moins fluidement. Ils se rattrapaient sur le reste. Enrichis par leur commerce, ils s'offraient à présent le luxe de dormir sous couvert presque chaque soir. L'un entre deux draps ; l'autre sur la litière d'une écurie.

Ils durent traverser une montagne épaisse et longue, aux cimes boisées, appelée le Pilat. Creusée de vallées profondes, parsemée d'éboulis de pierres. Galant y fut à son aise, car il trouva les chemins bordés de ses fleurs préférées : le chardon soleil, la bardane teigneuse, la sabine hérissée de lances. Marin lui permit d'herboriser son content, cependant que lui-même mâchonnait la douce-amère et la réglisse d'altitude.

Le soir du 12 novembre, ayant écumé Saint-Genest-Malifaux, ils arrivèrent sous une pluie battante au col du Grand-Bois. Ils y trouvèrent une auberge à l'enseigne *Chez Ponce Pilate*, heureux de pouvoir se mettre au sec. Marin s'étonna d'en être le seul client.

— En cette saison, expliqua l'aubergiste (un homme aux yeux de fouine et aux dents de chien), nous ne voyons pas beaucoup de monde. Je ne vous en soignerai que mieux, vous et votre ministre.

Il désignait par ce mot, suivant un usage commun dans la région, le brave serviteur à quatre pattes, sachant bien qu'un ministre porte ce titre pour servir, et non, comme le croient certains, pour être servi. En effet, Marin trouva sur la table tout ce qu'il pouvait désirer : soupe au gras, poularde bouillie, fromages d'Auvergne et du Velay, poires du Vivarais, vin du Lyonnais. Il desserra sa ceinture, rota par politesse, pour signifier qu'il ne pouvait consommer davantage. L'aubergiste y parut sensible. Voyant ensuite dans un panier d'énormes carottes, il demanda :

— Comment faites-vous pour obtenir d'aussi beaux légumes ?

— Je bêche moi-même mon potager, je le fume avec abondance, répondit l'homme en souriant de toutes ses dents canines, bien que ses paroles ne parussent pas justifier ce sourire.

— Et pourquoi portez-vous pour enseigne *Chez Ponce Pilate ?*

— Parce que cet ancien malfaiteur, après avoir autorisé la crucifixion de Jésus-Christ, dévoré par le remords, vint se retirer en ces lieux et y mourut probablement. Voyez-vous, Monsieur, ce n'était pas un homme estimable. L'homicide n'est pas à la portée du premier venu. Il y faut une fermeté d'âme et une énergie qu'on ne rencontre que chez les esprits supérieurs. Ponce Pilate n'était pas réellement fait pour cela. On raconte qu'il termina ses jours comme aubergiste. Je n'oserais affirmer cependant que ce fut à l'intérieur de ces quatre murs. Voilà néanmoins pourquoi j'ai baptisé de son nom mon auberge. Et pourquoi l'on appelle cette montagne le Pilat.

La conversation se trouvant bien amorcée, l'homme s'intéressa ensuite à son hôte, lui demanda où il allait, ce qu'il vendait, si son commerce était prospère, s'il avait de la famille et des amis. Puis il l'accompagna jusqu'à la porte de sa chambre, tenant à la main une chandelle. Son ombre derrière lui remplissait l'escalier. Marin le suivait, appuyé sur sa canne.

— Vous dormirez sans dérangement, sous la garde de Dieu. Bonne nuit, Monsieur. Les nécessités sont au fond du couloir.

Il redescendit lourdement, les marches de bois sonnaient sous ses souliers. Le jeune colporteur examina la chambre meublée d'une chaise, d'une table portant une cuvette et un pot, d'un crucifix, d'un lit avec son baldaquin et ses rideaux. Celui-ci comportait tout l'indispensable : paillasse, draps, oreiller, couette. Et un énorme couvre-pied qui semblait garni, non de plume, mais de laine et de crin. Marin enleva ses vêtements de dessus, se glissa entre les draps de chanvre raides comme l'injustice, se recroquevilla en chien de fusil, marmonna une prière, s'allongea petit à petit à mesure que la tiédeur lui venait, eut une pensée pour sa mère, son père, ses frère et sœurs, ses Grand et Grande. Avant d'avoir achevé le tour de sa parenté, il sombra dans le sommeil. Sur sa poitrine, sa bourse voisinait avec l'esquille découpée dans la croix d'Augerolles. La pluie ruisselait doucement sur les tuiles. Le vent coulis remuait les tentures.

Or il rêva qu'il se promenait dans la campagne auvergnate afin d'arpenter une terre qu'il se proposait d'acheter. Cent pas dans un sens, deux cents pas dans l'autre. Voici qu'en rentrant chez lui au crépuscule, il trouvait sur son chemin un pauvre agnelet noir abandonné. Bêletant de sa voix minuscule. Le cœur touché, Marin ramassait la bestiole, l'installait sur ses épaules afin de la ramener à sa bergerie. Mais à mesure qu'il marchait, il sentait l'agneau noir, d'abord léger, s'appesantir.

— Agneau noir, l'avertissait-il, cesse ce jeu, ou je te jette dans quelque étang !

Inutile menace : l'autre continuait de se faire de plus en plus lourd. Et encore ! Et toujours ! A la fin, écrasé par cette bête énorme, le pauvre garçon voulut s'en débarrasser ; mais elle s'accrochait à lui et l'étouffait. Marin se réveilla en sursaut et, quoiqu'il eût bien conscience d'être sorti de son sommeil, il continuait de suffoquer sous un poids formidable. Il eut la présence d'esprit de saisir la canne-épée qui couchait chaque nuit à son flanc, lame dégainée, et, la poussant de bas en haut de toutes les forces qui lui restaient, il transperça ce quelque chose. Un hurlement remplit la chambre. Suivirent une cavalcade, des gémissements, une fuite dans l'escalier. Délivré du mouton noir, Tourlonias attendit l'aube pour y voir plus clair. Lorsque enfin il se leva, il découvrit que le diabolique animal avait réellement essayé de l'étouffer avec le couvre-pied de crin. Que sa canne-épée était encore fichée au travers, la pointe rougie. Que des traces gluantes sur le plancher indiquaient que l'agresseur n'était pas reparti sans dommage.

Marin se débarbouilla comme s'il avait passé la plus reposante des nuits, se rasa soigneusement, jeta les eaux usées par la fenêtre. Puis il descendit dans la salle encore vide et froide : le feu couvait sous la cendre. Il appela :

— Y a-t-il quelqu'un ? Hé ! le patron ! Hé ! la patronne !

Celle-ci finit par surgir, échevelée, comme si elle s'était battue.

— Que voulez-vous ? demanda-t-elle âprement.

— Déjeuner.

— Vous avez faim ?

— Pardi !

Sans un mot, elle regagna sa dispense, revint avec des viandes froides, du fromage, du vin. Il but et mangea.

— Et votre homme ? demanda-t-il, la bouche pleine.

— Il est sorti pour ses affaires.

— Saluez-le bien de ma part.

Elle opina sans desserrer les dents. Il paya son dû, récupéra dans l'écurie Galant qui avait encore des brins de paille aux babines, vérifia qu'il ne manquait rien sous la capote. Et tous deux s'en furent, emportant un mauvais souvenir de Ponce Pilate et de son auberge.

A partir de Bourg-Argental, ils entrèrent dans un pays nouveau, le Vivarais, où la langue française semblait à peu près inconnue, excepté des notaires et des curés. Tourlonias dut recourir au parler d'Auvergne et n'eut, grâce à lui, aucune peine à se faire entendre. Les fermes isolées refusaient d'ailleurs de l'accueillir et lui lançaient leurs chiens aux trousses.

— *Perdaqué fâsé com acó ?* leur criait-il de loin. *Vènhe pó vouz adjudà.*

A ces paroles qu'ils reconnaissaient – se disant : celui-ci n'est pas de chez nous, mais pas de bien loin – les paysans rappelaient leurs gardiens et acceptaient son approche. Quand il était à portée de voix :

— Vous n'êtes donc pas un envoyé de la ferme ? répondaient-ils. Vous ne venez pas nous espionner ?

— Pas du tout. Je suis un pauvre roule-ta-bosse. Un misérable ronge-ton-frein. Un gagne-petit. De moi, vous n'avez rien à craindre. Croyez-vous qu'un envoyé de la ferme voyagerait avec un âne ?

Ils entraient alors réellement en conciliabule. Le colporteur abaissait sa capote. On examinait sa cargaison. On achetait ou bien l'on échangeait. Plus l'âne et l'ânier s'enfonçaient dans ce pays, plus les maisons devenaient noires, les chemins mauvais, les vallées profondes, les hommes inamicaux. A côté de ces farouches Vivarois, les Foréziens paraissaient des anges d'aménité. A Doivieux, ils furent lapidés comme saint Etienne. A Blanchard, toutes les portes restèrent closes malgré ses appels auvergnats. A Saint-Marcel, on les menaça de les jeter dans la Deûme. A Boulieu, les choses s'arrangèrent et ils vendirent beaucoup de clinquaille aux sœurs ursulines. Ils restèrent deux jours dans Annonay, ville tout en escaliers et en voûtes, penchée sur ses deux rivières. Elle semblait la sœur jumelle de Thiers en Auvergne, pareillement industrieuse. Marin se refournit en feuilles blanches et en feuilles imprimées, en estampes diverses, en almanachs médicaux prévoyant pour chaque jour de l'année les soins qui conviennent. Il acheta aussi des bonnets, des bas, des gants, des chapeaux, des fils, des grelots.

Ils repartirent par un chemin muletier qui les hissa jusqu'à Quintenas où ils firent quelque commerce. L'horizon était obstrué de hautes montagnes en forme de bicornes, de selles cavalières. Les chemins serpentaient au bord de précipices, sous des cascades, au travers de torrents. Des pâturages hirsutes et des bois ténébreux couvraient les plateaux. Dès la tombée du jour, on y entendait hurler des loups.

A Saint-Jeure, ils rencontrèrent une caravane de vinassiers. Une quinzaine de mules et une dizaine d'hommes, sous le commandement d'un *roi*, reconnaissable à sa haute stature et au petit fer à mulet suspendu à son oreille droite. Chaque bête était chargée de deux outres qui pesaient bien ensemble deux cents livres, sans parler du harnais, des pompons, des grelots. De plus, celle qui allait devant portait au chanfrein une cloche grosse comme une tête humaine. Tout cela faisait en progressant un tintin abominable, mêlé aux appels des vinassiers, à leurs chansons, aux claquements des fouets. Ils venaient de la vallée du Rhône, transportaient leur vin à Saint-Etienne, mais ne refusaient pas d'en vendre en cours de route. Aussi, traversant les villages et les villes, produisaient-ils autant de bruit qu'ils le pouvaient. Cela attirait le monde et chassait les mouches.

— Au bon vin de Provence ! Au bon vin des papes !

Des amateurs sortaient de leurs maisons. Et s'il n'en venait point, eux n'hésitaient pas à tirer les sonnettes, à cogner aux portes. Ils le faisaient goûter dans une tasse d'argent. A Saint-Jeure, Marin se tint bien à l'écart de leur passage avec sa maringote découverte, car ils n'étaient pas gens à se laisser concurrencer. Il ne put faire cependant que le roi des vinassiers ne le remarquât et ne vînt à lui. Celui-ci parlait dans un étrange langage, sonore, chantant, précipité, où la musique était plus facile à entendre que les paroles :

— Qu'est-ce donc que tu ferlampes, mon foulhert, sur ta charmasse ?

Et Tourlonias, plein de confusion :

— Pourriez-vous répéter, camarade ?

— Je te demande ce que tu vends, sur ta charrette.

— Des aiguilles, des papiers, du fil, des dés à coudre.

Mais le vinassier désigna l'outre d'un index accusateur :

— Est-ce que tu ferlampes aussi du pineton ?

— Heu... je ne crois pas.

— Est-ce que tu vends du vin comme nous ?

— Point. Seulement de l'eau guérisseuse.

— De l'eau guérisseuse ? Vraiment ?... On peut espingler ? Peux-tu me la faire goûter ?

Marin remplit un gobelet, l'homme en but deux gorgées, versa le reste par terre.

— De quoi qu'elle guérit, mon foulhert, ton eau guérisseuse ?

— De tout. Du feu de Saint-Antoine. De la gale. De la teigne. De l'hérésie.

L'autre éclata de rire et cria vers ses compagnons :

— Mes foulherts, savez-vous ce qu'il ferlampe dans sa chabrette ? De l'eau bénite !

— Non, non, protesta doucement Marin. Pas simplement de l'eau bénite : de l'eau miraculeuse qui sort d'une source nommée l'Hermitage, au pays des Fourinas.

A ces mots, les foulherts éclatèrent si fort de rire qu'on leur voyait la luette au fond du gosier.

— L'Hermitage, dis-tu ?

— Oui, l'Hermitage, à cause des moines qui y vivent en ermites.

Nouveaux rires des foulherts.

— Sais-tu que nous connaissons un autre Hermitage, au bord du Rhône ? Nous en venons ! Et c'est un pays qui produit le meilleur des vins !

— Ainsi, dit Tourlonias, il existe un Hermitage en eau et un Hermitage en vin ? Le monde est plein de choses étranges.

Ils commentèrent celle-ci entre eux, dans leur langage quasi incompréhensible.

— Et ce commerce te rapporte beaucoup ? poursuivit le roi des vinassiers.

— Cela dépend des pays.

— Combien le ferlampes-tu, ton sirop de grenouille ?

— Vingt sous la pinte.

— Vingt sous la pinte ? Mais c'est trois fois plus cher que notre pineton !

— C'est que mon eau contient la magie. A vous, qui me semblez de bons enfants, je veux faire cependant un prix de faveur : ce sera six deniers le gobelet.

Plusieurs muletiers, malgré leurs rires précédents, acceptèrent d'en faire l'expérience. Sans doute avaient-ils quelques maux du corps ou de l'âme dissimulés. Ils tendirent leurs gobelets vers l'outre que Marin avait réapprovisionnée à une fontaine de montagne, près de Quintenas. Les uns burent cette eau sans sourciller. D'autres, à la seconde gorgée, la crachèrent comme si c'eût été pisse de vache, car leur gosier, habitué au pineton, ne supportait plus l'eau de fontaine.

— Ton Hermitage, dirent-ils, est une grande dégueulasserie. Nous aimons mieux notre Hermitage à nous. Tiens : compare.

Ils lui en tendirent un gobelet, qu'il but avec plaisir.

— Qu'en penses-tu ?

— A la langue, le vôtre est meilleur, pour sûr. Mais les effets en sont différents.

Quand furent finies ces libations :

— On ne va pas te payer en argent, dit le roi. Mais on te permet de boire autant de notre vin que nous avons bu de ton eau. Hermitage contre Hermitage.

Marin but donc un complément. Mais après le quatrième gobelet, il renonça :

— Je vous fais grâce du surplus.

Il se remit en route, assis sur la limonière, avec une forte envie de rendre ses tripes, tandis que Galant l'austère secouait ses oreilles d'un air désapprobateur.

5

Ce 8 novembre 1750

Le chemin vivarois serpentoit à flanc de montagne. Nous n'étions gardés du précipice que par les candélabres du bouillon blanc. Si bien que certaines fois, effrayé par ces profondeurs, mon âne refusoit d'avancer et je devois le pousser au derrière de la maringote. L'injurier en le traitant d'âne auvergnat plus têtu qu'une mule catalane. Nous descendîmes enfin jusqu'à la vallée d'un torrent appelé le Doux. Il ne méritoit guère son nom à en croire ses eaux écumeuses et les énormes pierres qu'il rouloit dans son lit. Les versants de la vallée étoient en revanche fort riants. Bordés de châtaigniers et de terrasses où prospéroient la vigne, en cette saison toute vêtue de pourpre, les cerisiers, les pêchers, les abricotiers sans feuilles que je reconnaissois à leur port et à leur écorce. A mesure que nous progessions, elle s'ouvroit plus largement, jusqu'au moment où le Doux mêla ses eaux à celles du Rhône. Nous entrâmes dans Tournon qui est une petite ville de bateliers où les cochons, presque aussi nombreux que les hommes, se promènent librement dans les rues. Insensibles à l'âpre vent du nord qui leur rebrousse le crin et qu'on nomme bise, ou rhounet, ou maestral. Au pied de la falaise qui surplombe roidement le fleuve, se tiennent un beau château, muni de grosses tours, encerclé par deux bras du Rhône qui en font une île, et un monastère occupé par des jésuites. Avec une terrasse bordée de balustrades d'où l'on doit avoir une très jolie vue sur le paysage. A l'opposé, le fleuve roule sa charge de radeaux, de trains flottants, de sapines et autres barques.

Elles naviguent dans les deux sens, à la voile ou à la godille en descendant, halées par des chevaux ou des bœufs en remontant. Les unes transportent du bois, du charbon, des tonneaux ; les autres, appelées « coches d'eau », des personnes avec leurs bagages, parfois même leurs voitures. Au-delà du Rhône, une ville jumelle, Tain, dominée par une montagne moins abrupte que celle de Tournon, sur les pentes de laquelle se tient le fameux Hermitage dont les vinassiers m'avaient abreuvé le gosier et les oreilles.

Je m'établis à Tournon devant l'église Saint-Julien et j'eus la chance de faire un bon commerce. Je remarquai que dans cette partie du Vivarois inférieur, les marcheurs usoient de souliers et non plus de sabots comme ceux de la montagne. Aussi mon premier soin fut-il de me mettre à la mode du pays. J'entrai chez un savetier.

— Vous ne pouviez pas mieux tomber, me dit-il. C'est moi qui ai l'honneur de chausser Messieurs les jésuites. Dans mon échoppe, je dispose donc toujours

de quelques paires d'avance. Je puis vous en céder une au meilleur prix.

J'en essayai deux ou trois, en trouvai une qui me convenoit, en cuir noir d'Annonay, à talons demi-plats, avec boucles de cuivre rouge.

— Avec cela, Monsieur, dit le cordonnier qui ne croyoit pas tomber si juste, vous marcherez jusqu'à Rome.

Je payai, le remerciai et m'en fus, emportant au bout du bras mes sabots usés, pour m'en servir encore à l'occasion. J'appartiens à une race d'hommes qui ne jette rien et sait utiliser les restes jusqu'à ce qu'ils lui tombent des doigts.

Nous renonçâmes à Tain, car il eût fallu traverser le fleuve à bac. Or les eaux, gonflées par les pluies et soulevées par la bise, étoient impétueuses. Galant me fit signe, en secouant la tête, que nous ne devions pas prendre ce risque. Nous continuâmes donc par la route qui longe la rive droite et qui est aussi un chemin de halage. Des chevaux encadrés par des dizaines d'hommes le remontoient, attelés à trente ou quarante barcasses réunies en trains. D'autres trains descendaient. Sur le premier bateau se tenoit le toutier qui dirigeoit la flottille et, tournant la tête vers les gaffeurs, crioit ses commandements :

— Empèri !… Riàume !…

Ce qui signifioit : « Virez à gauche !… Virez à droite !… » En souvenir du Royaume de France qui occupoit jadis la rive droite du Rhône et de l'Empire germanique qui en occupoit la gauche. Un peu plus bas, les eaux du fleuve, assez transparentes jusque-là (on y voyoit nager des perches verdâtres zébrées de brun et une quantité de minuaille), s'assombrirent, devinrent limoneuses, par l'apport d'eaux alpines : celles de l'Isère, qui sont une décoction d'ardoise.

A Cornas, nous fîmes de bonnes ventes et dormîmes à l'auberge du Géant. Comme je demandois le pourquoi de cette enseigne :

— C'est que, me répondit l'hôte, près d'ici vivoit naguère un géant nommé Buard. Il avoit sa résidence au château de Crussol que l'on voit juché sur son pain de sucre. Insatisfait de notre espèce, il fit d'abord mourir tous les hommes – j'entends bien : les mâles – de la région. Ensuite, il engrossa de ses œuvres toutes les filles et peupla de sa propre progéniture une nouvelle ville qu'il appela Valence, pour rappeler sa valeur reproductrice. Quand vous y serez, demandez d'ailleurs aux moines jacobins de vous montrer ses os qu'ils conservent dans un sarcophage. Vous verrez qu'ils sont d'une dimension plus qu'humaine. Tel est notre géant Buard.

Assez effrayé par ces histoires gigantesques, je ne dormis cette nuit-là que d'un œil, une main bien serrée sur le pommeau de ma canne-épée qui m'avoit sauvé de l'étouffement chez Ponce Pilate.

Le lendemain, je pus voir en effet le château ruiné de Crussol, assis sur une grande falaise blanche, qu'habitent seulement de nos jours les corbeaux noirs. A Valence, je traversai le Rhône sur un plancher flottant, assez large pour embarquer mon âne, ma charrette et deux autres voitures. « Te voici maintenant en Dau-

phiné, me dis-je, que les Fourinas détestent autant que l'Auvergne. » Comme les ennemis de nos ennemis sont nos amis, j'éprouvai dès lors quelque sympathie pour la province dauphinoise.

Valence est une petite ville en terrasses, entourée de murailles. Nous nous installâmes, derrière la Grande Eglise, sur la place des Clercs où se tient en permanence un échafaud qui ne chôme guère : sur ordre d'une terrible commission, on y a roué ou pendu quatre-vingts malfaiteurs ces dernières années. Or on m'annonça une exécution pour le lendemain :

— Vous devriez voir cela. C'est un spectacle curieux et gratuit. Et votre commerce peut profiter de l'affluence.

Je trouvai bon le conseil et restai un jour de plus. En effet, dès le début de la matinée suivante, la place fut encerclée de barrières. Des charpentiers construisirent des estrades autour de l'échafaud, leurs coups de marteau remplissoient le ciel. Pour moi, je dus rester à quelque distance, Galant retenu par le licou à un anneau d'une muraille, au débouché de la rue Saint-Didier, là où les badauds devoient nécessairement passer. L'accès à la place étoit gratuit ; mais il en coûtoit une livre pour monter sur une estrade. Dès dix heures, le monde commença d'affluer. Je fis d'abord une bonne vente. Ensuite, la foule me serra de si près que je craignis d'être détroussé et relevai la capote de ma charrette. Comme les gens s'étonnoient de notre présence en ce lieu de passage :

— Que fais-tu là ? Ne vois-tu pas que tu embarrasses ?

— Ordre de la Commission ! répondois-je.

Nul n'insistoit.

A cinq heures, la grosse cloche de Saint-Apollinaire sonna le glas. La place grouilloit de spectateurs. Certains, pour mieux voir, étoient grimpés sur les toits, d'autres suspendus aux arbres comme des singes. Moi-même, je me juchai sur ma maringote. Autour de l'échafaud et au premier rang, se pressoient les enfants des écoles, venus recevoir une leçon pratique de morale : la Justice punissant le crime. A cinq heures et demie, entouré d'hommes d'armes, le condamné passa devant nous. Pieds nus, en chemise, une torche à la main, un écriteau dans l'échine où je pus lire : Faux-monnoyeur. Perturbateur du repos public. C'étoit un homme hirsute qui alloit, tête basse, l'air accablé. On le poussa jusqu'à la porte de Saint-Apollinaire où il prononça à genoux la formule de l'amende honorable :

— Je demande à Dieu, au Roi et à la Justice pardon de mes crimes et prie le Seigneur Tout-Puissant d'avoir pitié de mon âme.

Il se releva, marcha vers le gibet, soutenu par son confesseur. Celui-ci lui fit d'ultimes recommandations et le bénit avec son aspersoir. Il gravit les marches. L'homme rouge lui passa la corde au cou et l'instant d'après il se trouva en l'air, tandis qu'un aide-bourreau le tiroit par les pieds pour l'empêcher de gigoter et pour mettre plus vite fin à son supplice. J'éprouvai d'abord un élan de pitié envers le pendu. Puis je me dis que fabriquer de la fausse monnaie, faire prendre du plomb pour de l'argent, du cuivre pour de l'or est en vérité un très grand crime, susceptible de ruiner le commerce. De *sorte que l'enrichissement illicite d'un seul peut causer la perte de beaucoup. Or le commerce me semble plus indispensable à la société que la religion, car on peut vivre sans religion*[1] *– combien s'en passent ! – mais difficilement sans commerce. Même les religieux, comme disoit Courreau, vendent leur fromage. Il est donc nécessaire que la Justice oppose aux faux-monnoyeurs de solennels exemples. C'est pourquoi je contins les mouvements de mon cœur en faveur du supplicié et participai à la satisfaction générale…*

S'étant avitaillés de divers produits, notamment de petites sucreries, vanneries et soieries valentinoises, l'âne et l'ânier marchèrent vers le Midi, le long du Rhône, et débouchèrent dans une plaine bien cultivée. Leur route était bordée d'arbres ronds que Marin sut être des mûriers. Au levant, s'étageaient les Alpes dont l'architecture compliquée, aux crêtes neigeuses, l'effraya. Comment pourraient-ils traverser un tel rempart ?

1. Malgré l'opinion imprécise de Courreau, Tourlonias nourrissait une grande tendresse envers la religion catholique que lui avait enseignée sa grand-mère Rivaud. Il la préférait à toutes et la jugeait inébranlable. Il lui vint confirmation de cet avis à Soyons, un peu en aval de Valence, où il y eut jadis, sur un promontoire, une abbaye avec un clocher en forme de tour. Je ne sais de quelle obédience étaient ces moines si haut perchés. Toujours est-il qu'un jour ils abandonnèrent leur croyance en même temps que leur maison pour reprendre l'état laïc. Lorsqu'ils eurent déserté ce couvent, l'on s'aperçut que la tour s'était mise à pencher, comme si par là elle eût voulu exprimer sa désolation. Mais ensuite son inclinaison s'arrêta. Marin voulut y voir l'image de la religion catholique, abandonnée de plusieurs, attaquée de beaucoup : elle penche, mais ne tombe point.

Le dimanche 22 novembre, ils se trouvèrent dans le village de Loriol. Pour se réconforter, Tourlonias obéit à l'appel des cloches et entra dans l'église entendre messe. Il se tenait au fond, près de la porte, et sortait fréquemment pour jeter un coup d'œil sur sa maringote et son âne qu'il avait attachés à un arbre de la place. C'est ainsi qu'il sortit d'abord au milieu du *Gloria*. Puis après le *Credo*. Puis après l'*Agnus Dei*. Puis juste avant l'*Ite missa est* qu'il entendit de l'extérieur. Il disposa son éventaire, si bien qu'au déflux des fidèles toutes ses marchandises se trouvaient exposées. Beaucoup de ces pieux catholiques, encore tout chauds des bénédictions reçues, vinrent s'agglutiner autour de lui. Ils achetèrent ou n'achetèrent pas. Lui parlèrent ou ne parlèrent pas. Le payèrent en bonne monnaie ou le volèrent subtilement en faisant disparaître les objets dans leurs manches. Quand la vente se fut épuisée, il acheta lui-même une miche de pain et se remit en route en direction des Alpes.

Lorsqu'il fut à quelque distance de Loriol, il rencontra une étrange assemblée de personnes de tous âges, debout sous un vaste chêne aux feuilles brunies. S'approchant d'elles, il entendit chanter d'une même voix des cantiques inconnus :

Jésus, digne rançon de l'homme racheté,
Amour de notre cœur et désir de notre âme,
Seul Créateur de tout, Dieu dans l'éternité,

Qui t'a fait prince ?

Homme à la fin des temps en naissant d'une
femme,
Pardonne, Jésus-Christ, à notre indignité.
Quel excès de clémence a su te surmonter
Que, portant les méfaits de ton peuple rebelle,
Tu souffris une mort horrible à raconter
Pour garantir les tiens de la mort éternelle ?
Pardonne, Jésus-Christ, à notre indignité.

De temps en temps, elles interrompaient leur chorale et l'une d'elles prononçait une harangue. Relayée par une seconde. Puis par une troisième. Elles communièrent ensuite en picorant dans une assiette de petits morceaux de pain ordinaire et en buvant à un même hanap qui circulait de bouche en bouche, soigneusement essuyé après chaque accolade. Tantôt elles s'agenouillaient, tantôt elles se relevaient. Toujours chantant à tue-tête. Tourlonias vint plus près d'elles :

— Qui êtes-vous ?

— Qui pouvons-nous être ? Nous sommes des calvinistes, des huguenots, des parpaillots, des religionnaires, des protestants. Nous remercions ici le grand Dispensateur de nos joies et de nos espérances.

Mêlé à cette réunion d'hérétiques et se rappelant l'épouvantable baron des Adrets, Marin frémit et craignit un mauvais sort. Mais au contraire les huguenots le traitèrent avec douceur, sans lui demander sa religion. Ils l'invitèrent même, au terme de leur culte, à partager leur repas sur l'herbe. Ils récitèrent d'abord leurs grâces, puis dévorèrent de bon appétit les viandes froides qu'ils avaient apportées. Marin reçut pour sa part une cuisse, une aile, du picadon et une pomme. Le tout arrosé d'eau claire montagnarde. Après cette restauration, il les conduisit vers sa maringote et leur proposa ses marchandises, déclarant qu'il leur ferait un rabais substantiel pour les remercier de leur accueil. En fait, s'apercevant alors que les catholiques de Loriol l'avaient volé, il augmenta d'abord ses prix sans que les huguenots en sussent rien, pour rattraper ses pertes. Ainsi appliquait-il un principe de bon gouvernement que lui avait révélé son grand-père : dans tous les pays, il faut que les honnêtes gens payent pour les voleurs. Il n'en déduisit pas cependant que la pratique du vol, comme celle de toute autre contravention aux Commandements, est propre à la catholicité, n'ayant pas pour en juger une connaissance suffisante du protestantisme.

Lorsqu'il eut bien rangé dans sa bourse l'argent ainsi subtilement gagné, Marin Tourlonias prit congé des parpaillots qui le complimentèrent encore au nom de Jésus-Christ, qu'ils prononçaient Jésus-*Chrisst*, à la différence des papistes qui disent Jésus-*Crie*. Mais lorsqu'il fut à quelque distance d'eux, il épousseta ses vêtements, secoua son habit et son chapeau comme on se débarrasse de la farine qu'on a reçue malgré soi chez un meunier. Afin de les purifier de toute influence huguenote. Il brossa de même le pelage de son âne. Se sentant alors redevenu un catholique sans souillure, il s'enfonça dans la riante vallée de la Drôme.

Ce dimanche-là, le temps se montra favorable. Ils purent atteindre Crest où ils dormirent à l'auberge des Chamois. Ils vendirent encore le lundi, et achetèrent des mirlitons, spécialité du lieu.

Le mardi, ils furent à Saillans, où ils ne vendirent rien, mais achetèrent des foulards de soie et deux petits pots de miel. Ce qui ne fut pas une heureuse inspiration comme on verra par la suite.

Le mercredi, ils passèrent sous le château ruiné de Pontaix et atteignirent Die. Jolie petite ville ronde, toute cerclée d'une muraille épaisse de dix pieds, sous les falaises luisantes de la montagne de Glandasse. Ce qui fait le principal agrément de l'endroit est un vin blanc, pétillant et doux, que les Diois nomment clairette, dont le parfum musqué s'évapore dans la gorge du buveur et le pénètre jusqu'à l'âme. Marin lui trouva des vertus curatives presque aussi fortes qu'à son eau de l'Hermitage : entré avec affliction dans cette ville à cause de la mévente de Saillans, il se rasséréna après avoir bu deux gobelets de clairette seulement. Les ventes qui s'ensuivirent furent non moins réconfortantes.

— Comment faites-vous, s'enquit-il auprès d'un vigneron, pour lui donner ces bulles qui chatouillent si délicieusement le palais ?

— C'est une invention dont nous gardons le secret.

— Retenez-vous la fermentation ?

— N'insistez pas, Monsieur, je n'en dirai rien.

Renonçant à découvrir les causes, Marin se borna donc à goûter les effets. Au sortir de la ville, son cœur était si joyeux qu'il ne put s'empêcher de fredonner une chanson qu'il tenait de Courreau, son ex-compère :

Buvons le vin, qui qu'en grogne,
D'Auxerrois, de Saint-Pourçain.
Manque plus vieux médecin
Que ne manque vieil ivrogne.

A bien tort celui qui boude
La sève du bois tordu.
Ami, sois mieux entendu :
Avec nous, lève le coude.

Mais soudain, Tourlonias eut la surprise de voir Galant s'arc-bouter, secouer les oreilles, refuser d'aller plus loin. Cherchant le motif d'une telle réticence, l'ânier songea au triste sort de son compagnon, toujours à la peine, jamais à l'honneur. Lui bâfrait, s'abreuvait bien, dormait sur la plume, encaissait les bénéfices. L'autre encaissait les coups de bâton, se nourrissait aux talus des chemins, se désaltérait d'eau claire, dormait debout. « Il n'est pas juste, se dit Marin, que le serviteur ne participe jamais aux prospérités de son maître. Si bien que tôt ou tard, il finit par se révolter. » Il plongea le bras sous la capote, en tira un flacon de clairette, fit sauter le bouchon retenu par des liens, enfonça le goulot entre les mâchoires de Galant qui avala cette boisson tout d'un trait, jusqu'au fond de la bouteille, avec toutes ses bulles. Comme il lui en avait échappé quelques égouttures, il les rattrapa avec la langue sur ses babines. Après quoi, il voulut bien se remettre en route.

La saison jusque-là s'était montrée exceptionnellement clémente. Marin Tourlonias jugea que cette faveur ne pouvait se prolonger longtemps encore et qu'il devait réduire ses zigzags afin de franchir la barrière des Alpes avant les hautes neiges. Dès lors, négligeant les fermes isolées et les hameaux, ils s'arrêtèrent seulement dans les bourgs d'importance et progressèrent à longues étapes. Abandonnant la vallée de la Drôme, ils s'élevèrent jusqu'au col de Cabre et redescendirent dans celle du Buech. Ils firent commerce dans Aspres, puis à Veynes.

Sur le plateau qui suit, ils furent attaqués par une mère ourse accompagnée de trois oursons. Elle s'avança vers eux d'un air féroce, les dents découvertes. Tout le poil de Galant se hérissa. Il lâcha un de ses terribles braiments qui tint d'abord les intrus à distance. L'ânier s'enferma autant qu'il put sous sa capote et fouetta son âne. Mais les quatre autres s'accrochèrent à eux, grognant et reniflant. La mère poussait même du front la maringote et cherchait à la renverser, tandis qu'autour d'elle les oursons s'adonnaient à des galipettes. Tourlonias se rappela soudain que l'ours est friand de miel ; qu'il en avait acheté deux pots à Saillans. Ces bêtes en avaient flairé l'odeur, la gourmandise les retenait à leurs trousses. Il saisit alors un des pots, le jeta derrière la voiture, d'assez haut pour qu'il se fracassât et répandît son contenu. Aussitôt, en effet, la mère et les petits se rassemblèrent autour de la flaque sucrée et se mirent à la lécher avec des grognements de plaisir. Galant et Marin détalèrent aussi vite qu'ils purent.

A partir de Freissinouse, nouvelle ascension, puis nouvelle descente. Les voici à Gap, bien étalé au milieu d'un cercle de montagnes. La ville est remplie de Gapençais. Il leur vendit son papier et acheta leurs gants de fil.

— Où allez-vous dans cet équipage ? demandèrent ces Alpins.

— A Rome, implorer la protection du pape.

— Vous feriez mieux d'aller à Laus, près d'ici, implorer celle de Notre-Dame qui est apparue à Benoîte Rencurel, et où s'accomplissent de beaux miracles. Ce serait moins loin et vous en tireriez autant de profit.

— J'ai grande vénération pour Notre-Dame, répondit-il. Mais j'ai fait promesse à mon grand-père d'aller baiser la pantoufle du Saint-Père. « A partir de là, m'a-t-il promis, ta fortune sera certaine. » Je veux donc passer les Alpes au plus tôt.

— Eh quoi ! En cette saison ? Monsieur, vous ne passerez point, la neige vous arrêtera.

— Je viens d'un pays où la neige n'arrête jamais personne.

Sur ces paroles orgueilleuses, ils haussèrent les épaules et l'abandonnèrent à sa résolution.

Il coucha la nuit suivante, après un trajet de route plate, dans une bastide tenue par un vieux fermier dont les fils gagnaient leur vie comme barbets, c'est-à-dire en pratiquant la contrebande du sel et du tabac.

— Et ils ne se font pas arrêter par les brigades ? demanda Marin.

— Par ici, tous les hommes sont barbets ou l'ont été. Si on devait les enfermer, les prisons n'y suffiraient pas. Alors les brigadiers ferment les yeux au prix de quelques pourboires.

— Qui vous gouverne ?

— Personne.

— Comment personne ?

— Est-ce que je sais ? Peut-être le roi de France. Peut-être le dauphin de Grenoble. Peut-être l'évêque d'Embrun. Peut-être le sultan de Turquie.

Le paysan voulut bien lui offrir l'hospitalité et une soupe qu'il appelait panade, très comparable à celles d'Auvergne, sauf que la paysanne y avait mis un œuf cru. Son sommeil fut parfumé de marjolaine et de farigoulette, car il dormit dans la fenière. Sourcillant à peine aux chauves-souris qui froufroutaient au-dessus de sa tête. A l'aube, il entendit un merle chanter la tyrolienne et se dit que, par conséquent, il approchait de l'Italie. Il se leva, baisa le sachet qu'il portait sous le cou. Le paysan lui fit manger une seconde panade. Puis il le congédia, disant :

— Excusez-moi, faut que j'aille gouverner mes porcs.

Marin, l'ayant remercié, quitta cet étrange pays où l'on gouvernait les porcs et où les hommes se trouvaient sans gouvernement.

A Savines, il enfila une autre vallée, celle de la Durance qui roulait, en cette saison, quantité de boue et de rochers en produisant un effrayant vacarme.

Ils furent à Embrun, au-dessus de cette rivière. La ville possédait une belle cathédrale et un vilain archevêque. On le voyait tout bossu, tout boiteux, se promener à pied comme un moine mendiant, sous un vaste chapeau qui lui servait de parapluie. Si un pauvre véritable lui demandait la charité, il se contentait de lui donner son anneau à baiser. Il expliquait cela en disant qu'il occupait l'évêché le plus crotté de France. Tel était l'homme qui peut-être (peut-être !) gouvernait le pays. Marin se persuada de la misère générale lorsqu'il croisa un enterrement. Celui qui allait les pieds devant était cousu dans un linceul, sans cercueil, sur un brancard porté par quatre Embrunois. Les femmes précédaient le cortège. Un grand gaillard vêtu de sombre marchait au milieu des hommes, qu'on lui dit être le pleureur, et qui, tout au long du trajet, ne cessa de gémir :

« *Miserere ! Miserere ! Miserere !...* »

Cependant que la foule répétait après lui :

« *Miserere ! Miserere ! Miserere !...* »

Bouleversé par tant de misère et d'affliction, Tourlonias se mit à la porte du cimetière, offrant les mirlitons tenus dans ses mains en éventail, instruments dont la pratique pouvait remonter le moral de ces femmes et de ces hommes. Il eut le regret de n'en vendre aucun.

A mesure qu'ils remontaient le cours de la Durance, les montagnes devenaient plus formidables. Des maisons éparses s'accrochaient néanmoins aux pentes escarpées, construites mi-bois, mi-pierre, avec une toiture en fausses tuiles largement débordante et un cadran solaire sur la façade. Quelques troupeaux de moutons broutaient çà et là. Mais les vaches avaient pris leurs quartiers d'hiver dans les establottes, qu'elles partageaient avec les personnes. Convivialité que Tourlonias avait aussi connue en Auvergne. Les hommes y occupaient leurs longs loisirs à sculpter des bois dont ils faisaient des coffres, des jouets, des boîtes à sel, des berceaux, des planches à beurre, des marques à pain. Plus haut vivaient des animaux immensément cornus, appelés bouquetins, qui s'affrontaient au bord même des précipices en des combats retentissants. Et quelquefois y roulaient sans grand dommage. Dans les caillasses, des hermines blanches à queue noire – qui sont une espèce de belette, qui est une espèce de fouine, qui est une espèce de furet – se chauffaient le ventre au soleil.

Ils passèrent sous la forteresse de Mont-Dauphin, hérissée de canons. Au prix de peines inouïes, par un chemin enneigé, ils atteignirent Briançon, citadelle au bord d'un précipice, dans sa triple enceinte et ses triples fossés. On passait d'une rue à l'autre par des escaliers casse-gueule. Un canal d'écoulement, la Grande Gargouille, la traversait, bordé de quelques belles maisons. Et partout, d'autres cadrans solaires. Pour savoir l'heure, Marin n'avait besoin ni d'aiguille ni de cadran : il la lisait dans le ciel. Les jours nuageux, il la connaissait à ses diverses envies, de manger, de boire, de dormir, de se décharger le ventre. Son corps était une horloge gratuite et bien réglée. Il vendit quelques mirlitons – dont les Embrunois n'avaient pas voulu – à des artilleurs qui portaient une grenade rouge à leur tricorne.

Comme tant d'autres, les Briançonnais lui demandèrent :

— Où allez-vous ?

— A Rome.

— Vous ne passerez pas le col sans marronnier.

— Qu'est-ce qu'un marronnier ?

— Un homme qui connaît bien la montagne, ses chemins, les perfidies de la neige et du vent.

Plusieurs ayant tapé sur ce même clou, il accepta les services d'un marronnier et convint avec lui d'un salaire de cinq livres. Le passeur s'engageait à le mener sain et sauf jusqu'au Mont-Genèvre, puis à le faire ramasser jusqu'à Clavière, qui est la première paroisse en Piémont. Nouvelles explications : la ramasse était un traîneau sur quoi la maringote serait disposée, tirée par un cheval coutumier de ces manœuvres, tandis que l'âne et l'ânier suivraient comme ils pourraient. Tout cela pour cinq livres, qui ne sont pas une petite somme.

En prévision du redoutable passage, Marin fit ferrer Galant à crampons, ce qui lui coûta encore douze sous. Ils dormirent cette nuit-là à l'auberge du Grand Caire.

Le lendemain matin, Tourlonias se couvrit de ce qu'il avait de plus chaud, en sorte qu'il portait sur lui toute sa garde-robe. Il paya les soupers et les couchées, puis sortit de la ville-citadelle par la porte Pignerol. Ils y trouvèrent le marronnier, chaussé de bottes cuissardes également cramponnées, enveloppé d'une pelisse en poil de chèvre. Il tendit d'emblée une main pouacre en réclamant son salaire. Marin y déposa les cinq livres convenues. Il avait un peu neigé la nuit précédente ; mais les artilleurs promenaient déjà des ramasses tirées par des chevaux qui tassaient la couche. Ils purent grâce à cela progresser sans trop de peine pendant une lieue.

Ils arrivèrent dans la neige fraîche. L'âne en eut bientôt jusqu'au ventre. Il avait comme l'hermine changé de poil et se trouvait à présent blanc de la tête à la queue. Avec, autour des yeux, des lunettes de givre qui lui donnaient un air de philosophe. Une brume se forma. Bientôt Tourlonias ne vit plus rien que la pelisse du marronnier qui allait devant lui.

Tout à coup, celui-ci s'arrête. Il se tourne vers Marin et dit, d'un air menaçant :

— Donnez-moi encore cinq livres, ou je vous abandonne ici.

Comme le poil de l'âne, sa barbe avait aussi blanchi, mais ses yeux luisaient dans le brouillard. Tourlonias comprit que l'heure n'était point aux marchandages. Il eut un moment la pensée de tourner le pommeau de sa canne-épée, de la pointer contre le passeur infidèle. Mais en un instant il se dit que celui-ci pouvait s'enfuir. Qu'il ne servirait à rien de le blesser ou de le tuer, car un guide mort ne guide personne. Il se résigna donc à payer ce supplément.

Leur marche reprit. Le marronnier tirait l'âne par la bride et l'injuriait. L'âne s'enfonçait. L'ânier poussait au cul la maringote.

— Impossible d'aller plus loin, dit tout à coup le marronnier. Faut que j'aille quérir la ramasse.

Il disparut dans le brouillard. « Nous ne le reverrons plus, pensa Marin. Notre voyage se termine ici. Je ne baiserai point la pantoufle du pape. » Il s'assit dans la neige, s'adossa à la charrette, avec une forte envie de s'endormir. Comme, pour la réchauffer, il glissait une main sous ses vêtements, il sentit sur sa peau nue le sachet qui contenait un morceau de la croix d'Augerolles. Cela lui remit au cœur son village, sa maison, ses parents, ses frère et sœurs, ses grands-parents Cambray. S'il s'endormait pour toujours, quelqu'un retrouverait au printemps sa dépouille ; le registre où il écrivait des pages à leur intention. Ainsi sauraient-ils qu'il ne les avait jamais oubliés et en éprouveraient-ils quelque consolation. Mais tant de chineurs, de piqueurs, de colporteurs quittaient les montagnes auvergnates et oubliaient de revenir que son absence ne serait guère remarquée par le reste d'Augerolles. Il ferma les yeux.

Soudain, il fut réveillé par une main qui secouait son épaule :

— Hé, l'Auvergne ! Nous voici ! C'est la ramasse. Levez-vous !

Avec peine, il se redressa. Deux hommes se tenaient devant lui, armés de pelles. Plus loin, il distingua la forme d'un cheval qui fumait des naseaux et de l'échine, attelé à un long traîneau. Ecartant la neige avec leurs outils, ils disposèrent leur machine devant Galant changé en statue de glace. Réussirent à le dégeler un peu, à le faire monter avec sa maringote sur ce plancher. Tout cet équipage se mit en train, glissant, jurant, claquant du fouet et du bec. Tel fut le fonctionnement de la ramasse.

Ils passèrent le Mont-Genèvre, signalé par quelques rares maisons ensevelies sous la neige, entre de hautes montagnes devinées plus qu'aperçues au travers d'un brouillard si épais qu'on l'eût mangé en tartine. Puis la route cessa de monter. Puis elle redescendit, sinueuse, glissante, bordée par endroits d'une murette de retenue.

— Nous sommes chez le roi de Sardaigne ! cria le marronnier.

A Clavière, les deux passeurs dégagèrent la ramasse, les remirent sur leurs jambes et sur leurs roues.

— Vous me devez aussi cinq livres, dit le second, la main tendue.

Tourlonias les donna sans se plaindre, quoiqu'il y eût matière à discuter. Il y ajouta même des remerciements.

6

Ce 31 décembre 1750

Me voici donc, chers parents, en terre étrangère, bien loin déjà du Mont-Genèvre qui marquoit la limite du Royaume de France. La plupart des gens parlent ici, néanmoins, et entendent notre langue, même si quelques-uns s'expriment uniquement dans la leur qui ressemble au parler auvergnat. Considérez qu'ils appellent une cave una crota *et vous donnent du* monsou *à chaque instant. Nous eûmes, Galant et moi, le grand plaisir de passer au sec et au chaud la nuit du 12 au 13 de décembre. A la vérité, je ne dormis pas dans un vrai lit, car l'hôtesse m'expliqua qu'elle ne vouloit pas salir une paire de* linceuls *(elle voulait dire de draps) pour une seule couchée. Que je devois en conséquence choisir de deux choses l'une : des linceuls déjà souillés par de précédents voyageurs ou le foin de l'écurie. Je pris ce dernier et m'y trouvai fort à mon aise, malgré les ronflements de mon compagnon à quatre pattes.*

Bien reposé, je me levai tôt. Une habitude que je dois à ma chère défunte mère. Lorsque j'étois enfant, elle me tiroit du lit avant le jour, disant :

— Oquè que se lèvo promey o Porodji to dri s'en vey. *(« Celui qui se lève le premier au Paradis va sans manquer. »)*

Je suis donc sûr d'y avoir ma petite place, auprès de la sienne.

Je pris congé de mes hôtes. Ils m'avertirent de bien prendre garde aux brigands qui infestent l'Italie du nord au sud.

— Soyez tranquille, répliquai-je. J'ai de quoi leur répondre. (Et je leur fis la démonstration de ma canne-épée.) Elle m'a déjà servi.

— Vous feriez bien d'acheter à Turin une paire de pistolets.

Nous nous mîmes en route et j'eus le plaisir de faire une connaissance inattendue. Nous suivions alors un chemin encaissé. Il longeoit une rivière bruyante et sautillante. Or comment se nomme-t-elle ? La Dora, que les gens du pays prononcent la Dore. Imaginez ma joie de retrouver la Dore que j'avois quittée près d'Augerolles, dans laquelle j'avois durant mon enfance pêché si souvent la truite et le saumon ! Et si ce n'étoit elle, c'étoit sa sœur jumelle.

Nous descendîmes ainsi jusqu'à Oulx, puis à Suse où je fis un bon commerce de mes produits. En m'entendant parler la langue de France, la population accouroit joyeusement, m'applaudissoit, m'achetoit volontiers. Quand je demandai les motifs de cette sympathie démonstrative, un homme me répondit :

— C'est que nous vous avons, en 1706 (j'étois enfant mais je m'en souviens très exactement), infligé une trifouille incomparable.

— Qu'appelez-vous trifouille, Monsieur ?
— Une défaite totale.
— Alors, dites : trifouillée, non pas trifouille, répondis-je d'un ton professoral.

Sous la conduite de leur duc et d'un certain prince appelé Eugène, les Piémontois résistèrent en effet si vaillamment à l'assaut de nos troupes qu'elles furent battues sans remède et durent lever le siège de Turin. Voilà pourquoi les Piémontois d'aujourd'hui nous montrent quelque amitié. Leur victoire les rassure et les gonfle. Ils nous détesteroient si nous les avions battus. En outre, leur duc profita de l'occasion pour s'élever au rang de roi. Il s'appeloit Victor-Amédée. Cette élévation eut pour lui des suites fâcheuses, car il fut plus tard interné par son fils Charles-Emmanuel qui vouloit sa place. Il est, m'a-t-on dit, un allié de notre prince. Raison de plus pour que les François et leurs ânes soient bien reçus au Royaume de Sardaigne.

Le paiement des marchandises présentait certaine difficulté. Les pièces d'or, dites carlin, demi-carlin, pistole, demi-pistole, quart de pistole ne couroient guère entre les doigts de mes clients. Plus souvent y passoient les pièces d'argent, écus, demi-écus, quarts d'écu, huitièmes d'écu ou lires. Je remarquai que cette lire piémontoise est un peu plus large et plus pesante que notre livre tournois. De sorte que celle-ci est acceptée partout, mais diminuée d'un cinquième. Autrement dit, l'on doit ajouter quatre sous pour obtenir la même valeur qu'une lire. Cette infériorité, naturellement, n'est sensible qu'aux personnes très avisées. Le commun n'y voit que du feu. Ce qui me permettoit d'écouler le plus souvent mes livres tournois au pair de la lire.

Nous descendîmes à grand train cette vallée de la Dore italienne, qui alloit s'élargissant. Bonnes ventes à Boussolène et à Condove. A partir d'Avigliano, nous retrouvâmes la plaine, les châtaigniers et la vigne, qui grimpe ici aux arbres, de sorte que l'on doit vendanger avec des échelles.

Le 24 décembre, vigile de Noël, nous fûmes dans Turin, jolie ville en pleine croissance. Elle a fait éclater ses murailles, excepté le long de son fleuve appelé le Pô, ce qui est pour nous un nom bien curieux. Les rues y sont toutes droites, parallèles ou perpendiculaires. Tracées au cordeau, elles se croisent comme au jeu de marelle. Bordées de hautes et belles maisons de brique.

Alors que les environs étoient encore sous leur manteau d'hiver, les rues de Turin se trouvaient nettoyées grâce à une méthode ingénieuse. Sur le point le plus élevé, on forme un lac avec les eaux de la Dora. Quand il est assez gros, on le débonde. Il s'écoule le long des voies. La population y ajoute l'ouvrage de ses pelles et de ses balais. Tout cela va se jeter ensuite dans le Pô. En deux heures, la ville est entièrement déneigée.

Il y a des cafés, des auberges, des boutiques ; mais on ne voit pas d'industrie comme à Thiers ou Saint-Etienne. Aussi nombre d'habitants sont-ils inoccupés ou peu occupés. Ils passent le temps à cirer dans la rue les bottes des personnes aisées. A porter l'eau dans les maisons. A débiter du sel de contrebande. A demander l'aumône. C'est ce que les riches Turinois appellent la pauvraille. Elle habite Borgo Dora, ou bien les hospices. La nuit, il ne fait pas bon se promener sans escorte par les rues : les mendiants, devenus malandrins, vous attaquent et vous dépouillent, vous laissant nu comme la Vérité. On en a pendu récemment quelques centaines. Les campagnes environnantes ne sont pas moins dangereuses. Il existe dans ce royaume de Sardaigne un tribunal itinérant. Il comprend un juge expéditif, un avocat, un accusateur, un confesseur et un bourreau ; le tout encadré par des hommes de police. Sitôt qu'un malfaiteur est arrêté, cette équipe se rend sur place, le juge, le confesse, l'exécute. Un travail net, rapide et peu coûteux qui donne satisfaction à tous. Il faut bien que les honnêtes gens se défendent.

Les Turinois les plus importants ont des revenus assurés qu'ils tiennent de leur noblesse, de leurs propriétés et de leurs fonctions ecclésiastiques. Ils portent souvent des noms françois : Didier, Pécheux, Régis, Laboulinière, Baudesson, Boyer, Giraud, Rivet, Gay, Thaon, Valfré, Saint-Marzan, Fausson, Caquerau, La Tour, Baralis, Charbonnière, Léotard, Menou, Rignon, Dubourg, Gioberty, Cavour. Certaines fois, on entend sous les arcades sonner la langue française plus que la piémontoise. Quant au roi, il habite une grande demeure appelée Palais Madame et n'en sort guère parce que sa famille est en deuil. Je l'ai néanmoins aperçu dans les circonstances que je vais dire.

Quand nous arrivâmes, la vigile de Noël, la ville étoit parée pour cette heureuse occasion : des couvertures brodées, des tapis pendoient aux fenêtres. Aux carrefours étoient dressées des crèches autour desquelles les passants prioient à voix haute. Nous couchâmes dans une locanda *fort malpropre de Borgo Dora où j'eus l'idée, sachant qu'il est une invention italienne, de demander un plat de macaroni. A Augerolles, de loin en loin, il arrivoit, chère grand-mère Rivaud, que vous m'en servissiez. Vous en teniez une petite provision bien au sec dans un coffre, achetée à Thiers chez un épicier piémontois nommé Cerruti. Celui-ci, autant qu'il m'en souvienne, étoit venu chez nous pour cultiver le riz. Etrange entreprise d'où résulta une grande peste et une grande mortalité. Ayant épousé une Thiernoise, ledit Cerruti demeura dans la ville aux couteaux, cessa de cultiver le riz, gagna son pain en fabriquant et vendant du macaroni. Vous le serviez en salade, coupé en petits morceaux, avec de l'oignon cru et du persil. Un délice. Or, me trouvant à Turin ce soir de Noël, je voulus célébrer la naissance de Jésus par un plat de macaroni.*

— Du macaroni ? me dit l'hôtesse avec surprise. Assurément, je peux vous en servir. Nous en avons.

Où le prit-elle ? Depuis quand étoit-il cuit ? Je ne saurois répondre à ces questions. Toujours est-il qu'elle me l'apporta sec, dur, couvert de poussière, mêlé de poivre et de fromage râpé, avec une odeur très forte et très désagréable. La faim seule me le fit manger – comme la courgette à la pichorgne – et le bon principe auvergnat qu'on doit, quoi qu'il en coûte, avaler ce qu'on paye. Ainsi fis-je avec le macaroni turinois, bien qu'il fût une véritable dégoûtation. Comme je regrettois les vôtres, grand-mère Françoise ! assaisonnés d'huile et de vinaigre ! J'en conclus que les Italiens ne savent pas préparer le macaroni quoiqu'ils l'aient inventé.

Tel fut mon réveillon de Noël. Le lendemain, nous fûmes secoués par un concert de tambours et de trompettes. Une procession remplissoit les rues. On m'expliqua que le Saint Suaire étoit promené, entouré par les chevaliers de la Santissima Annunziata, *un grand nombre d'ecclésiastiques, de cierges allumés et d'encensoirs. Le roi en personne et trois princes portoient la châsse où se trouvoit la divine relique, sous un baldaquin doré. Je vis donc de mes yeux ce Charles-Amédée, en petite perruque, manteau blanc et talons rouges, qui avoit enfermé jusqu'à la mort son père et prédécesseur au château de Moncalieri, avec interdiction d'en sortir. Il avoit l'air du meilleur bourgeois du monde et tenoit son brancard avec une grande dévotion. La foule n'en montroit pas moins, se signant, se frappant la poitrine, s'agenouillant au passage du sacré linge. Quand tout ce monde eut atteint la place du château, parée d'oriflammes, des salves de canon ébranlèrent le sol. Le Saint Suaire fut tiré de sa châsse par quatre chanoines, déplié avec des précautions infinies, montré au public qui éclata en sanglots, en prières, en gémissements. On y pouvoit distinguer l'empreinte du visage, des mains et des pieds du Crucifié. Puis le linceul fut replié, recouché dans sa boîte et ramené à sa chapelle, derrière le chœur de l'église cathédrale.*

Mon âne, figure recommandable dans les crèches de Noël, attira la sympathie des Turinois et notre commerce fut prospère. Les jouets de bois du Dauphiné eurent particulièrement la faveur des enfants : nul ne partit sans son ramoneur, son ourson, sa marmotte. Je n'eus aucune peine à renouveler ma cargaison car si, comme j'ai dit, cette ville manque d'industrie propre, elle revend ce qu'elle achète : les étoffes de Biella, les gants d'Alexandrie, les armes de Brescia, le macaroni de Naples, les bijoux de Florence. Aussi me semble-t-elle, si elle continue de ce pas, promise à la décadence comme l'est toute l'Espagne qui, depuis que les Amériques l'ont gavée d'or, ne fabrique plus que des peignes et des éventails. Je me pourvus de tout cela ; d'une quantité de chapelets, croix, scapulaires dont les Italiens ont un énorme besoin ; d'almanachs imprimés à Bologne ; et d'un pistolet comme me l'avoit recommandé l'hôtesse de Clavière...

Quittant Turin au début de janvier, les deux Augerollois évitèrent de regravir les collines couvertes de vignes dépamprées en direction de cinq heures au cadran solaire. A travers une plaine bien labourée où verdissaient déjà les semis d'automne, par de bonnes routes empierrées, bordées de mûriers, de noyers, de saules, d'ormes, de peupliers. Ils furent à Poirino, à Baldichieri. Chaque sommité portait un château, tandis que les fermiers ou métayers habitaient des maisons de brique dites *cascine*, tuilées de rouge, encadrant des cours pleines de volailles. Mais les *brassanti*, ceux qui n'avaient que leurs bras pour toute fortune, marchant pieds nus en toutes saisons, s'entassaient à douze ou quinze dans des masures. Le plus émouvant est que, passant à proximité, Marin en entendait parfois sortir une voix déchirante qui chantait une chanson pleine de misère et de douleur, dont il devinait le sens :

Un petit oiseau
A la gorge rouge,
Tandis qu'il cherchait
Un petit rameau
Pour pouvoir dormir,
Fut frappé soudain
D'un plomb de chasseur
Et soudain tomba
Sans pousser un cri.

Ainsi mon enfant
A la gorge rose,
Tendre et délicate,
Mon enfant fragile,
Tandis qu'il dormait
Au creux du berceau,
Fut saisi soudain
Par la mort cruelle.
Sans pousser un cri.

Ou bien c'était un laboureur qui, derrière ses bœufs, chantait un poème d'amour où le nom d'une fleur fournissait toujours la rime :

Qui t'a fait prince ?

Bouton de rose,
Marions-nous sans argent, sans velours ;
Car si j'ai le trésor de ton amour,
A lui seul il vaudra toutes les choses.

Fleur de pensée.
Tu fais erreur, ma femme, si tu crois
Te faire servir rien qu'en levant le doigt :
L'herbe « je-veux » n'est pas encor poussée.

Il lui rappela les paysans des campagnes auvergnates qui chantaient de même au mancheron de leur araire. Mais plus pauvres de mots que les Piémontais, ils prenaient garde à inventer l'air plus que les paroles, disant :

Lo, lo, lo, lo... Looooo !...

Ils furent à Asti, chargée de tours et de remparts. Puis dans Alessandrie de la Paille, fondée par un certain pape Alexandre pour accueillir les Milanais après la destruction de leur ville par l'empereur d'Allemagne Frédéric Barberousse. Faite à l'origine de boue et couverte de chaume – d'où son nom –, elle s'était depuis rebâtie de brique et faisait grand commerce de soie, de laine, de blés et de vins. Ils y vendirent tout ce qu'ils purent, y achetèrent ce qu'ils voulurent.

Il leur fallut ensuite, bon gré mal gré, regravir une nouvelle chaîne de montagnes, épaisse sinon très haute, couverte de vignobles sur son versant méridional, parsemée sur les sommets de villages occupés à jouer à saute-mouton. Les chemins suivaient les crêtes afin de préserver les versants cultivés. Un vent hérissé comme un porc-épic leur harcelait le derrière et facilitait leur sinueuse ascension. Ils furent à Ovada, à Rossiglione. Enfin ils atteignirent le *passo del Turchino*, qui signifie le col du Bleu Marine. Et tout ce bleu, ils l'eurent à leurs pieds, étalé jusqu'à l'horizon. C'était la première fois que Marin voyait la mer à laquelle peut-être il devait son prénom. A dire vrai, sur les montagnes auvergnates, personne ne parlait jamais de la mer ni des marins. Personne n'avait l'espérance d'y tremper ses pieds un jour, de même que personne ne comptait monter sur la lune. On en connaissait toutefois l'existence, par le cantique de la Vierge, *Ave maris stella*, Etoile de la mer. Par les récits des colporteurs qui l'avaient vue :

— Vous ne pouvez vous figurer sa dimension. Montez à Pierre-sur-Haute et regardez le pays des Fourinas. Imaginez tout cela plein d'eau, jusqu'au plus loin où porte votre vue. Et vous n'aurez qu'une petite idée de la mer. Car elle va au-delà et couvre les deux tiers de notre monde.

Ils racontaient les bateaux, que manœuvrent des *marins*. Les trésors sous-*marins* dont elle est pleine :

perles, corail, navires naufragés. Et les monstres *marins*. Et les tempêtes *marines*.

Il vit donc la mer depuis le col du Bleu Marine, resta ébloui devant cette immense teinture, parsemée de voiles blanches. Elle remplissait un golfe en demi-lune sur les rives duquel scintillaient les toits roux des petits ports et les plages dorées. Longtemps, il se remplit de cette contemplation, tandis que Galant poursuivait les myrtes, les lentisques, les euphorbes, insensible à cet infini bleu. Du col où ils se trouvaient, le versant descendait en terrasses, comme des marches d'escalier, plantées d'oliviers, d'orangers, de citronniers. Et même de palmiers en forme de plumeau, comme on en voit aux chapiteaux des églises auvergnates. « Voilà donc, se dit-il, ton nom de baptême justifié : tu étais né pour voir la mer. »

Marin et Galant abordèrent la ville de Gênes par le faubourg Saint-Pierre d'Arène qui est tout composé de belles maisons, de jardins suspendus sur des rochers. Etagée depuis la mer jusqu'aux crêtes, Gênes est embrassée par une enceinte extrêmement vaste renfermant plusieurs montagnes sur lesquelles sont bâties des maisons de plaisance. Si bien que les nobles peuvent aller à la campagne sans sortir de la ville. Ils passèrent à côté de la Lanterne, un phare carré qui a l'air d'une grosse chandelle. Errèrent par les rues très étroites, pavées de gris, où le soleil ne descend jamais. On dirait que Gênes n'a été bâtie que pour une seule saison. Que c'est une ville d'été. Unique exception : la rue Neuve et la rue Balbi, d'une belle largeur, bordées de palais à sept étages, tout reluisants de marbres multicolores. Au lieu d'habiter ces superbes demeures, les nobles qui les possèdent logent dans des galetas pour économiser l'éclairage, le chauffage, la domesticité.

Vainement, Tourlonias se promena dans ce labyrinthe en cornant de sa trompette. Il ne fit sortir que des gueux qui se tenaient blottis sous les portiques et lui firent comprendre du poing, de la béquille et de la voix qu'il n'avait rien à faire en ces lieux. Que si un seul denier devait par mégarde tomber d'une fenêtre, c'est à eux qu'il revenait, Génois, nés de Gênes, aussi Génois que Christophe Colomb. Et non point à un ânier de passage, inconnu de tous, même de sa famille, puisqu'il n'était rien qu'un fils de garce, petit-fils de pute, arrière-petit-fils de salope.

Il reflue donc vers le port où débarquent, au milieu d'une forêt d'antennes, mille sortes de marchandises venues de l'Europe, de l'Afrique, de l'Asie. Les débardeurs sont des Bergamasques, recrutés pour leurs larges épaules et leur honnêteté. Ils portent autour des hanches une sorte de court jupon et sur la tête un capuce. Les Génois, représentants du doge, maître de la République, se contentent, eux, d'apposer des timbres, de sceller des cachets, de percevoir des droits d'entrée, de sortie, de magasinage, trois pour cent de-ci, quatre pour cent de-là. Marin souffla dans sa trompette. Les Bergamasques accoururent comme des chèvres à l'appel du berger. Ils lui achetèrent nombre de ses articles et l'orientèrent vers certains négoces où il pourrait se réapprovisionner. Il demanda entre autres où trouver du pain.

— Voilà, lui répondit un débardeur, un autre moyen inventé par le doge pour s'enrichir. Il n'existe qu'une seule boulangerie dans toute la ville, et elle lui appartient. Il a seul le droit de vendre ici une foule de produits : le pain, l'huile, le vin, le sel, le bois, le tabac, les épices.

— Sans doute veut-il assurer une vente au plus bas prix et à la meilleure qualité ?

— Erreur. Assuré d'être sans concurrence, il vend ces produits très chers et très mauvais. Encore arrive-t-il qu'ils manquent souvent.

— Votre doge ne craint-il pas une révolte populaire ?

— Comme il ne reste au pouvoir que deux ans, il s'en soucie peu. Son unique pensée est de s'enrichir au plus vite.

Tourlonias demanda où ils pourraient loger, lui et Galant.

— Les auberges ne manquent pas. Mais le dormir y coûte les yeux de la tête.

Ils lui proposèrent un hangar demi-vide où pourrissaient des balles en souffrance, endommagées par de mauvaises traversées, que leurs destinataires avaient refusées et qui attendaient, depuis des semaines, un retour problématique aux expéditeurs.

— Vous avez peu de risques d'y être dérangés.

Marin y installa son âne et sa voiture. Puis il se rendit à la boulangerie ducale, la trouva au centre de la ville, occupant un immense édifice à deux étages. Au premier, on vendait le pain des pauvres, à deux sous la livre, débité en miches, noir, collant, nauséabond. Au second, le pain des riches, à quatre sous, en boules dorées grosses comme le poing. Il prit un peu du second – qu'il mangea avec plaisir en regardant la mer – et un peu du premier pour son âne. Mais celui-ci, l'ayant flairé et tâté des babines, y renonça. Galant se rabattit sur une balle de papier crevée, dont il dévora les pages de grand appétit. Ils dormirent dans l'odeur du tabac et du hareng pourris. Sans bourse délier.

Le lendemain, comme ils se préparaient à quitter le port, ils assistèrent au débarquement d'une trentaine de Turcs capturés sur les côtes d'Afrique par une felouque corsaire. Pieds déchaux, tête nue, à peine vêtus, grelottants, enchaînés les uns aux autres, ils furent promenés à travers la ville pour être livrés au palais de la Seigneurie que gardaient des Suisses en culottes bouffantes, vêtus de rouge, galonnés de blanc. La foule regardait ces malheureux avec curiosité, sans pitié ni haine. Riant de leurs barbes, de leurs loques, de leurs trébuchements. Quelques gamins leur lançaient des trognons de chou.

— Que fera-t-on d'eux ? demanda-t-il à un passant, dans son patois d'Auvergne assaisonné d'italien.

— Des galériens. Demain doit arriver de Corse une galère. Ils y seront embarqués.

Le lendemain en effet, toutes voiles dehors, toutes rames levées, pavoisée d'oriflammes blanches marquées d'une croix rouge qui sont les armes de la République, une mahonne entra dans le port, applaudie par les badauds, saluée par des salves auxquelles répondaient les canons du bord. Lorsque, après de longues manœuvres, elle fut accostée par la poupe, les maîtres d'équipage en descendirent, par une échelle. D'un même mouvement, les avirons s'abaissèrent alors et se posèrent sur l'eau. On put voir derrière leurs sabords les têtes des rameurs. La plupart se taisaient, mais quelques-uns faisaient des gestes de la main. Six se levèrent, sur une chiourme de cinquante, et descendirent à leur tour. Tourlonias, les voyant passer près de lui, ne put se retenir de soupirer :

— Oh ! les misérables !

A cette exclamation, l'un des six lui parla :

— Vous êtes français ?... Moi aussi. De Montpellier.

— Vous avez été condamné aux galères ?

— Non pas. Je suis un galérien de profession. Les autres sont des Turcs capturés ou des criminels, interdits de terre ferme. Mais nous six, qui sommes des volontaires, avons le droit de descendre.

— Comment peut-on être galérien volontaire ?

— Nous nous sommes laissé recruter par les Génois. Pour huit années. Je me trouvais entre la faim et la mort. J'ai choisi les galères pour quelques écus d'enrôlement, depuis longtemps dépensés. Mais voyez jusqu'où va la barbarie de nos maîtres : dès que nous approchons du terme de notre engagement, ils nous prêtent un peu d'argent, que nous devrons, naturellement, leur rendre.

— Par quel moyen ?

— Pendant les escales, qui peuvent durer deux mois, il nous est permis de nous livrer sur terre à d'autres travaux, à charge de rentrer chaque soir coucher sur le navire. Sinon, comme déserteurs, nous risquons les galères gratuites. Mais ce que nous gagnons sur terre est aussi vite dilapidé. Bref, ne pouvant éteindre notre dette, il ne nous reste plus qu'à reprendre du service pour huit années supplémentaires.

Marin Tourlonias donna une pièce de dix sous à son compatriote. Celui-ci le remercia en pleurant. Puis il dit, sitôt que ses sanglots lui permirent de s'exprimer :

— Savez-vous, Monsieur, comment je vais la dépenser ? En boisson, dans le seul cabaret de Gênes.

— Usez-en comme il vous plaira.

— Encore ne sommes-nous pas les plus malheureux de la chiourme. On a pour nous quelques égards. Mais si vous voyiez l'état de nos compagnons turcs ou contrebandiers ! Nourris de pain dur et noir, abreuvés d'eau boueuse, enchaînés à leur banc ! A chaque voyage, il en meurt cinq ou six. On les jette aux poissons. Aussi en avons-nous quelques-uns en réserve dans la soute pour les remplacer. Plus semblables à des animaux qu'à des hommes.

A ce moment, le Montpelliérain fut appelé par ses compagnons. Il embrassa Marin et s'éloigna, serrant dans son poing sa pièce d'argent.

Dans cette ville de marbre et de porphyre, certaines fortunes, lui dit-on, s'évaluaient par millions de lires. Somme si fabuleuse que son importance lui échappait, comme le nombre des étoiles. Marin s'étonna pourtant de ne voir circuler que des équipages modestes, chaises à porteurs ou chaises roulantes tirées par un bidet. Que des piétons vêtus de noir comme si tout Gênes était en deuil. « Mais que font-ils de leurs sous ? » Il passa enfin devant la banque Saint-Georges qui regarde le port. Y remarqua de grandes entrées et sorties. Sut que les nobles et les marchands y enfermaient sous cent clés leurs ducats, leurs écus, leurs louis, leurs florins. En revanche, ils payaient leurs dettes au moyen de papiers appelés *cambiali* ou lettres de change, lesquels ne laissaient aux doigts nulle poussière jaune. Cautionnés par leurs dépôts à Saint-Georges. Marin admira ce moyen de paiement qui n'alourdissait pas les poches et n'avait rien à craindre des voleurs. Comme il exprimait sa pensée à un jésuite qui, sous son grand chapeau, sortait de la banque, il vit ce religieux sourire :

— On dit, Monsieur, que Saint-Georges contient dix milliards métalliques.

— Qu'est-ce qu'un milliard, mon Père ?

— Mille millions. Imaginez mille coffres renfermant chacun mille sacs de mille lires. Vous me suivez ?

— J'essaye.

— En fait, on ne sait si la banque contient cette somme entière, ou seulement une partie. Si elle est riche de dix milliards, ou si elle en doit huit. Mais cela revient au même, car tous les commerçants acceptent ses lettres de change. Sinon garanties par l'or, du moins garanties par la confiance. La confiance : voilà, Monsieur, le véritable métal précieux de notre commerce.

7

Ce 4 février 1751

Nous franchîmes le Serchio sur un pont à deux pentes fort roides, dit pont du Diable, soutenues par quatre petites arches et, en son milieu, par une cinquième énorme. Dès lors, quittant la république de Gênes, nous entrâmes dans celle de Lucques. Nous longeâmes une côte rocheuse, découpée en terrasses qui portent ici le nom de fasce. *Les narines pleines de la forte odeur que répandent les plantes épineuses au moindre rayon de soleil. Au loin, nous vîmes les Alpes Apouanes. Elles ont l'air au crépuscule d'une montagne de théâtre, découpée dans du carton blanc. La lumière du jour leur rend le relief. Ce sont vraiment des Alpes. Mais elles doivent leur blancheur, au lieu de la neige, à des débris de marbre abandonnés par les carriers depuis trente siècles. Ils s'éboulent lentement, avec un crépitement menu, tel le gros sel sous le pilon. D'ici sont sortis des milliers de Vénus, d'Apollons, de Rois, de Papes, de Christs répandus ensuite à travers le monde. Des milliers d'autres en sortiront encore. A Carrare, le marbre est partout. Non seulement les maisons en sont faites, mais il borde les trottoirs, pave les rues, compose les murets des jardins, les fontaines, les églises. Autour des tailleries qui le débitent à la scie, les routes, les arbres en sont enfarinés. Les scieurs mouchent et crachent blanc comme des boulangers.*

La république de Lucques contient cent vingt mille habitants sur une surface pas plus étendue que l'Auvergne. On m'a dit que la plupart ne mangent qu'un jour sur deux. Les nobles, naturellement, font exception à la règle comme en tous les pays du monde, royaumes ou républiques. Leurs principales ressources proviennent de l'octroi qu'ils exigent à l'entrée de leurs villes. J'ai dû acquitter une lire et douze sous pour ma bimbeloterie et mon âne.

Environnée de montagnes, la capitale occupe le centre d'une petite plaine ronde cultivée comme un jardin. Des remparts garnis d'artilleries l'entourent, découpés en terrasses à quatre gradins. Sur chacun, une rangée de platanes. A la saison chaude, on peut agréablement faire le tour de la ville en suivant cette ceinture d'ombre. Elle a quatre avenues en croix qui mènent à quatre portes. A leur carrefour, subsistent les restes informes d'un cirque romain dans lesquels on a bâti de misérables cahutes. Le mot Libertas *est peint en lettres d'or sur ces portes. J'ai demandé à un passant quel usage il en faisait.*

— De la liberté ? Monsieur, je m'en sers tous les jours. J'ai la liberté de tousser, d'éternuer et d'aller me pendre. A part celles-ci, je laisse aux nobles les autres libertés : de choisir les sénateurs, de s'instruire, d'habiter des palais, de boire et manger leur content. Ils ont aussi

la liberté de franchir les portes sans payer l'octroi : on n'ose pas fouiller leurs voitures.

J'ai posé la même question à un certain comte qui parle le françois pour avoir, m'a-t-il dit, séjourné à Versailles :

— La liberté, pour nous, patriciens, est le droit de commander au peuple et de gouverner la république.

— Mais comment le peuple peut-il croire à cette Libertas *?*

— A force d'en entendre parler et de la lire à tous les coins de nos rues. Pour la même raison qu'il croit en Dieu. Et au Saint Visage que vous verrez dans la cathédrale. On lui a dit qu'il avoit été sculpté par les anges. Qu'il se trouvoit d'abord à Saint-Frediano, où il s'ennuyoit. Si bien qu'un jour il prit sa volée et vint s'établir dans une chapelle de la cathédrale. Ne pensez-vous pas, Monsieur, que ce crucifix de bois est plus roide à avaler que la liberté ? Le peuple avale tout, pourvu qu'on y mette de l'insistance.

Pour le plaisir de s'entretenir avec moi en langue françoise, ce comte m'invita dans son palais. Il logea Galant dans ses écuries et me reçut à sa table. On me servit au souper un potage de vermicelles poudré de cannelle battue. Un morceau de bœuf tendre à point. Une tranche de veau rôti. Deux oignons blancs et cuits, de bonne grosseur, avec une sauce safranée. Les ouvrant, je les trouvai pleins d'un hachis de viande avec des pignons, des raisins secs, de la coriandre, de l'écorce de citron confite. Pour finir, j'eus du fromage et des oranges. On me fit boire de l'excellent vin de Brolio. Me voyant absorber de si bel appétit, tandis qu'eux-

mêmes goûtoient à peine aux différents mets, je compris que ces nobles lucquois se moquaient de ma faim et de mon intention de bien me garnir. Mais je me dis qu'il falloit que je payasse de quelque façon leur hospitalité et les laissai se régaler en guise de paiement, avec cette moquerie. Pour finir, j'eus de la liqueur bénédictine. Ils me firent coucher dans une chambre convenable et me gardèrent deux jours. Je leur fis le récit de mon voyage, du pays de mes ancêtres, de mon commerce. Ils m'engagèrent même à visiter la ville en leur compagnie.

C'est ainsi que, dans le couvent des Augustins, je vis un petit trou qui communique directement avec l'enfer. Il est très noir, on ne distingue rien à l'intérieur, ni par la vue, ni par l'odorat, ni par l'ouïe. De sorte que je ne suis pas plus avancé sur ce lieu maudit qu'auparavant. Je vis le palais du sénat, gardé par quatre huissiers qui portent un bas blanc à la jambe gauche et un rouge à la droite.

Quand je fus sur le point de prendre congé, le comte, avec le même mépris dissimulé qu'il avoit mis à me nourrir, acheta quasi la moitié de mon assortiment, disant qu'il distribueroit cela aux enfants de ses serviteurs. Ensuite, il me tendit le dos de sa main, attendant que je la baisasse. Mais je me contentai de la lui secouer comme le bras d'une fontaine à pompe, ainsi que j'avois vu faire dans les rues de Turin, où les nobles piémontois se saluent de cette manière. Cela le fit bien rire.

Nous nous quittâmes dans ces termes de parfaite hilarité…

Le temps s'étant remis au sec, ils repartirent de bon gré par une route toute droite. En une matinée, ils atteignirent la ville de Pise imposée par l'itinéraire du prieur. Ayant versé un nouveau droit d'octroi, ils entrèrent dans le Grand-Duché de Toscane. Propriété de François-Etienne, dit Francescone, le Gros François. Sobriquet bien justifié à en croire sa figure joufflue, perruquée, telle que les écus toscans la représentaient. Coiffé de deux couronnes : une légère, comme grand-duc, et une pesante, comme empereur d'Autriche. Aussi résidait-il plus souvent à Vienne qu'à Florence.

Bien avant d'atteindre Pise, Tourlonias avait reconnu cette ville célèbre pour ses quatre « miracles » : sa tour penchée, son baptistère, sa cathédrale, son cimetière. Le tout en marbre de Carrare, blanc de la tête aux pieds, excepté la rougeur d'une toiture.

Marin et son âne s'approchèrent pour flairer ces monuments. Comme ils y étaient arrivés un dimanche matin, les sept cloches du campanile penché se mirent à faire leur tintamarre. Pisans et Pisanes accouraient de partout pour aller entendre messe. Mais remarquant Tourlonias et sa maringote, Galant et sa croix dorsale, ils s'intéressèrent à cet équipage plus que ces deux Auvergnats ne s'intéressaient aux quatre miracles. Ils achetèrent de leurs grelots, de leurs pipes, de leurs papiers. Hésitèrent devant l'eau guérisseuse. Ayant justement, la veille, fait le plein à une fontaine de San Giuliano, Marin leur mit sous les yeux l'attestation signée par le prieur de l'Hermitage. Ils n'y comprirent rien, mais furent impressionnés par les cachets de cire, cependant qu'il répétait plusieurs fois dans leur langue *guarire, guarire, guarire* ! Les ayant enfin convaincus, il débita une vingtaine de gobelets magiques, à une lire l'unité. Il s'était aperçu qu'à un tarif inférieur ils n'inspiraient pas confiance.

Certains clients en oublièrent la voix des cloches. Ils voulurent du moins connaître ce qu'il pensait de leur clocher :

— *Bello ! Molto bello !*

— Est-ce que vous en avez en France le pareil ?

— Impossible ! Comment voulez-vous ?

Puis ils lui posèrent une question en forme de devinette :

— Selon vous, de quel côté penche-t-il ?

Marin examina la chose attentivement, tourna autour du miracle, fit des propositions :

— Vers le soleil levant... Vers le couchant... Vers le midi...

Eux secouaient la tête, clignaient de l'œil. Vint enfin leur réponse :

— Il penche de tous les côtés.

La foule entière des Pisans éclata de rire et lui meurtrit l'échine de tapes amicales.

— Il faut être de l'endroit, conclut-elle, pour s'en rendre compte.

Après ces bonnes ventes, Marin et Galant entrèrent ce soir-là dans l'auberge de la Poste où ils eurent bonne chère et mauvais coucher. Le lendemain, Tourlonias se plaignit des puces innombrables qui infestaient la chambre et le lit.

— Monsieur, vous êtes le premier de nos clients à vous en plaindre, répondit le camérier. Je sais pourtant qu'il n'y a plus aucune puce dans notre auberge. Les cafards les ont toutes mangées.

Les voilà repartis à travers les collines toscanes ponctuées de cyprès, de pins, d'oliviers. Broutées par les chèvres et les moutons. Parsemées de maisons rustiques, blanches ou ocrées, avec deux escaliers extérieurs qui se rejoignent sur le perron couvert d'une pergola. A chaque façade, une madone et un bouquet fané. Au rez-de-chaussée, l'étable, le pressoir, le cellier. A gauche, une meule de paille entamée comme une motte de beurre, retenue par un pal coiffé d'un pot de terre. Des chiens efflanqués et hargneux. Des paysans farouches, qu'il faut appeler *in nome d'Iddio*. Au nom de Dieu, l'on peut espérer se faire entendre. Excepté de ceux qui se bouchent les oreilles.

— Nous sommes trop pauvres pour acheter. Nous n'avons besoin de rien.

Comment leur faire comprendre que celui qui n'a besoin de rien n'est pas pauvre ? Les femmes parfois, surtout les jeunes, succombent à la tentation d'un foulard, d'un mouchoir, d'un peigne, d'une dentelle. Elles payent avec des œufs ou une fiasquette de vin. Les enfants caressent l'échine de Galant.

Tournant le dos à la mer, ils se dirigent vers l'orient. Le 16 février, ils entrent à Pontedera, un pays plat, où Marin fait ressemeler les quatre sabots de son âne. Il lui en coûte douze sous. Le maréchal-ferrant lui propose par la même occasion, en le tutoyant à la toscane, de lui arracher à bon compte les dents qui le gênent :

— *Nel caso*, dit-il. Si le cas se présente.

— Mille mercis. Le cas ne se présente pas.

— Tu ne trouveras pas un arracheur de dents de ma qualité, sans vanterie, jusqu'à Livourne.

— Je n'en doute point.

— Sais-tu que sur les trente-deux dents que nous fournit la nature, il y en a au moins douze qui ne servent à rien ? Qui risquent de se gâter et de te pourrir la bouche ? Si tu veux, je te les fais sauter pour le prix de six. Et tu ne sentiras rien. J'ai ma méthode.

— Mercis infinis, dit Marin. Rien ne presse.

Il rit, découvrant jusqu'au fond la double rangée de ses dents auvergnates, blanches et saines comme des dragées.

Le 18, ils sont à San Miniato. Le 20, à Castelfiorentino. Le 24 à Certaldo. Le 25 à San Giminiano, où il remplit son outre, place de la Citerne. Le 26 à Poggibonsi. Le 28, ils entrent à Monteriggioni, tout enfermé dans ses remparts renforcés de quatorze tours, où va se déterminer le destin de Marin Tourlonias.

La *locanda* du Poisson était tenue par une veuve, donna Luisa, son fils Pancrazio et sa fille Ottorina. La mère faisait la cuisine, le fils servait à table et à l'écurie, la fille s'occupait des chambres. Comme elle était louche et disgracieuse, aucun voyageur ne l'importunait.

Marin se fit apporter un baquet, de l'eau froide, de l'eau chaude, et se lava de la tête aux pieds. Puis il descendit s'asseoir à la table d'hôte où il soupa en compagnie de trois officiers autrichiens. Ils s'entretinrent en allemand tout le long du repas, poussant de grands éclats de rire, ne recourant à l'italien que pour dire *pane ! vino ! coltello !* Marin n'en perdit pas l'appétit pour autant et fit bonne chère. Ainsi réconforté, il se préparait à gagner sa chambre. Pancrazio l'accompagna, portant une chandelle :

— *Ha sentito quei Tedeschi ?* lui demanda-t-il quand ils furent en haut de l'escalier. *Che linguaccia !* Avez-vous entendu ces Allemands ? Quelle langue horrible ! Vous, du moins, parlez chrétien.

Puis, passant soudain à un autre sujet :

— Est-ce que vous dormez dur ?

— Certes. Sauf quand les puces me dérangent.

— Nous n'en avons point, car nous ne recevons que des gens propres. Je vous demande cela pour vous avertir que vous risquez d'être réveillé par la cloche des bénédictines qui sonne les heures canoniales.

— J'aime beaucoup la bénédictine. Surtout après dîner.

— Vous apprécierez moins leurs carillons. Je vous recommande de vous remplir les oreilles d'étoupe.

Il lui en offrit une touffe, puis s'en alla. Ayant regardé par la fenêtre, Marin vit en effet le bâtiment à quatre étages du monastère, son porte-cloche, son potager, la pièce d'eau qui luisait sous la lune. Il se dévêtit, se bourra les conduits auditifs comme on le lui avait suggéré, se coucha. Il perçut à peine le tintement de complies.

Il dormit ainsi les trois quarts de la nuitée. Mais les bouchons d'étoupe s'étant perdus, il se réveilla avant le jour par l'effet des laudes bénédictines. Or tandis qu'il faisait des efforts pour se rendormir, il perçut des gémissements. Il se leva, retourna à la fenêtre, ouvrit, entendit nettement des appels au secours proférés par une voix de femme :

— *Aiuto ! In nome d'Iddio ! Aiuto !*

Ce qu'il vit, à cette heure qui précédait de peu le jour, le remplit de stupeur. Sous le ciel pâlissant, dans le jardin des religieuses, une forme humaine, tantôt allongée, tantôt relevée, faisait de vains efforts pour se mettre debout. « Il n'est pas possible qu'on ne l'entende pas. Est-ce que toutes ces bénédictines sont sourdes ? » Aiguisant ses yeux, il distingua, au-dessus de l'endroit où se tenait la forme blessée, une fenêtre béante au second étage, d'où pendait quelque chose de long et de blanc. Tout semblait indiquer qu'une fille du couvent s'était enfuie par cette issue au moyen d'un drap roulé. Qu'elle avait trop tôt lâché prise. Etait tombée et restait là, maintenant, toute brisée, tandis que les moinettes demeuraient insensibles à ses cris. A-t-on idée, quand on a prononcé des vœux d'obéissance, de les trahir en sautant par une fenêtre ? Sans doute daigneraient-elles la secourir, par pure charité chrétienne, quand elle n'aurait plus ni force ni voix. Tourlonias devina toutes ces choses sans avoir besoin d'explication. Il savait – cela se produisait aussi au Royaume de France – que maintes filles étaient contre leur volonté enfermées dans des couvents pour des affaires d'héritage, de mariage refusé, de dot que le père ne voulait pas fournir. « Bonnes gens ! se dit Marin dans son langage auvergnat. Mais que puis-je pour elle, moi, étranger de passage ? »

Les gémissements de l'insoumise allaient s'affaiblissant. Le jour se leva. Elle avait atteint maintenant l'immobilité muette attendue par ses supérieures. Il vit enfin sortir quatre bénédictines. Elles se baissèrent et l'emportèrent comme morte, la tenant par les pieds et par les épaules. Un moment plus tard, au second étage de la maison, le drap fut retiré, la fenêtre reclose.

Dans la salle de la locanda, le colporteur demanda à Pancrazio qui le servait :

— N'avez-vous rien entendu cette nuit ?

— Que fallait-il entendre ?

— Des plaintes. Des appels au secours.

— Le vent, Monsieur. C'était un effet du vent. Certaines nuits, quand il souffle, on jurerait qu'il parle.

— Non. non. Cela provenait du monastère des bénédictines.

— Ces dames, Monsieur, s'occupent de leurs affaires, et nous des nôtres. Nous ne savons rien de ce qui se passe dans leurs murs.

Et Marin d'insister :

— Mais ce n'est pas possible, voyons ! Moi-même...

— *Molto sa chi non sa se tacer sa.* Celui qui ne sait rien sait beaucoup s'il sait se taire.

Comprenant qu'il ne tirerait rien de son hôte, Tourlonias partit exercer son commerce dans Monteriggioni, qui lui rapporta un gain honorable. Plusieurs fois au cours de la journée, son âne le ramena sous les murs du couvent. Il coucha une seconde nuit dans la locanda du Poisson.

Le lendemain, ayant réglé son compte, il se remit en route avec l'intention de gagner Sienne qui est à trois heures de trot menu. Or, comme il longeait une dernière fois l'enceinte bénédictine, il eut la grande surprise de voir ladite fenêtre se rouvrir. Une fille portant le voile blanc des postulantes parut, hésita un moment, puis jeta quelque chose de rond et noir qui, poussé par un vent favorable, tomba hors la muraille et roula sur le pavé. A dix pas en avant de la maringote. La fenêtre aussitôt se referma. Sûr que ce projectile lui était destiné, Marin le rattrapa. C'était une sorte de balle cousue à gros points. De l'ongle, il les fit sauter. Sous l'étoffe, un papier enveloppait un œuf de bois. Un de ces œufs artificiels qu'emploient les femmes pour repriser les talons de leurs chausses. Sur le papier, une adresse : *Maria Angela Lanci, di Michele, Siena.* Un mot : *Aiuto.* Une signature : *Nastasia Pacchia, di Nicola.* « Bien, se dit-il. Mon pauvre Tourlonias, te voilà spécialement venu d'Augerolles pour recueillir un appel au secours mandé par une certaine Nastasia, fille de Nicola Pacchia, prisonnière des bénédictines de Monteriggioni, à une parente ou amie nommée Angela Maria, fille de Michele Lanci, demeurant à Sienne ! Et te voilà chargé de porter ce message ! Mais qu'as-tu à faire d'une telle commission ? Occupe-toi de tes mirlitons et de ton eau bénite ! Laisse les bénédictines à la composition de leur ratafia. » Il rumina longtemps ces pensées, assis sur la limonière. Rien n'était plus raisonnable en effet que d'abandonner la balle et son œuf de bois au coin d'une rue, au pied d'une Vierge de façade. La mère de Dieu se chargerait de la faire acheminer. Mais il se rappela un conte que lui servait souvent à Augerolles sa Grande, Françoise Rivaud : la parabole du Bon Samaritain. Allait-il se comporter comme le prêtre et le lévite insensibles ? « C'est bon, se dit-il enfin, je ferai le facteur. »

(Une fois par mois, sans doute, ou un peu moins, le facteur des postes royales montait à Augerolles. Avec son tricorne rouge, son habit bleu ciel, ses bas blancs, sa sacoche de cuir, ses jarretières, la plaque de cuivre sur l'estomac attestant sa fonction. Et à la main son encrier, ses plumes, ses bâtons de cire enfermés dans une boîte. Il venait du bureau de Thiers, avait chevauché quatre ou cinq lieues pour distribuer ses missives scellées, cachetées, portant ces adresses : *A Monsieur, Monsieur le chanoine Dupon, Augerolles. A Madame, Madame la marquise de Montgon, près le Buisson, Auvergne*... Au reçu de ces plis, le destinataire payait les frais de port. Le facteur des postes royales remontait sur son dada et toute la marmaille, criant d'admiration, l'accompagnait jusqu'à la sortie du village.)

La route de Monteriggioni à Sienne serpentait entre les oliviers. D'autres âniers qui en revenaient les saluaient de la main. Ou bien c'étaient des paysannes qu'il dépassait, chargées de volailles vivantes attachées par les pattes, qui se débattaient. Voici enfin Sienne, couleur terre de Sienne, juchée sur sa colline, entourée de ses murs, couronnée de ses tours et de son dôme. Au loin, vers le septentrion, les pics neigeux et dentelés du mont Cimone. A l'horizon opposé, le mont Amiata aux formes plus douces. A l'orient, les monts de Chianti. A l'occident, le mont du Mois-de-Mai. A l'entour, un embrouillamini de vallées et d'éminences. Sur la porte Camollia, une inscription latine qu'il se fit traduire : *Sienne t'ouvre son cœur plus encore que ses portes.*

Il s'enfonça dans cette ville aux rues étroites et penchantes qui s'appellent souvent *costa* ou *costarella.* Les habitants les regardaient, lui et son âne, avec sympathie, leur adressaient des gestes de bienvenue. Tout en vaquant à leurs affaires. Il vit de vieilles femmes porteuses de quenouilles qui filaient en marchant. Une troupe de moinillons se pressaient vers leur couvent, sous de grands tricornes, dans de longs manteaux roux que dépassaient une robe violette et des souliers noirs. Les portes étaient ferrées de clous à grosse caboche. Des fenêtres s'avançaient des perches pavoisées de linges blancs. Une échoppe d'arracheur de dents se signalait par une énorme molaire suspendue. Une boulangerie par une ouverture béante remplie de fagots. Un débit de vins et liqueurs par une guirlande de fiasques dans leur treillis de paille. Des bouchers offraient leurs viandes étalées sur une peau de bœuf encore saigneuse et cornue. Passaient des chiennes faméliques aux mamelles pendantes, pareilles à celles de la louve qui figurait sur plusieurs monuments. Afin de rappeler que Sienne, comme Rome, naquit de deux nourrissons, Senius et Aschius, allaités par cette femelle.

8

Ce 18 février 1751

Sienne est une ville tout en briques. Ses rues en sont aussi pavées : dressées sur champ, disposées en dents de scie, usées inégalement. Fort incommodes pour les ânes et les chevaux. Fort désagréables pour les gens de pied. Beaucoup descendent presque autant qu'à Thiers la rue du Piquet. Onze aboutissent à une place très curieuse, en forme d'éventail à neuf branches. Il paroît qu'on la remplit d'eau en certaines occasions, grâce à une fontaine qui est dans le haut. On s'y promène alors dans de petites barques. Pour moi, je l'ai vue sèche, très encombrée de piétons, de voitures et d'éventaires. Dans le bas, se dresse un grand palais d'où jaillit comme une asperge une tour haute de trois cents pieds. A son sommet, un automate sonne les douze coups de midi. Cela indique aux Siennois qu'il est l'heure de manger. Aussi nomment-ils cet homme de fer le Mange.

Tant de choses à voir et à entendre ne me faisoient pas oublier l'œuf dur de ma poche et le message que je devois porter à Maria Angela Lanci. Sachant que cha-

rité bien ordonnée commence par soi-même, je m'occupai d'abord de mes affaires et arrêtai ma maringote au milieu de cette place, dite du Champ (del Campo). *Je m'y trouvai en concurrence avec maints vendeurs de diverses denrées. Mon âne et ma trompette attiroient la clientèle. J'ai remarqué que, dans tous les commerces, ce qui compte le plus n'est pas la qualité des marchandises, mais la trompette. Sonnez-en bien fort et vous aurez toujours des amateurs, même si vous leur proposez des crottes de chèvre.*

Je fis donc une grosse vente place du Champ. Une autre non moindre devant l'église cathédrale dont la façade est toute une dentelle de pierre, merveilleusement ouvragée, remplie de figures divines, humaines, ou animales. Mon grand-père-parrain, Marin Cambray, les apprécieroit spécialement et y trouveroit pour ses buffets de grands exemples. Les murs et le clocher de cette maison de Dieu sont composés de marbres blancs et noirs alternés, comme si l'on empiloit les pièces d'un jeu de dominos.

Cette nuit-là, nous logeâmes à l'auberge de la Pia. J'y trouvai un hôte au gros ventre et aux lourdes moustaches. Il me demanda d'où je venois :

— Du royaume de France.

— Les Siennois, dit-il, aiment bien les François qui furent jadis nos alliés. Mais de quelle partie de la France venez-vous spécialement ?

— De l'Auvergne.

— L'Auvergne ? L'Auvergne ? Cela existe ?

— Certes, puisque j'y suis né.

— J'ai reçu d'autres voyageurs françois. Ils venoient de Provence, du Languedoc, de la Touraine, de la Picardie. Mais jamais de l'Auvergne. Vous êtes le premier. Où se trouve donc cette Auvergne ?

— Au milieu.

— Comment est-ce ?

— Un pays de montagnes, de forêts, de torrents.

— Et où de ce pas allez-vous avec votre âne ?

— A Rome. Mais j'ai une commission à faire en cette ville, à une personne nommée Maria Angela Lanci. La connoîtriez-vous ?

— Qui ne connoît, ici, la fille aînée de Michele Lanci, le plus riche drapier de Sienne ? Il habite via dei Pittori.

Il m'indiqua le chemin que je devois suivre pour aller jusqu'à cette rue des Peintres. Je m'y rendis le lendemain matin, avec mon âne et sa maringote. Partant de la rue des François (via Franciosa), *je longeai la fontaine Branda où des lavandières tout le jour travaillent de la langue et du battoir. Traversai le quartier des tanneurs. Remontai la ruelle du Séchoir et me trouvai enfin dans la rue des Peintres où le premier passant venu m'indiqua la maison de Michele Lanci. La plus belle de la rue, assurément, avec ses trois étages de fenêtres ogivales, ses vitres colorées. Des gens entroient et sortoient, portant sur le bras des étoffes pendantes à la manière du manipule dont s'orne le prêtre pendant la messe.*

Poussant la porte, je me trouvai dans un magasin qui sentoit aussi fort qu'une herboristerie. Des rayons occupoient les murs, chargés d'étoffes en rouleaux. Au milieu, un long comptoir ouvert d'une fente qui alloit d'un bord à l'autre bord. Un commis s'employoit spécialement à trancher des épaisseurs multiples au moyen d'un sabre qu'il enfonçoit dans cette fente. Un autre découpoit les épaisseurs simples avec de longs ciseaux. Un troisième partageoit la toile de ses mains en un long déchirement. Des clients achetoient. Des serviteurs emportoient des échantillons. Une matrone aux mamelles volumineuses recevoit l'argent et inscrivoit des chiffres dans des livres. Un homme important, haute taille, yeux globuleux, veilloit à tout, accueilloit, écoutoit, orientoit, accompagnait à la porte, donnoit des ordres avec un mouvement de l'index ou un claquement du médius.

Comme je restois muet et timide, personne d'abord ne me vit. Au bout d'un moment, un commis m'aperçut, me regarda, me parla d'au-delà de sa banque :

— Puis-je vous servir ?

Et moi :

— J'ai un message à délivrer à Maria Angela Lanci, fille de Michele.

La stupeur arrondit ses yeux. Puis il marcha vers l'homme important, qui se baissa pour entendre ce qu'il lui chuchotoit. Leurs deux regards m'enveloppèrent. L'homme se fit répéter. Il se dirigea enfin vers moi, les mains croisées sur la poitrine, dans ce geste d'avenance qu'ont tous les boutiquiers :

— Vous désirez me parler, Monsieur ?

— Non, dis-je. J'ai un message à remettre à Maria Angela Lanci.

— C'est ma fille. Je suis Michele Lanci. Vous pouvez le remettre à moi-même, je le lui transmettrai.

— C'est que, Monsieur...

— C'est que quoi ?

— J'aurai sans doute des explications à fournir à la destinataire.

— Eh bien, fournissez-les-moi. Vous êtes étranger ?

— Oui, Monsieur. Je viens de France.

— Nous, Siennois, aimons beaucoup les étrangers. Pourvu, naturellement, qu'ils soient de bonnes mœurs.

— Mes mœurs, Monsieur, sont très bonnes.

— Je ne demande, Monsieur, qu'à vous croire. Alors, ces explications ?

— Je ne puis, Monsieur, répondre qu'aux questions qu'on me posera.

— Tout cela est bien compliqué. En somme, quelle espèce de message apportez-vous ? A-t-il la forme d'une lettre ?

— Il a, Monsieur, la forme d'un œuf dur.

— D'un...

— Oui, Monsieur.

L'homme important commençoit de transpirer. Il s'essuya le front avec un mouchoir qu'il tenoit dans sa manche.

— Je crois, conclut-il, que nous devons nous entretenir un moment en tête à tête. Il y a trop d'oreilles dans cette boutique. Ayez la bonté, Monsieur, de me suivre jusqu'à mon appartement. Vous me ferez aussi un grand honneur si vous voulez bien prendre un rafraîchissement en ma compagnie.

Et moi encore :

— C'est que, Monsieur…

— Un autre obstacle ?

— C'est que je ne suis pas seul.

— Pas seul ? Qui est avec vous ?

— Un âne.

— Un âne ?

— Il s'appelle Galant.

Je le lui montre dans la rue, retenu à un anneau, sagement occupé à lécher le salpêtre de la façade.

— Mais enfin, Monsieur, qui êtes-vous ? s'écrie l'homme important.

— Marin Tourlonias.

Et lui, déformant mon nom :

— Marino… Torlonia ?

— Si vous voulez.

Avec une belle audace, j'ajoutai :

— Je suis commerçant, comme vous. Voici mon fonds.

Je désignai la maringote. Je m'attendois à le voir s'éclater de rire. Il me considéra au contraire avec un grand sérieux, hocha la tête :

— Je vais vous le faire surveiller par un de mes commis, pour qu'il ne lui arrive rien de fâcheux pendant notre entretien.

Michele Lanci me fit monter au premier étage de sa maison, m'introduisit dans un salon tapissé, richement meublé, orné de tableaux et de bustes en marbre qu'il me présenta comme étant les portraits de grands hommes qui avoient illustré sa ville :

— Ici Provençal Sauvin, qui fut le premier citoyen de Rome et s'obligea de mendier pour recueillir la rançon d'un de ses amis prisonnier de guerre. Voici Bon-Guide et Farinade Humbert qui battirent les Florentins à Montaperti. Ambroise Sansédon et Alexandre Petits-Hommes, qui furent de grands esprits…

Il continua de m'expliquer ainsi chaque objet, si bien que j'en eus la tête enflée. Puis il me fit porter à boire et à manger : du vin muscat, de la polenta de châtaignes, du panforte *qui est une espèce de pain d'épice.*

— Maintenant, dit-il, donnez-moi votre œuf dur.

Ne pouvant résister davantage à ses sollicitations, je le sortis de ma poche et le lui livrai, enveloppé par l'appel au secours de la malheureuse bénédictine de Monteriggioni. A ce simple mot, Lanci parut bouleversé. Il me demanda en quelles circonstances cette balle était tombée entre mes mains. Je les lui rapportai par le menu. Alors, il marcha nerveusement de long en large. Puis il s'assit et tint à m'informer à son tour :

— Nicola Pacchia est un Siennois de mes amis. Et plus amies sont nos deux filles, Nastasia et Maria Angela qui ont grandi jusqu'à l'âge de seize ans comme deux sœurs. Cette amitié s'est encore accrue lorsque la mère de Nastasia a quitté ce bas monde. Nous recevions la pauvre orpheline comme notre propre enfant. Mais voici qu'un jour le père, Nicola Pacchia, prend une seconde épouse, Eulalia, beaucoup plus jeune que lui. Cette belle-mère en vint à détester Nastasia, exigea qu'elle soit éloignée d'elle. Mon ami Pacchia eut la faiblesse de céder : elle fut envoyée au couvent de

Monteriggioni. Et vous dites qu'elle s'est jetée par la fenêtre ?

— Du second étage. Je l'ai vue par terre, dans le jardin, comme je vous vois.

— Il faut donc à présent que j'apprenne cela à ma fille.

Comme je faisois mine de me retirer, il me pria de rester pour redire les choses à Maria Angela. Celle-ci parut bientôt, belle et fraîche comme le sont les jeunes Siennoises, le teint fleuri, la chair vermeille, admirablement proportionnée. Agée d'environ seize ans, les yeux noirs, elle découvroit en souriant ces deux larges dents du haut, qu'en Auvergne nous appelons des « pelles », séparées par un léger espace, ce qui, dit-on, est un signe de bonheur assuré. Elle me fit une révérence, que je lui rendis de mon mieux. Je répétai, dans mon italien mêlé de françois, de piémontois, d'auvergnat, le récit que j'avois fait à son père. Quand j'en vins à la fenêtre, au drap, aux cris de l'infortunée, elle fondit en larmes. Ce qui me remplit d'une émotion impossible à dire, voyant que j'avois provoqué ce déluge. J'eus la pensée de la prendre dans mes bras pour la consoler. Mais Lanci me prévint, l'essuya, la mignota avec une exubérance de caresses dont on n'a pas idée dans mon pays natal. Je n'arrivois point à détourner mes yeux de ce beau visage bouleversé. Elle s'apaisa un peu, baisa le papier qui entouroit l'œuf dur. Puis elle demanda à son père ce qu'il entendoit faire pour aider Nastasia. Elle le persuada de courir chez l'indigne Pacchia, qui demeuroit à quelques pas de là, rue de la Fourche. Ce qu'il fit aussitôt, nous laissant aux soins de sa femme, la matrone aux grosses mamelles, et de ses deux autres filles accourues. Il me fallut répéter une troisième fois mon récit et faire couler de nouveaux pleurs...

Songeant enfin à ses propres affaires, Marino Torlonia parla encore de son âne abandonné dans la rue.

— Comment ? s'écria la signora Lanci. Votre âne est sur le pavé ? Alors que notre écurie peut le recevoir ! Je vais donner ordre qu'on l'y amène.

— Pardonnez-moi, Madame. Mais Galant n'obéit qu'à ma main. Je vais donc le conduire où vous voudrez. Faites-moi seulement accompagner de quelqu'un.

— Moi ! crièrent ensemble les deux petites sœurs.

La mère y consentit, pourvu que l'aînée en fût également. Voici donc les trois demoiselles autour de Marino. Toutes riantes et caquetantes, oublieuses de leur chagrin à l'idée d'escorter un ânier et un âne français. Elles firent à Galant les plus grandes fêtes, lui tirèrent doucement les poils, la queue et les oreilles, lui caressèrent le menton. Elles demandèrent même à monter sur son échine. Il se prêta volontiers à ces câlineries. Ensuite, elles voulurent voir ce que contenait la maringote. S'extasièrent sur les dentelles, les objets de marbre, de bois, de cuir, de paille, de papier. A chacune, Torlonia fit un cadeau. Dina, la plus petite, reçut une charrette alpine tirée par deux vaches de bois. Betta, un chapeau piémontais en paille de riz. Maria Angela, un collier fait de boules d'onyx et d'albâtre alternées. Il l'attacha de ses mains au cou de la jeune fille rosissante. Sentant alors qu'il méritait un salaire, il se rappela les mots que faisait prononcer à la messe le curé d'Augerolles et répéta :

— *Pax tecum*. Passe tes gognes !

Maria Angela sembla comprendre immédiatement et tourna vers lui ses joues de velours sur lesquelles il posa trois baisers bien sentis, au nom du Père, du Fils et de l'Esprit Saint. Les deux autres demoiselles réclamèrent le même traitement.

Ces formalités eurent lieu dans la rue, sous les regards des passants. Si bien que plusieurs achetèrent et que Marino fit un appréciable commerce. Après quoi, l'équipage fut conduit dans les remises et l'écurie des Lanci. Galant s'y trouva en compagnie de quatre chevaux. Renzo, le palefrenier, l'attacha à la crèche commune et lui servit une double ration d'avoine.

Le père revint de son ambassade auprès de Nicola Pacchia. Il rapporta que celui-ci n'avait pas encore été informé de l'« accident » survenu à sa fille, « tombée probablement par inadvertance d'une fenêtre ». Mais qu'il s'était aussitôt mis en route pour Monteriggioni avec un chirurgien. Lanci l'avait sévèrement admonesté sur cette clôture imposée à la malheureuse enfant pour le bon plaisir d'une épouse sans âme. Disant que s'il était impossible à ces deux personnes de vivre sous le même toit, lui, Michele Lanci, était prêt à recevoir Nastasia sous le sien et à l'élever comme ses propres filles. Beaucoup de larmes furent encore versées, beaucoup d'embrassades échangées.

La fin du jour étant venue, Marino exprima le désir de retourner à son auberge de la Pia. Comme il achevait ces mots, la pluie se mit à fouailler les vitraux de la maison.

— Vous n'y pensez pas ! s'écria Lanci. Avec un temps pareil ! Vous êtes ici notre hôte, pour la nuit qui vient et pour les suivantes.

— Oui ! Oui ! Oui ! confirmèrent les trois sœurs.

— Je crains vraiment de vous importuner.

— Non ! Non ! Non !

— Je ne saurais encombrer votre maison avec mon âne et ma charrette.

— Si ! Si ! Si !

— De plus, j'ai mon commerce à mener.

— Menez-le de jour et revenez coucher ici le soir, le temps qu'il vous plaira de rester à Sienne.

A tant d'insistance et de pluie, Marino capitula. Et il capitula de nouveau quand on l'invita à souper. Il eut d'ailleurs quelque peine à se nourrir tant il fut accablé de questions : d'où venez-vous ? où allez-vous ? pourquoi le pape ? que mange-t-on en Auvergne ? quel âge avez-vous ? comment s'appellent vos parents, frères, sœurs, cousins, cousines ? Le père fit des demandes plus sérieuses :

— Qu'est-ce qui vous rapporte le plus, dans votre bric-à-brac ?

— Mon eau miraculeuse.

Il dut raconter comment il conservait ses vertus en en gardant toujours une petite quantité au fond de son outre avant de refaire le plein. Comme on garde un peu de levain pour perpétuer la fermentation de la pâte.

— De combien d'argent disposiez-vous au départ ?

— De cinq lires.

— Et maintenant ?

— Plus de la centaine.

— Ainsi, vous avez gagné cent lires dans votre commerce ! En combien de temps ?

— En l'espace de cinq mois.

— Savez-vous que vous êtes un garçon des plus remarquables ?

— Voyons, dit la signora aux grosses mamelles, mangeons un peu !

Pendant un moment, l'on n'entendit plus que le bruit des mandibules et des doigts sucés. Michele Lanci versait libéralement à boire à son invité. Celui-ci, quoique habitué au faible vin des coteaux auvergnats, fit bon accueil au chianti rubicond. A la fin du souper, parut un grand *castagnaccio*, gâteau de châtaignes aux raisins secs et aux noix, qui fit boire à chacun un peu de *vino santo*, tout miel et tout soleil. Même les fillettes en reçurent une goutte.

Vint l'heure du coucher. La mère et ses filles se retirèrent d'abord, laissant ensemble les deux hommes devant la cheminée où brûlaient doucement des bûches d'olivier.

— J'aime bien, dit le marchand drapier, que vous apparteniez à une famille pauvre. J'ai eu le même destin. Mon père, tailleur d'habits, s'usait les yeux et les mains à coudre pour les autres. Mais il n'eut jamais le temps de se confectionner pour lui-même un vêtement décent. Quand j'eus l'âge de réfléchir, je regardai autour de moi et m'aperçus que l'épicier, sans sortir de sa boutique, gagne plus sur chaque livre de poivre ou de cannelle que le navigateur qui est allé les chercher à l'autre bout du monde. Le poissonnier plus que le pêcheur. Le tavernier plus que le vigneron. Bref, le marchand plus que l'artisan ou le producteur. C'est pourquoi je résolus de ne pas tailler d'habits comme mon père, mais de vendre des étoffes. Voilà comment j'ai acquis l'aisance où je me trouve. Honnêtement. En pratiquant la culbute simple, c'est-à-dire en vendant quatre ce que j'achète deux. Ou la double. Ou la triple. Tout le monde profite de mon élévation : ma famille, mes commis, mes fournisseurs, mes clients, les gueux auxquels je fais la charité. Or, Monsieur, je vois que vous êtes parti sur le même chemin. Votre histoire d'eau miraculeuse et inépuisable m'a rempli d'admiration. Voilà pourquoi je vous trouve très remarquable.

Michele Lanci sortit de sa poche une tabatière, y puisa une pincée, en offrit à Marino qui s'abstint.

— Maintenant, reprit le drapier, je vous veux faire une proposition : que diriez-vous d'entrer à mon service ?

— A votre service, Monsieur ? De quelle façon ?

— Au lieu de vendre votre marchandise, vous battriez les environs pour vendre la mienne. Votre accent étranger ferait merveille. Vous diriez : je vends des tissus de France, d'Espagne, de Hollande, de Chine. La clientèle croit que ce qui vient de loin est meilleur. Vous devriez, naturellement, renoncer à votre âne et à votre voiturette. Employer un cheval et un véhicule plus dignes, que je vous fournirai.

— Et... quel serait mon salaire ?

Lanci joignit les mains, leva les yeux au ciel :

— Comme je vous estime ! Tout de suite vous allez au principal : le salaire ! Que diriez-vous de quarante lires par mois ?

— Mais, Monsieur, j'en gagnais trente avec mon bric-à-brac !

— Quarante pour commencer ! Plus l'intéressement. C'est-à-dire une part des bénéfices : disons le cinq du cent.

— Ce n'est pas assez.

— Quel garçon merveilleux ! Disons le huit. Cela vous conduira près des cinquante mensuelles.

— Laissez-moi le temps d'y réfléchir.

Il débattit cela toute la nuit suivante. Dans la chambrette qu'on lui avait assignée, au dernier étage, sous les tuiles. Destinée sans doute à recevoir un serviteur. Dans ses comptes, entrait le souvenir de ces yeux noirs qui l'avaient percé jusqu'au cœur. De ces joues infiniment douces contre lesquelles trois fois il avait frotté ses gognes. De ce sourire que deux incisives séparées rendaient si fascinant. Le pape était loin, Maria Angela toute proche. Un travail au service du père l'autoriserait à voir et revoir la fille. Elle avait penché la tête en avant pour lui laisser attacher le collier d'onyx, il avait effleuré sa nuque et ses cheveux partagés en deux tresses charbonneuses. Cinquante lires par mois, tout de même, étaient bien peu de chose. Devrait-il payer là-dessus ses couchées dans les auberges et l'avoine du cheval ? Un âne se nourrit tout seul, de chardons et de ronces. Un cheval a des goûts plus délicats. La voix de Maria Angela était aussi un délice. Son rire, un pur cristal. Heureux le mari qui aurait chaque jour le bonheur de les entendre dans sa maison ! Mais n'était-il pas ridicule d'éprouver cette sorte d'émotions en songeant à une adolescente de seize ans, plus jeune que lui de dix ? Il devait bien plutôt examiner de près l'« intéressement » : que deviendrait-il les jours de mévente ? Plus d'une fois, dans sa longue marche, il s'était couché bredouille et avait dû, pour compenser le manque à gagner, se passer d'auberge, souper de pain et d'oignon cru. Une seule chose serait sûre dans ses gains : les quarante lires mensuelles, les huit *francesconi* d'argent, marqués du profil du grand-duc.

Une autre chose le pinçait au cœur : la nécessité de vendre Galant, son fidèle compagnon. Le seul être vivant dans toute l'Italie, en cette année 1751, qui entendît parfaitement la langue auvergnate. Si sobre, si endurant, si bien élevé, de si bon conseil aux carrefours. « Combien au juste une telle bête peut-elle bien valoir ? Ma foi, je ne la lâcherai pas pour moins de dix francesconi. »

Cette bonne résolution prise, sa pensée retourna un moment aux cheveux, à la nuque, aux joues, aux yeux de Maria Angela, et il s'endormit au milieu de ces douceurs.

— Monsieur, dit-il le lendemain à Michele Lanci, j'accepte vos offres. Me voici à votre service.

— Bravo mille fois. J'ai maintenant un conseil à te donner. Tu m'as bien dit que tu possédais en ce moment un capital d'une centaine de lires ?

— A peu près.

— Tu ne vas pas emporter cette fortune sur toi, au risque de te la faire voler !

— Que puis-je en faire ?

— La mettre au *Monte dei Paschi*, où elle te rapportera le cinq du cent. Ce qui veut dire que dans un an, on te rendra cent cinq lires.

Il lui expliqua le fonctionnement de cette entreprise :

— Un *Monte* est une association. Il y eut dans notre histoire le *Monte* des Neuf, le *Monte* des Réformateurs, le *Monte* des Libertins. Mais un *Monte* est aussi une montagne. La nôtre est formée par l'accumulation des pièces qu'y apportent la plupart des Siennois. Y compris notre grand-duc qui lui donne une grosse part des revenus que lui fournissent ses *paschi*, ses pâturages de la Maremme. Ces capitaux sont ensuite prêtés à qui en a besoin au taux de cinq et demi du cent. Ce qui permet, comme j'ai dit, de verser un intérêt de cinq du cent aux apporteurs. Le demi de différence sert à payer les frais de fonctionnement. Le *Monte dei Paschi* est la tirelire de Sienne.

— Mais qui me garantit que mon argent me sera rendu ? Qu'il ne sera jamais détourné ?

— Notre population tout entière. Car le *Monte* n'appartient pas à un seul, mais à nous tous, depuis Francescone jusqu'au dernier tanneur de Fontebranda. Chaque sociétaire le garantit sur ses propres biens.

Ce même jour, ils se rendirent au palais Salimbeni où se tenait le *Monte dei Paschi*. Marino avait retiré ses pièces dissimulées dans le collier de Galant. Le sachet qui les contenait avait pris une senteur asinale. Mais l'argent lui-même n'avait point d'odeur.

9

Ce 15 avril 1751

Désormais, chaque fois que je lui adressois la parole, j'appelois Michele Lanci signor padrone, *Monsieur mon Maître. Il me plaça d'abord parmi ses commis ordinaires qui m'enseignèrent les différentes espèces de tissus, leur composition, leur origine, leurs propriétés. De sorte que je devins imbattable sur le boucassin, la cheviotte, la filoselle, la tarlatane, la percaline, la napolitaine, le mollequin. Pendant ce temps, il s'employoit à me procurer une voiture nommée* baghero, *beaucoup plus spacieuse que mon ancienne maringote. Quant au cheval, je choisis un des quatre de son écurie, qui se trouva être une jument baptisée Colombe pour sa couleur et sa douceur de caractère. Restoit à liquider le malheureux Galant. Afin que je ne pusse revenir en arrière, Lanci exigeoit que je brûlasse mon unique vaisseau. Il m'y encourageoit par le calcul :*

— Nous déposerons aussi l'argent que tu retireras de sa vente au Mont des Pâturages. Cette somme t'y rapportera des fruits. Au lieu que si nous gardions ton âne, il mangeroit plus d'avoine et de foin qu'il n'en vaut.

Je me résignai donc à le conduire plusieurs jours de suite place du Champ après lui avoir attaché à la queue une pancarte : A vendre. *Les amateurs tournoient autour, questionnaient :*

— Combien en veux-tu ?

— Six écus.

La plupart me rioient au nez. Quelques-uns lui regardaient dans la bouche pour supputer son âge. D'autres me demandoient, ne croyant pas si bien dire, si c'était l'âne de mon grand-père. Galant se prêtoit à ces jeux, ne soupçonnant guère quel en étoit l'aboutissement. J'en avois le cœur déchiré et ne me pressois pas de conclure. Voyant ma peine, Lanci me consoloit par des propos bibliques :

— Il ne s'agit que d'un animal. Dieu a créé les plantes et les animaux pour les mettre au service de l'homme. Il ne convient pas de pleurer sur des créatures sans âme.

Chaque fois que je ramenois invendue ma bête rue des Peintres, il fronçoit le sourcil :

— As-tu réellement l'intention de la vendre ou fais-tu semblant ?

— On ne me donne pas les six écus que je demande.

— Il faut donc rabattre de ton prix.

Je trouvai enfin deux acheteurs possibles. L'un n'en vouloit donner que cinq écus, l'autre que quatre. Je secouai la tête. Ils s'éloignèrent. Mais ils repassoient devant nous de temps en temps, pour voir comment alloient les choses. Enfin, j'interpellai celui des quatre, disant :

— J'ai preneur à cinq écus !

Et je désignai le second amateur, qui de loin nous observoit.

— Je connois bien cet homme, me répondit l'interpellé. Savez-vous la profession qu'il exerce ?

— Je l'ignore.

— Celle de charcutier.

— Et alors ?

— S'il prend votre âne, c'est pour la mort. Tandis que moi, je le laisserai vivre tant qu'il voudra. Sans jamais le bousculer. Il finira de vieillesse, dans le bonheur et le respect.

Mon sang se glaça.

— Attendez ! dis-je.

Je courus vers l'amateur aux cinq écus :

— Si vous m'achetez mon âne, qu'avez-vous l'intention d'en faire ?

— De la mortadelle.

Me voilà plongé dans un grand embarras. Entre l'arbre et l'écorce. Entre deux clients et deux prix. Un écu de différence, ce n'étoit pas rien. Certes, finir en mortadelle n'est pas un sort enviable. Mais ne sommes-nous pas tous condamnés à mourir un jour et à être mangés ? Je retournai au moins offrant :

— Je vous donne la préférence pourvu que vous montiez un peu. Partageons la poire en deux : allez jusqu'à quatre écus et demi !

C'étoit le raisonnement que m'avoit enseigné mon grand-père Cambray lorsqu'il vendit son buffet des quatre saisons à un client demi-sourd. Mais mon homme à moi ne voulut pas démordre de son chiffre : quatre ou rien. Je dus donc retourner vers le charcutier, lui dire en soupirant :

— Brave homme, mon âne est à vous.

Il vint le prendre par le licol. Avant de quitter mon fidèle compagnon et compatriote, je l'embrassai entre les oreilles, les larmes aux yeux. Le charcutier déposa cinq francesconi *dans ma main et je m'éloignai, un peu consolé par ces belles pièces d'argent.*

Dès le lendemain, je me mets en tournée dans le baghero *tiré par Colombe. La voiture est chargée d'étoffes de toutes sortes et de tous prix. De mon ancien équipage, je n'ai conservé que ma trompette. Et je ne me fais pas faute d'en sonner sur les places des villages et à proximité des fermes. Les occupants de ces dernières, bien surpris de voir se présenter à leur porte un marchand drapier, se montrent souvent désireux d'acquérir quelques* passetti *(qui sont la mesure locale, égale à peu près à nos aunes) de toile ou de drap. Mais ils ne disposent pas toujours du liquide nécessaire et me demandent si je peux attendre leur paiement jusqu'à la prochaine récolte. M'étant assuré auprès de mon maître, je tente l'expérience des ventes à crédit et j'ai déjà un plein cahier de débiteurs.*

— Nous risquons gros, dit Michele Lanci : c'est pour nous la ruine ou la fortune.

Il exagère : tous ses œufs ne sont pas dans le même panier et sa boutique de Sienne continue de prospérer. Mais j'ai confiance en ces paysans de Toscane qui ressemblent de figure et de mœurs à nos paysans d'Auvergne. Et peut-être à tous les paysans du monde. Ne promettant que ce qu'ils peuvent tenir. Se tuant à la besogne pour honorer leur parole. Mettant tous leurs espoirs dans le soleil et dans la pluie, c'est-à-dire dans la volonté de Dieu.

Me voici donc de nouveau sur les routes, même si, provisoirement, j'ai renoncé à la pantoufle du pape. J'écume les campagnes vingt lieues autour de Sienne. Depuis la mer jusqu'aux Abruzzes. Depuis Florence au nord, jusqu'à Grosseto au sud. En passant par les Maremmes, régions de marécages, de buffles et de mauvais air. Colombe n'a pas, aux approches des étalons, les impétuosités que montroit Galant à un mille d'une ânesse. Elle craint la pluie et les brouillards. Je dois souvent la bouchonner. Mais elle produit une heureuse impression sur la clientèle lorsque je parade sur son échine, coiffé d'un chapeau pointu comme les postillons des messageries. Voilà bien, se dit-on, l'équipage d'un commerçant sérieux. Les enfants nous environnent en criant :

— Cavaliere ! Cavaliere ! Lustrissimo !

Jusqu'à ce que je leur lance quelque piécette qu'ils s'entre-tuent pour conquérir. Je rentre au bout d'une semaine. Accueilli par les Lanci comme un membre de leur famille. Les deux fillettes, Betta et Dina, âgées de douze et six ans, me comblent d'affectuosités, grimpent sur mes genoux, me tirent le nez et les oreilles. Je suis dans les ravissements…

Maria Angela, plus réservée, riait aux jeux de ses sœurs et semblait éprouver le regret de n'y point participer. Ce à quoi son âge ne l'autorisait plus. Mais elle avait souvent les yeux tournés vers ce garçon venu d'un pays lointain. Avec ses cheveux frisés, son nez droit et fort, ses dents éclatantes, ses mains de laboureur, ses gros mollets. Elle trouvait même de l'intérêt à ces sortes de poches qui soulignaient ses yeux et qui donnaient à son regard de la douceur.

On eut des nouvelles de Nastasia Pacchia. Ramenée de Monteriggioni chez son père, bien soignée par le chirurgien, elle était maintenant remise de son saut de l'ange. Il n'était plus question de la faire bénédictine malgré elle. Un jour, encore un peu clopinante, elle vint au bras de son père remercier Marino, son messager. La belle-mère rongeait son frein.

On n'eut plus, en revanche, de nouvelles de Galant. Par scrupule de conscience et d'estomac, craignant son retour sous une forme charcutière, son ancien maître refusa pendant une année de consommer saucisse, saucisson, mortadelle. Colombe, qui lui avait succédé, avait le trot plus rapide et lui permettait de prospecter un territoire bien plus étendu que l'âne n'eût pu faire.

La récolte venue – celle du blé, du raisin, des châtaignes, des olives –, Marino rendit visite à ses débiteurs. Presque tous payèrent leurs dettes exactement. Quelques-uns demandèrent un nouveau délai qui leur fut accordé. Au bout duquel ils ne manquèrent pas de s'acquitter. Michele Lanci se frottait les mains d'avoir autorisé cette nouvelle forme de commerce ambulatoire. Il encaissait les bénéfices, abandonnait à Torlonia le huit du cent convenu, au-delà des quarante lires mensuelles. Si bien qu'elles montèrent à soixante, ou même certaines fois à soixante-dix. Ces fonds allaient ensemencer le Mont des Pâturages, dans l'attente de fruits nouveaux.

Pendant deux années, Marino Torlonia mena cette existence nomade, comparable à celle d'Abraham poussant son troupeau dans les plaines de Chanaan. Lui tondait la Toscane, s'appliquant à ne pas revenir sur les mêmes lieux avant que l'herbe n'eût repoussé. Sa clientèle était flattée qu'un Français fût venu du pays des Louis et des Charles pour la servir. Cela garantissait la qualité des produits vendus car, pensait-elle, on ne peut venir de si loin pour proposer de la camelote. Il couchait ordinairement dans les auberges, mais encore quelquefois sous sa tente, dans les nuits chaudes, tandis qu'autour de lui grésillaient les cigales et les locustes.

De loin en loin, sa conscience lui reprochait de ne pas suffisamment penser à ses parents d'Auvergne. « Un jour, je retournerai à Augerolles. En carrosse doré. » Mais tant de choses et de figures nouvelles lui remplissaient la tête qu'elles en avaient chassé quelque peu les meubles anciens. Du moins s'efforçait-il de noter par écrit les principaux événements auxquels il se trouvait mêlé, avec l'espoir que ce récit tomberait une fois ou l'autre entre les mains des Tourlonias.

Ce 20 août 1751

A chaque retour de mes périples, je retrouve la chambrette, sous les combles, d'où je peux voir une grande partie de la ville, établie sur ses trois collines. Je connois maintenant toutes ses églises : Saint-Dominique, Saint-François, Saint-Jean, Sainte-Marie de Provençal, etc. Sa cathédrale consacrée à la Très Sainte Assomption de Marie que j'ai visitée en compagnie de mes maîtres. La voûte est peinte en bleu avec des étoiles d'or. Le pavement est tout marqueté de marbres blancs, gris ou noirs représentant des scènes de l'Ancien Testament. Mais on n'en voit presque rien car il est largement recouvert d'un plancher qui le protège des semelles. On aurait mieux fait d'appliquer ces tableaux contre les murailles. Dans la sacristie, on voit trois jolies femmes nues, appelées les Trois Grâces, dont la présence surprend un peu, si près du grand autel.

Je connois aussi, du moins de l'extérieur, les nombreux palais de la ville : des Bons-Seigneurs, des Petits-Hommes, des Monte-en-Bien, des Epanouilles, des Si-Peu, des Petits-Poulets. Je connois même la ville souterraine, qu'on visite à la clarté d'une torche, sous la conduite d'un bon guide. Car ce sont sept ou huit lieues de galeries dans lesquelles il seroit facile de se perdre. Elles reçoivent les eaux d'infiltration, elles alimentent les vingt fontaines et les quatre cents puits.

Hors mes vagabondages par monts et vaux, je passe régulièrement le samedi et le dimanche dans les murs de Sienne. Je rends compte au maître des étoffes vendues, des créances récupérées, du doit et de l'avoir. Je remets l'argent reçu, encaisse ma part et la porte au Mont. Le jour du Seigneur, précédés par les Lanci, les commis célibataires vont entendre la messe chantée à l'oratoire Sainte-Catherine, celui de notre paroisse. Après quoi, chacun regagne sa famille. Moi, qui n'en ai point, suis reçu à la table de Michele. Le repas terminé, on se promène ensemble, les jours de beau temps, à travers la ville. Quand le ciel est pluvieux, on joue à des jeux de société. A la zara avec trois dés. A trois-sept, avec dix cartes. A la bambara, où il faut réunir quatre cartes de la même couleur. Au pharaon qui impose des gages au perdant : se tenir sur un pied pendant trente secondes ; déposer un baiser où le gagnant, la gagnante voudra, dans les limites de la décence.

A Augerolles, avec mes petits compagnons, nous jouions avec des cailloux, des bâtons, des crottes de bique, on devoit baiser le cul du chien. Ici, tout n'est que sourires, parfums, frôlements, incisives espacées, panforte, sirop d'orgeat…

Lors de certains dimanches exceptionnels, toutefois, il se laissait entraîner par les autres commis. Ils jouaient communément aux palets avec des briques cassées sur la place du Champ : il fallait jeter le sien le plus proche possible d'un petit caillou noir appelé le *grillon*. D'autres fois, l'un des commis nommé Dino, mais surnommé Dinaccio à cause de sa malice, Romain d'origine, les convainquait de s'enfermer dans une taverne afin de jouer à la *passatelle*. On commandait d'abord la fiasque de vin rouge, payée en commun. Chacun n'avait pas également le droit d'en boire. Cela dépendait des volontés du *maître*, déterminé au commencement par un tirage au sort. Le jeu se déroulait à mains nues, sans autre accessoire que le flacon et les gobelets. Et que les langues. Tenant la fiasque par le cou, le maître faisait mine de verser à tel ou tel qui déjà avançait son verre. Mais au dernier instant, le maître du vin s'arrêtait, et justifiait son refus :

— Non pour cette fois. Tu ne le mérites point. Tu ruines ta famille dans les auberges. Tes enfants sont maigres, ta femme battue et mal vêtue. Tu es le déshonneur de ta paroisse. D'ailleurs, tu es cocu, et c'est une juste punition de Dieu.

— Impossible, répondait l'autre, pourpre jusqu'aux oreilles de honte et de fureur : ma femme est morte depuis trois ans.

— Après t'avoir cocufié pendant dix, comme tu le méritais...

Tous les coups étaient autorisés : l'on pouvait dire le vrai aussi bien que le faux. L'on s'arrangeait d'ailleurs pour mêler l'un à l'autre. Après les réponses de l'insulté, le maître faisait mine de se laisser convaincre et versait le vin. Cela réconciliait provisoirement les esprits. Pendant des heures, la joute oratoire se poursuivait, menée à tour de rôle. En principe, il était interdit de se laisser emporter par la colère. Si quelqu'un mettait la main à la ceinture pour tirer son couteau, les autres aussitôt le retenaient. Il devait boire le calice jusqu'à la lie. Quitte, son tour venu, à se revancher par la même franchise ou la même mauvaise foi. Chacun vidait ainsi son estomac des crapauds et des couleuvres qui, depuis des années peut-être, y grouillaient.

Quand venait le tour de Marino de subir les accusations, on le ménagea d'abord puisque Sienne ouvre son cœur plus que ses portes. Mais à mesure que passaient les semaines, que sa faveur s'affirmait davantage chez le marchand drapier, on en vint à lui refuser de boire :

— Parce que tu lèches comme un chien les bottes de Michele Lanci. Parce que tu courtises ses trois filles à la fois. Parce que tu oses même lever les yeux vers la mère. Parce que tu te crois pareil au coq dans sa basse-cour. Parce que tu n'es qu'un étranger qui prétend en remontrer aux Siennois en toutes choses. Parce que tu t'enrichis de notre peine. Parce que tu nous tonds la laine sur le dos…

— Je ne courtise personne, ni le père, ni la mère, ni les filles. Je ne vaux pas plus que vous. Je vaux moins que vous qui êtes du pays et connaissez les marchandises à la perfection. Si vous pensez que

Lanci me favorise, demandez-lui des explications, invitez-le à votre passatelle.

— On t'a vu voler l'avoine des chevaux.

— L'avoine que je prends sert à nourrir Colombe qui appartient à notre maître…

Pour les embabouiner, il payait seul une fiasque ou deux de sa poche. Cela durait jusqu'à l'heure où il fallait, gorgés de vin et de rancune, se lever de table, ce qui n'allait pas sans mal. Chacun étayant l'autre, ils erraient par les rues noires, sans autre éclairage que quelques lueurs filtrantes. En passant devant certaines maisons, Dinaccio criait à l'adresse des occupants une malédiction ou une obscénité. Les cloches des couvents sonnaient le salut. On entendait les chevaux piaffer sourdement dans leurs écuries, les cochons grogner dans leurs cochonnières.

10

Ce 10 avril 1752

Au milieu de l'hiver suivant, je tombai malade de fluxion. Cela m'occasionna une fièvre considérable et une forte gêne respiratoire. Je dus interrompre mes tournées et garder le lit, à claquer des dents et des genoux. Mes maîtres me réchauffèrent d'abord au moyen de bouillottes ; il n'étoit pas d'heure du jour qu'ils ne m'en apportassent une brûlante. C'étoit généralement la signora Lanci qui se chargeoit de cet office, parfois avec telle ou telle de ses filles. De sorte que, me voyant entouré de ces jolies figures, l'esprit brouillé par le mal, je ne savois plus si j'étois vif ou déjà mort, sur terre ou bien au ciel en compagnie des anges.

Comme je tardois à guérir, on appela un médecin qui me couvrit la poitrine de sangsues, prenant la précaution de me lier les mains au châlit pour que je ne pusse m'en défaire. Elles pompèrent une quantité d'humeurs pernicieuses et me causèrent un vrai soulagement.

D'autres personnes vinrent me voir. Notamment les commis de la maison, à tour de rôle, même Dinaccio, chacun me tenant des propos fort sucrés, bien étonnants si je me rappelois leurs accusations de passatelle. J'en vins à me dire que l'homme est comparable à l'artichaut : composé de feuilles piquantes autour d'un cœur tendre. Seulement, il s'en trouve des espèces tout en feuilles. Et d'autres qu'on peut manger presque entièrement. Maria Angela et ses sœurs appartenaient à la seconde catégorie. Jamais elles ne venoient à mon chevet les mains vides, mais toujours porteuses de quelque douceur, dragées ou fruits confits. Comment, dans ces conditions, ne pas guérir ?

Lorsque je pus enfin me lever, l'on continua de m'embecquer. Colombe fut aussi bien heureuse de me revoir. L'accueil de mes collègues fut moins chaleureux. Mais je n'eus pas à supporter longtemps leur froideur car, après un mois de gavage, je repris mes tournées dans le baghero.

Un dimanche, après la messe, comme nous sortions de Sainte-Catherine, le signor padrone me prit par le coude :

— Mon garçon, j'ai à te parler.

Les femmes alloient devant, se retournant quelquefois pour nous faire des signes. Autour de nous, les pigeons picoroient les débris répandus. Au-dessus, le ciel nous couvroit de son plafond bleu.

— Quel âge as-tu ?

— Vingt-sept ans.

— Ne songes-tu pas à te marier ?

— J'y songe de temps en temps.

— Et qu'attends-tu ?

A une question si directe, je sentis mon cœur bondir, croyant comprendre, espérant, me demandant si. J'osai à peine répondre :

— L'occasion... Une bonne occasion... Je suis étranger... Il n'est pas facile...

— C'est pourquoi je veux te faciliter les choses.

Nous étions arrivés au carrefour de la Sagesse. Il s'arrêta pour mieux s'exprimer, plonger dans les miens le regard de ses yeux globuleux :

— Que penses-tu de ma fille Maria Angela ?

— Du bien, Monsieur mon Maître. Beaucoup de bien.

— Précise le bien que tu penses.

Et moi, bégayant, les joues en feu :

— Tout... tout le bien imaginable, Monsieur mon Maître.

— Explique-toi donc, par Bacchus !

— Elle est... elle est... parfaite.

— C'est tout ? Seulement parfaite ?

Je ne savois qu'ajouter, ayant tout dit, me sembloit-il. Il éclata de rire, renonça aux précisions, se contenta d'une dernière question :

— Aimerois-tu l'avoir pour légitime épouse ?

— Oh ! Monsieur mon Maître ! Mon bonheur... mon plus grand bonheur...

Je lui pris une main et la baisai.

— Eh bien ! si tu la veux, demande-la-moi !

— Je vous la demande ! Je vous la demande, Monsieur mon Maître ! En légitime épouse. Pourvu qu'elle soit consentante.

— De cela, il faudra t'en informer auprès d'elle.

La chose ne fut pas des plus faciles car je la rencontrois rarement sans ses jeunes sœurs. Cela se produisit cependant un lundi matin au petit jour, alors que je me préparois à partir, sous une averse. Comme j'allois me hisser sous la capote du baghero, *je vis quelqu'un sortir de la maison. C'étoit Maria Angela, enveloppée d'une pèlerine, les cheveux défaits sur les épaules. Elle courut à moi, déjà mouillée :*

— Je viens te dire au revoir. Que Dieu te garde.

Je sautai sur l'occasion :

— Veux-tu, Maria Angela, être ma femme légitime ?

Et elle, sans hésiter :

— Oui, Marino. Je le veux.

— Pax tecum. *Passe tes gognes.*

Nous nous baisâmes, tout humides de pluie...

Vint le temps des écritures, D'abord, le curé de Sainte-Catherine rédigea un texte en langue toscane affirmant que les deux signataires, *d'une part Marino Torlonia, fils d'Antoine Tourlonias et de Marie Cambray, né à Augerolles (France) le 16 janvier 1725, et d'autre part Maria Angela, fille de Michele Lanci et de Raimonda Lotto, née à Sienne le 30 mai 1735, se [faisaient] promesse mutuelle de s'unir en mariage selon le rite de notre Mère, la Sainte Eglise Catholique,*

Apostolique et Romaine... Dans le salon, devant la famille Lanci et les membres du personnel, les deux promis répétèrent les mots que leur dictait le prêtre. Puis ils prononcèrent ensemble, la main levée à la face du crucifix :

— Je te donne ma foi sur le Christ.

Le repas de fiançailles fut très joyeux et très nourrissant. A son terme, le signor padrone se leva et prononça un petit discours explicatif destiné spécialement à ses commis :

— Vous qui êtes à mon service depuis des années, dont je connais bien les vices et les vertus, vous vous étonnerez sans doute que j'accorde ma fille au dernier venu. C'est que j'ai trouvé à celui-ci de grands mérites. Un goût au travail, un amour de l'argent, une ambition exceptionnels. Ou je me trompe fort, ou ce garçon, qui vient d'une étable, montera aux étoiles. *Dalla stalla alle stelle.* Certains d'entre vous sont mariés. Tel ou tel ne l'est point, qui aurait sans doute été bien aise de devenir mon gendre. Qu'il ne perde pas courage : j'ai encore deux filles à marier.

Cela fit bien rire et un peu pleurer.

Secondement, se firent les accordailles pardevant un notaire. Cet officier mit noir sur blanc les biens des deux futurs. A savoir : pour lui, deux cent cinq écus de cinq lires déposés au *Monte dei Paschi ;* deux habits de drap, l'un en couleur, l'autre rayé blanc et bleu ; trois paires de culottes ; deux paires de souliers ; une paire de bottes ; un chapeau tricorne avec un gland rouge et un chapeau de paille à large bord ; un manteau de laine et un manteau contre la pluie en toile huilée ; une montre de cuivre à deux aiguilles. Pour elle : deux cent cinq écus de dot également déposés au *Monte ;* les vêtements féminins convenant à sa condition ; un premier collier en billes d'onyx et un second formé d'une chaîne d'argent avec croix de même métal ; deux chapelets, l'un en noyaux d'olive, l'autre en grains de verre noir ; six paires de draps en toile de chanvre et six autres en toile de lin ; un mobilier comprenant un lit avec son ciel, une armoire, un coffre, une table et six chaises. Tout cela fut transporté dans un petit appartement pris en location *via del Forcone*.

Troisièmement, les bans furent publiés. Durant quarante jours, chaque dimanche à la sortie de la messe, un clerc récita sous le porche de l'église, d'une voix forte, la formule de l'union projetée :

— Il y a promesse de mariage entre Marino Torlonia, fils de… et Maria Angela, fille de… Avis en est donné à tous afin que chacun fasse connaître sans crainte et sans retard tout empêchement éventuel de sang, d'alliance ou de droit à ce mariage…

Vinrent enfin les noces, au mois de mai, dans la petite église toute jonchée de feuilles et de fleurs. La mariée portait un corset de brocart avec des manches séparées, mais retenues aux épaules par des rubans, selon la mode du moment ; une jupe gonflée par des cerceaux ; des bas de soie rouge et des souliers brodés. Ce fut l'occasion pour Michele Lanci d'étrenner une perruque à double rang de boucles sur les oreilles, qui remplit d'admiration ses femmes et son personnel. Son tricorne ancien n'était plus de mesure et ne tenait plus sur sa tête ; de sorte qu'au moindre hochement il roulait par terre, au milieu des rires. Il se résigna enfin à le garder sous son bras gauche, le droit revenant à la mariée. La cérémonie se déroula selon les habitudes italiennes qui rendent les mariages et les enterrements très pénibles à cause du manque de sièges : tout le monde doit rester debout ou bien agenouillé. « Les messes en France, se disait Marino, sont plus douillettes. » A Augerolles, toutefois, les dimanches de grande fête, les sièges ne suffisaient pas à l'affluence ; aussi certaines personnes apportaient-elles leurs propres chaises. Et c'était une chose assez curieuse que de voir après le *Missa est* s'en aller ces paroissiens, leurs chaises sur la tête, les pieds en l'air, comme un troupeau de bêtes à cornes. A part ce point, la messe dans Sainte-Catherine fut très belle, accompagnée de violons et de cantiques. Célébrée par un moine cordelier, frère Guillaume, cousin de Michele Lanci. Il prononça une homélie moitié en italien, moitié en français, qui suscita l'admiration générale. Sur les marches extérieures, le drapier éparpilla des poignées de dragées aux amandes que les enfants se disputèrent.

— Il en manque de ce côté, Monsieur mon Maître, dit Marino en désignant la partie gauche des degrés.

— Ne m'appelle plus maître, mais beau-père !

Le festin d'épousailles réunit deux cents personnes. Marin eut le regret qu'aucun Tourlonias, aucun Cambray n'y fût présent. Mais il y avait si loin de Sienne à Augerolles ! Il vécut cette journée en pensant à eux avec une intensité particulière. « Ma grand-mère Rivaud, qui est portée sur la religion, aurait apprécié le sermon que nous a servi frère Guillaume... Mon grand-père-parrain me rappellerait : N'oublie pas, filleul, que tu dois aller à Rome... Mon père Antoine trouverait le vin à son goût... Ma sœur Françoise... Ma sœur Antoinette... Mon frère Joseph... » Ainsi, grâce à d'aussi fortes pensées, les parents lointains participèrent quand même un peu à ses noces.

Non, Marino n'oubliait pas. Il résolut qu'il irait embrasser la pantoufle du pape sitôt qu'il aurait déposé cinq cents écus au *Monte dei Paschi*, la dot de sa femme demeurant intouchée. Poire pour la grande soif. Il se remit donc à la besogne et reprit ses campagnes de vente.

Colombe le conduisit à l'Impruneta où se tient une grande foire à la mi-octobre. A Montalcino, sur une colline toute grise d'oliviers et toute bleue de vignes. A Pienza, que fit édifier le pape Pie II dont elle porte le nom. A Calci, dans la Valgraziosa, où existe une abbaye de chartreux. A Pistoie où l'on fabrique, comme le nom l'indique, des pistolets. A

Pescia, rivale de Thiers, d'Ambert et d'Annonay pour la papeterie. A Arezzo, capitale des cuirs. Il osa même franchir les frontières de la Toscane et s'aventurer sur les terres papales. Mais les douaniers pontificaux l'accablèrent de péages, destinés, prétendaient-ils, à réparer les routes, qui en effet étaient épouvantables. De plus, ils fouillèrent à fond son *baghero* pour s'assurer qu'il ne transportait pas de livres séditieux. Si bien qu'il regagna bien vite le Grand-Duché.

Comme aux temps de son célibat, il retrouvait son domicile une fois la semaine, toujours accueilli angéliquement par Maria Angela. Durant ses absences, elle élevait des chats et serinait des canaris. Elle recevait aussi son amie Nastasia Pacchia. Ensemble, se tenant par la main comme deux sœurs, elles se promenaient par la ville. Cela leur permettait, se chaperonnant l'une l'autre, de fréquenter les loggias qui longeaient le Palais communal, sous la tour de *Mangia*. Là se rassemblaient les désœuvrés, les bavards, les rapporteurs de nouvelles. A San Miniato, une mère de famille avait donné le jour à trois enfants à la fois. A Montalcino, un mari avait découpé sa femme en soixante-treize morceaux, pas plus épais que des francesconi. A Florence, le grand-duc avait annoncé une réduction des gabelles, mais elle ne s'était pas produite. Ces hommes bien informés critiquaient les autorités civiles, militaires ou religieuses : le gonfalonier, chef de la police ; le gouverneur, représentant du grand-duc ; l'évêque, représentant de Dieu.

Maria Angela dormait donc seule cinq nuits sur sept, les pieds froids, recroquevillée dans son lit trop grand. Tenue en éveil par le hululement du vent, le craquement des meubles, le grignotement des souris. Se demandant à quoi lui servait ce mari qui courait les routes au lieu de la réchauffer. Elle pleurait dans son traversin et ne trouvait un peu de sommeil qu'au petit jour, quand les frères de Saint-Dominique s'arrachaient aux délices de leur planche pour descendre chanter laudes.

— Prends patience, mon enfant, lui disait Marino à son retour. (Vu leur différence d'âge il lui parlait comme si elle eût été sa fille.) Dès que j'aurai rassemblé cinq cents *francesconi*, nous vivrons autrement.

— Comment vivrons-nous ?

— Nous partirons pour Rome et nous ne nous quitterons plus.

Vainement, elle proposait d'emprunter à son père l'argent qui lui manquait.

— Non. Je refuse l'argent donné. Je veux seulement de l'argent gagné.

Or un jour, dans ses pérégrinations, il eut la surprise de tomber sur l'abbé Provenchère. Un Auvergnat originaire de Domaize, près de Courpière, qui s'en retournait en France par le coche public après avoir perfectionné à Rome ses connaissances théologiques et sa foi. Dans l'auberge où ils s'étaient rencontrés, chauffant leurs bottes humides au feu de la cheminée, chacun raconta qui il était, d'où il venait, où il allait. Tourlonias parla de ses parents d'Augerolles dont il était sans nouvelles depuis plus de deux ans. L'abbé promit de faire un détour par cette paroisse afin de les rencontrer. Marin lui confia les feuilles qu'il avait noircies à leur intention :

— Ni mon père, ni mes frères et sœurs ne savent lire. Mon grand-père Cambray, en revanche, lit parfaitement et connaît très bien la langue française.

— En cas de nécessité, je les leur lirai moi-même.

Cette nécessité ne pouvait être que le décès du vieux Cambray. Marin y songea avec tristesse. Puis il parla d'autre chose : il devait aussi un peu d'argent au curé de Noirétable, le prix des paniers à salade, et le chargea de la somme à remettre. Provenchère évoqua le pape régnant :

— Benoît XIV, âgé de soixante-dix-sept ans, précédemment cardinal Lambertini, archevêque de Bologne, est un bon gros qui déjeune chaque matin d'une soupe au vin et d'une omelette de six œufs...

— Une soupe au vin ! Je connais ! J'adore !

— Il est d'un abord facile, lit beaucoup, écrit davantage. Quoique fort instruit, il aime à se faire passer pour ignorant et recommanda au sacré collège, lors de son élection : *Se volete un buon coglione, pigliatemi.* Si vous voulez un couillon de première catégorie, choisissez-moi. Il raconte des histoires à mourir de rire sur les mœurs des femmes romaines et de certains ecclésiastiques. Quand les mots italiens qu'il devrait employer sont trop crus, il recourt au dialecte de Bologne qui lui permet de s'exprimer avec moins de scandale. Son seul ton de voix fait éclater de rire. Il protège les artistes. Il protège les ruines antiques. Ainsi, pour empêcher les Romains de démolir complètement le Colisée afin d'en prendre les pierres dont ils bâtissent leurs bicoques il a eu recours à un ingénieux procédé : il a fait truffer les arcades de petits autels munis d'indulgence plénière. Si bien que plus personne n'ose y porter la main. N'est-ce pas bien trouvé pour un couillon de première catégorie ?

Provenchère évoqua ensuite la population de Rome, autour du pape et à l'entour :

— Vous n'en avez aucune idée. Imaginez un peuple dont le quart est fait de prêtres, le quart de statues, le quart de gens qui ne travaillent guère et le dernier quart de gens qui ne font rien du tout. Gouvernés par un prince toujours vieux, par conséquent de peu de durée, qui confie le pouvoir à des parents, frères, neveux, cousins, qui n'ont d'autre pensée que de se remplir les poches au plus vite. A chaque mutation, l'on voit arriver des voleurs nouveaux qui prennent la place des voleurs anciens.

— N'y a-t-il pas des juges, des prisons pour les punir ?

— Peut-on punir les parents d'un pape ?

— Tous les voleurs lui sont donc apparentés ?

— Les gros seulement. Mais les petits échappent presque aussi souvent à la justice : il suffit qu'ils connaissent un Monsignore. Sinon, ils se réfugient dans un asile : église, chapelle, hospice, où personne ne peut les saisir.

— Tout cela me semble assez effroyable !

— Ne voyez dans mes propos qu'un simple avertissement. Au demeurant, la ville est fort agréable pour les étrangers, par la politesse des gens qui l'habitent, obligeants et accueillants plus qu'en aucune autre d'Italie.

Rempli de perplexités, Torlonia s'enquit du meilleur moyen qu'il y avait pour approcher le pape et baiser sa pantoufle.

— Vous voulez dire : pour obtenir sa protection ?

— C'est bien là ce que j'espère.

— Il faut que vous soyez recommandé par un intermédiaire. A Rome, tout se fait par intermédiaires, confidents, introducteurs, démêleurs de choses embrouillées. C'est pourquoi je vous conseille de faire d'abord la connaissance de quelque écrevisse rouge.

— Qu'appelez-vous écrevisse rouge ?

— C'est le nom que le peuple romain donne aux cardinaux : *gammero rosso*. Mais il vaut mieux, quand on leur parle, les appeler Eminence. J'en ai une à vous proposer, que j'ai moi-même longtemps servie : Pasquale Acquaviva, surintendant du château Saint-Ange.

— La fidélité, l'honnêteté, la conscience ne sont-elles jamais récompensées ?

— Si bien, de temps en temps, répondit l'abbé avec un sourire.

Il rédigea une belle supplique dans laquelle il implorait Son Eminence de *bien vouloir étendre sa Sainte Protection sur la tête du jeune Marino Torlonia, garçon de grands mérites et de profonde piété, allié à une famille siennoise des plus honorables ; et fort désireux de servir notre Très Sainte Mère l'Eglise Catholique, Apostolique et Romaine...*

11

Ce 8 mars 1753

A l'heure où je trace ces lignes, chers parents, je sais que l'abbé Provenchère est en route pour l'Auvergne et que vous aurez bientôt des nouvelles de moi. Il m'a promis de m'en envoyer de vous en les adressant à mon beau-père, Michele Lanci, via dei Pittori, *à Sienne. Tout est donc pour le mieux. Et vous vous en convaincrez davantage quand vous saurez que je me trouve à Rome, capitale du monde civilisé. Après un voyage de trois ans et maintes tribulations. Si je n'ai pas encore baisé la pantoufle du pape, cela ne sauroit tarder, car je suis déjà entré au service du cardinal Pasquale Acquaviva, évêque d'Atri et Penne, et commandant du château Saint-Ange. Laissez-moi vous dire comment cela s'est fait.*

Comme je me l'étois promis, j'attendis le moment d'avoir réuni cinq cents écus d'économies, ce qui me prit encore plusieurs mois. Au terme desquels, muni de cette somme – non pas en francesconi, mais en billets de crédit sur la banque du Saint-Esprit –, j'embrassai ma femme Maria Angela, la confiai à ses parents et me mis en route avec mon petit bagage par le coche public. La route de Sienne à Rome est des plus détestables, creusée de trous dans lesquels on pourroit, selon l'expression de chez nous, enterrer un âne la queue levée. Si bien que nous versâmes à plusieurs reprises. Accident si ordinaire que dans ces cas l'on se contente, comme je vis faire plusieurs de mes compagnons de voiture, de se relever autant qu'on peut et d'injurier Sa Sainteté qui très bien sait encaisser les péages, mais non point entretenir ses routes. Après avoir traversé d'horribles montagnes, longé un très grand lac appelé Bolsène, avoir couché, moulus, dans une auberge traversée de mille courants d'air, nous arrivâmes dans la campagne romaine, toute faite de collines incultes et quasi désertiques. Les chemins sont recouverts de débris rougeâtres qu'y déversent les rares paysans en guise de gravier ; ils proviennent du mont Testaccio, la huitième colline de Rome, toute faite avec les tessons des pièces mal venues qu'y ont accumulés les potiers antiques.

Après deux jours de secousses et de culbutes, enfin nous arrivâmes en vue de cette illustre cité. Elle se reconnoît de loin au dôme de Saint-Pierre, brandi dans le ciel comme un potiron entre deux melons. Je passai le Tibre, un fleuve jaune, pas plus large que la Dore à Peschadoires. Puis nous suivîmes une longue rue droite qui, traversant un faubourg, aboutit aux murailles et à l'une des vingt-deux portes, dite du Peuple. On accède dès lors à la place du même nom, au centre de laquelle se dressent une fontaine et un obélisque de granit rouge, couvert d'inscriptions illisibles. Trois longues et belles avenues partent de ce point en patte d'oie, s'enfoncent dans la ville habitée. A gauche, en tournant le dos à l'obélisque, celle du Babouin, faite de maisons assez ordinaires, conduit à la place d'Espagne où loge l'ambassadeur de cette nation. (Le dernier fut un autre cardinal Acquaviva, oncle de mon futur protecteur.) A droite, la rue Petite-Rive, qui commence par de vilains magasins à foin, mène au port fluvial ; on y descend par de grands degrés de marbre. Au milieu, la plus longue, le Cours, ou via del Corso, *ainsi nommée parce qu'on y fait des courses de chevaux, aboutit place Saint-Marc que domine la colline royale du Capitole. Un empereur y a sa statue équestre. Elle fut en bronze doré, mais le peuple la croit tout en or. Ce métal, selon eux, se découvre petit à petit sous l'action des pluies et des vents. Lorsqu'il sera tout entier découvert se produira le jugement universel. La plus grande singularité, ici, est le voisinage des belles choses et des horribles. Des palais et des masures. Une large avenue est côtoyée par de nombreux culs-de-sac, des ruelles tortueuses remplies de mendiants, de porteurs de fagots, de marmaille jouant dans la boue, pavoisées de linges qui sèchent sur vos têtes, accrochés à un fil, d'une façade à la façade opposée.*

D'autre part, entourée de remparts trop vastes pour elle, la Ville est pareille à un malade qui a perdu la moitié de sa substance et flotte dans ses vêtements anciens. A peu près un tiers seulement de son étendue d'autrefois est habité. Tout le reste est fait de jardins, de champs, de vignes, de pâtures, de ruines, de voies médiocrement peuplées. Le cœur de la Ville est une espèce de vallée, le Forum, où les Romains antiques se réunissoient pour discuter de leurs affaires et célébrer leurs cultes. Que reste-t-il de ce lieu sacré ? Un amas de débris, de colonnes, de chapiteaux, enterrés, recouverts d'herbe que broutent des troupeaux de vaches, où des bergers soufflent dans leur galoubet, où passent des chars tirés par des bœufs aux cornes inimaginables.

Le Colisée est le plus gros morceau qui reste de cette antiquité. C'est une arène ovale. Jadis s'y donnoient des spectacles sanglants qui enchantoient le peuple. Des hommes s'y entre-tuoient, des bêtes fauves dévoroient de malheureux chrétiens. Plus tard, vinrent des barbares qui le ruinèrent en divers points afin d'en arracher les crampons de bronze qui lioient les blocs. Les portiques sont maintenant occupés sur quatre étages par des boutiquettes qui vendent de tout, principalement des fripes. A moins que ce ne soit par des autels, des croix, des oratoires. Un capucin y vient prêcher les vendredis. Un ermite y vit en permanence, en compagnie de ses chiens ; il garde ces pierres de la démolition.

Je n'entreprendrai pas, chers parents, de vous décrire par le menu la capitale du monde, n'étant point venu ici pour le plaisir de regarder, comme je vois faire tant de voyageurs, mais pour conquérir la fortune par des moyens honnêtes et pieux. Je n'aurois d'ailleurs pas assez d'encre ni de papier pour le faire. Songez que, pour parler des églises seulement, elles sont plus de quatre centaines. Aussi me limiterai-je à vous raconter la demeure où réside mon futur protecteur, le château Saint-Ange.

C'est à la fois un lieu de refuge et une prison, entourée de petites casernes. Il se présente sous l'aspect d'un fort donjon dans lequel on peut entrer à cheval ou en carrosse, monter ainsi jusqu'au premier étage en empruntant une rampe en colimaçon. Les cellules sont au-dessous, dans la partie souterraine, et aussi dans les étages supérieurs. Les prisonniers y vivent assez décemment. S'ils manifestent une dévotion visible, ils obtiennent certaines faveurs ; comme de sortir en ville, accompagnés de Suisses en armes. Ils balayent les rues, assistent les maçons qui restaurent les monuments. On les voit quotidiennement sur le Cours, les pieds entravés par une chaîne. Des passants leur parlent, leur donnent des aliments. Ils rentrent le soir sans chercher à s'enfuir.

Les appartements du surintendant sont au quatrième. Et même ceux du pape lorsqu'il décide de s'y réfugier, ce qui n'arrive guère. Un corridor de six cents pas relie le château au Vatican, sa résidence principale. Tout est prêt ici pour le recevoir en tous temps et à toute heure : son lit, sa chaufferette, son bonnet de nuit…

Marino pénétra tout gonflé d'espérances dans une capitale où il était appelé à rencontrer des milliers d'affamés de son espèce, Lombards, Napolitains, Siciliens, Suisses, Allemands, Savoyards. Vendeurs de cédrats, d'olives, de lupins, de châtaignes grillées, de polenta. Ramoneurs, cireurs de bottes. Mendiants de tous costumes. Le peuple romain, qui ne parlait ni le latin, ni le toscan, mais le *romanesco*, le dialecte du Transtévère, les appelait indifféremment *buzzurri*. Lui-même, *buzzurro* de la pire sorte. Habitué à la prononciation siennoise, Torlonia avait grand-peine à entendre le jargon des Romains, constamment farci de termes grossiers, de mots à double sens, *ucello, palle, scola, cicio, passerina* (oiseau, balles, école, lard, moinelle) qu'il n'osait ni répéter, ni se traduire, devinant qu'ils désignaient les plus infâmes choses du monde. Comment arriverait-il, au milieu de cette tourbe, à faire entendre sa voix innocente et timide ?

Il lui fallut donc un beau courage pour oser se présenter à la porte principale du château-prison. La garde était heureusement composée de soldats suisses, rouge-jaune-bleu, hommes étrangers à toute forme de calembour. Marino exprima le désir de rencontrer Son Eminence le cardinal Acquaviva. C'est-à-dire le geôlier en chef, pour lequel il avait une lettre de recommandation. L'officier de ce corps le considéra de pied en cap et dit :

— Monsieur, fous ne poufez être reçu dans ce costume.

— Ne suis-je pas vêtu correctement ?

— Refenez quand fous serez habillé de noir.

Il se mit donc en quête d'un fripier qui expliqua :

— A Rome, tout ce qui compte, en effet, est ecclésiastique. Ou fait semblant de l'être.

Il se pourvut du noir nécessaire, se représenta le lendemain à la même porte. Cette fois, il fut admis à monter, en compagnie d'un soldat, au quatrième étage. Il y fut reçu par des secrétaires qui lurent la recommandation de l'abbé Provenchère, le firent asseoir dans une salle meublée de bancs inconfortables et d'un crucifix rébarbatif. Il y attendit plus de deux heures, en observant ses compagnons de patience, tous aussi sombres que lui. Jeunes ou vieux, maigres ou gras, muets, soupçonneux, tenant parfois un rosaire dont ils faisaient cliqueter les grains avec ostentation entre leurs doigts. De temps en temps, un secrétaire en appelait un par son nom. D'autres fois, il en entrait un nouveau. Démuni de chapelet, Marino récita intérieurement une centaine de « Je vous salue ».

Son tour finit par arriver. Le cardinal Pasquale Acquaviva ressemblait à une courte fiasque. Sa grosseur et sa petitesse juraient avec ses éminentes fonctions. Aussi le voyait-on rarement debout. Il recevait sur une sorte de trône aux jambes élevées, les pieds posés sur un coussin. Marino fit six pas dans sa direction et tomba à genoux.

— Relevez-vous, mon fils. Je ne suis pas le pape. Pas encore.

Son sourire découvrit des dents gâtées. En même temps, il tendit le dessus de sa main où luisait une bague d'améthyste. Marino la baisa dévotieusement.

— Rappelez-moi votre nom ?

— En France, Marin Tourlonias. Ici, on me dit Marino Torlonia.

— Vous êtes donc français ?

— Comme l'abbé Provenchère qui m'a recommandé par écrit à la bonté de Votre Eminence.

Là-dessus, renonçant à l'italien, le cardinal employa un langage qu'il pensait être celui de Paris :

— Prenez donc cette *poultrone*, dit-il en désignant un fauteuil à dossier rond dont Marino n'occupa que la bordure, par modestie.

Le jeune *buzzurro* dut ensuite répéter dans sa langue maternelle qui il était, d'où il venait, qui il avait épousé, pourquoi il désirait connaître Rome.

— Baiser la pantoufle du pape ? Voilà, mon fils, la source de toute prospérité. Bravo ! Bravissimo ! Vous me semblez un garçon très recommandable. Le cher abbé Provenchère a fait bien de vous mander à moi. En attendant que vous rencontriez Sa Sainteté, je suis tout disposé à prendre à mon service un sujet de Louis XV, le glorieux roi de la France.

— Tout aux ordres de Votre Grandeur, dit Marino en se pliant en deux.

L'homme écarlate agita une sonnette. Parut un secrétaire noir. Il lui parla à l'oreille.

— Suivez-moi, dit le secrétaire.

Il l'emmena dans un petit bureau rempli de paperasses d'où émergeait un chandelier à trois branches. Au mur, un médaillon, orné des clés de saint Pierre, représentait le profil grassouillet de

Benoît XIV. Le secrétaire s'assit, les lèvres serrées, laissant debout le solliciteur qui, très ému, tournait entre ses mains son tricorne de séminariste. Après un long temps de cette immobilité, l'autre leva les yeux, desserra les lèvres :

— Son Eminence a besoin d'un valet de chambre personnel. Six écus par mois. Logé et nourri. Cela vous convient-il ?

A des propositions si rapides, Torlonia répondit par un assentiment non moins empressé. Il était prêt à s'alimenter de trognons de chou, à dormir dans une soupente. *Ogni principio è duro* : tout commencement est difficile. Il lui fallait passer sous les fourches de ce cardinal pour gagner des faveurs souveraines. L'homme noir ajouta ces précisions :

— Son Eminence dispose ici d'un appartement. Mais elle n'y couche qu'à titre exceptionnel. Sa résidence ordinaire est casa Zuccari, derrière Trinità dei Monti. Veuillez vous y rendre incontinent. Vous présenterez ce pli au majordome.

Au pied de la colline du Pincio, casa Zuccari était un modeste palais dont l'entrée principale figurait la gueule d'un monstre, afin, sans doute, d'effrayer les voleurs, les importuns, les solliciteurs. Torlonia s'y enfonça sans crainte, muni de son passe-porte. Là vivaient Son Eminence et quelques-uns de ses frères, sœurs, nièces, neveux ; trois ou quatre Monsignori qui composaient sa cour ; une vingtaine de domestiques des deux sexes ; des chiens, des chats, des oiseaux en volière, quatre chevaux dans les écuries.

Son travail de valet de chambre était léger. Il consistait à veiller au bon ordonnancement de la pièce où dormait son maître. A balayer, à épousseter. A placer le soir à sa portée, sur une tablette, une carafe d'eau et une carafe de vin frais, en cas de soif nocturne. A chauffer le lit les jours de froidure. Le matin, à vider le pot de chambre. A se tenir prêt, toute la nuit, à apporter ses secours au cardinal qui souffrait d'asthme pour l'aider à respirer. Un cordon de sonnette faisait la liaison entre leurs deux chambres. A écouter ses lamentations sur les mauvais services que lui rendait son entourage :

— Tous des larrons ! Mes parents aussi bien que les étrangers ! Tous cherchent à me dérober ! Toi seul, mon brave Marino, me sers pour le moment sans penser au seul intérêt, puisque je ne te donne que six écus mensuels. Si tu étais pareil à eux, jamais tu n'aurais accepté un salaire aussi misérable. Mais comment faire ? Tel est mon destin : je dois être dérobé.

Rubare, essere rubato : voler, être volé semblaient en effet les pensées dominantes de ces ecclésiastiques vrais ou faux. Et cela, sans la moindre honte. Le majordome, que chaque valet appelait respectueusement don Pippo, prit Marino en sympathie, en souvenir de Provenchère qui l'avait jadis favorisé. Lorsqu'il l'emmenait avec lui chez les bouchers, les poissonniers, les maraîchers, il ne demandait jamais : « Combien vous dois-je ? » Mais toujours : « De combien me volez-vous ? » Le commerçant ne s'en offensait aucunement, sachant ce que parler veut dire. Le majordome payait dix et inscrivait douze sur son livre de comptes.

— Etant donné, expliqua-t-il, l'avarice de Son Eminence à notre endroit, il faut bien que nous arrondissions notre salaire. Chaque serviteur fait de même dans cette ville sainte.

— Mais, osa dire Marino, est-ce que ce n'est pas aussi du vol ?

— Du vol, mon fils ? Point du tout. C'est de la rectification. Le vol est interdit par le Septième Commandement : tu ne voleras point. Je me garde donc de voler comme de la peste. Simplement, j'escroque, je gratte, je ratiboise, je détourne, je flibuste, je rectifie. Mais je ne vole pas. C'est défendu par les Ecritures. (Il fit le signe de la croix.) Les maîtres le savent et ne s'en offusquent pas, pourvu que ce ne soit pas trop voyant.

Ainsi don Pippo travaillait à faire l'éducation de ce jeune Franco-Siennois.

Le quartier de Trinité-des-Monts était aéré grâce à l'altitude et aux jardins Borghese et Médicis. Le cardinal-geôlier montait s'y promener souvent en compagnie de Marino porteur d'une ombrelle ou d'un parapluie rouges. Ce serviteur le soutenait parfois sous l'aisselle pour l'aider à gravir les marches ou les allées. Au fond de son large poitrail, son souffle bruissait comme un mirliton. Ils erraient dans ces parcs fourmillants de statues, de fontaines, de pergolas, de colonnes. On y trouvait aussi un obélisque, un arc de triomphe, une montagne factice avec un petit castel à son sommet. Le cardinal commentait chacun de ces ornements. Fournissant un luxe de détails qui montraient son immense savoir temporel : telle figure est l'œuvre de tel artiste ; elle fut exécutée en telle année, transportée ici par tel pape, payée tant d'écus. Il concluait toujours :

— En France, vous n'avez pas de semblables merveilles !

Torlonia, qui ne connaissait rien de la France excepté un canton auvergnat et le chemin de l'Hermitage au Mont-Genèvre, ne contredisait point. En eût-il connu davantage qu'il aurait fait de même, pour ne pas désobliger.

Une fois la semaine, Acquaviva offrait un grand dîner. On y voyait paraître des princes, des ducs, des écrivains, des musiciens, des avocats, des ecclésiastiques étrangers qui s'exprimaient en latin. Dans une salle, tout ce monde mangeait et buvait. Dans l'autre, on entendait chanter un castrat et jouer un orchestre. Dans une troisième, on causait littérature, histoire, philosophie. La valetaille entière, en livrée d'écarlate, était mobilisée pour servir nourritures, boissons, lave-mains, serviettes chaudes. Tout cela accompagné de courbettes, d'Excellence, d'Eminence, d'Altesse. La contrepartie était la *buona mano*, que les Français nomment

« pourboire ». Aucun invité n'oubliait en partant de laisser tomber quelques *jules* ou quelques *paoli* dans les paumes ouvertes des laquais alignés devant la porte. Se surveillant les uns les autres, les serviteurs déposaient ce casuel dans une tirelire commune dont ils se partageaient le contenu après la fête. La plupart buvaient cet argent dans les tavernes. Dans les caves du mont Testaccio où le vin gardait spécialement sa fraîcheur. Torlonia, quant à lui, le thésaurisait à la banque du Santo Spirito.

L'hiver suivant, Acquaviva fut malade et Marino le soigna ainsi qu'un fils soigne son père. Il essuyait la sueur qui lui perlait au front ; plaçait au bon endroit l'urinal, envergé comme une fiasque. Le cardinal ne voulait recevoir les clystères que de sa main. Après quatre semaines de catarrhes, ce saint homme put enfin se lever, appuyé à son bras.

— Demande-moi ce que tu voudras, dit-il. Je te le donnerai.

— Eminence, je voudrais rencontrer le Saint-Père.

— Plus tard, plus tard. L'heure n'est pas encore venue. Il a tant de gens importants à recevoir, qui viennent des quatre coins du monde ! Tant de vaches à traire, tant de brebis à tondre ! Alors que toi, tu vis à Rome, nourri, blanchi, logé. Le temps ne t'est pas mesuré. Porte patience. N'es-tu pas bien à mon service ? Désires-tu me quitter ?

— Je suis fort bien, Eminence, mais…

— Pas assez payé, peut-être ? Rappelle-moi combien tu touches ?

— Six écus par mois.

— Je t'en accorde dix. Veux-tu autre chose ?

— Oh ! je voudrais aussi... Mais c'est sans doute trop.

— Parle. On verra bien.

— Aller chercher ma femme, Maria Angela. Si elle pouvait obtenir dans votre maison une petite place...

— Accordé ! On lui en trouvera une.

Il y eut des arrangements avec le secrétaire noir : Maria Angela serait employée comme lingère. Les deux époux vivraient dans un logement de trois pièces. La communication avec la chambre du maître demeurerait assurée grâce au cordon et à la sonnette. Toutes ces dispositions furent écrites à Maria Angela qui, depuis des mois, grelottait à Sienne de solitude. Elle les accepta avec bonheur. Un jour de novembre de l'année 1753, Marino courut la chercher.

Elle embrassa en pleurant son père et sa mère, ses petites sœurs Dina et Betta, son amie Nastasia délivrée des bénédictines et prit place à côté de son mari dans le coche public. Malgré la saison, le ciel romain l'accueillit de tout son bleu. Lorsqu'elle eut baisé les mains de don Pasquale, celui-ci recommanda à son valet de chambre, usant de la langue française :

— Promène un peu ta jeune épouse dans Rome. Montre-lui nos églises et les autres monuments. Prenez un tonnelet.

Il lui mit dans la paume un jules de bienvenue, avec lequel ils louèrent une de ces voitures qui, à cause de leur capote en forme de tonneau, portaient le nom de *botticella*. Comme Marino ne se sentait pas en mesure de faire le cicérone, il se confia au cocher et à son cheval, deux créatures d'une pareille maigreur. L'homme portait avec faste un habit misérable que rehaussaient des soutaches en faux or. Ils obtinrent ainsi les descriptions et les explications les plus compétentes :

— Commençons par le Colisée. (Il prononçait *Culosseo.*) Il s'appelle Culosseo parce qu'il est rond comme un cul...

Devant le palais des Barberini, il révéla qu'il était composé de pierres enlevées aux monuments antiques :

— Ce que les barbares n'ont pas eu le temps de faire a été fait par les Barberini. Qu'ils crèvent tous assassinés !...

Derrière l'église Sainte-Agnès, à l'angle du palais Braschi, il désigna deux bustes de marbre informes qui se faisaient vis-à-vis et semblaient s'entretenir à travers la rue :

— Ils s'appellent Pasquin et Marforio. Les Romains mécontents viennent la nuit y coller des écrits injurieux contre le pape ou ses ministres. Si bien que ces deux braves personnes expriment le sentiment populaire. Mais ces pasquinades nocturnes, il faut se lever tôt pour les lire, parce que les policiers pontificaux les arrachent de bon matin...

Les yeux noirs, les incisives espacées, la taille fine, les sinuosités de Maria Angela semblèrent charmer le cardinal Acquaviva. A chaque instant, abusant de sa condition de lingère, il tirait le cordon pour l'appeler, demandant un napperon, une serviette, un mouchoir. Non pas un seul, mais dix ou douze sortes entre lesquelles il pût choisir. Il lui faisait raconter son enfance, sa famille, son éducation, joignait les mains, s'extasiait :

— Comme j'aime ta douce parlure siennoise ! Poursuis, poursuis, mon enfant !

Jamais toutefois il n'eut l'audace de la toucher, se contentant de poser sur elle le regard de ses yeux de crapaud amoureux.

L'année se termina dans les musiques. Quinze jours avant la Noël et quinze jours après, les *piffe-rari* descendirent des montagnes avec leurs fifres et cornemuses, vêtus de peaux de mouton, chaussés de sandales retenues à la jambe par des lanières, coiffés de chapeaux pointus, et se répandirent par la ville. Ils logeaient on ne sait dans quels taudis et donnaient des sérénades aux innombrables madones des églises, des carrefours, des maisons particulières. On les payait de quelques sous. Ils chantaient aussi sur les places, d'une voix aigre et horripilante. Leurs couplets en dialecte se terminaient toujours par *carciofoli* ou *carciofolà*, ce qui ne veut rien dire du tout, comme en français mirontonmirontaine. De sorte que le peuple les appelait des cartchofoliers. Ils avaient des barbes et des yeux si féroces qu'aucun commerçant n'osait refuser leurs prestations. Un mois de temps, ils chantèrent ainsi la Nativité, ne dormirent guère et empêchèrent tout le monde de dormir. Après quoi, ils remontèrent sur leurs sommets, emportant leur gain qui leur permettrait de vivre sept ou huit mois sans assassiner personne.

Ce 28 avril 1753

Cher Marin, ayant regagné mon diocèse de Clermont, j'empruntai une monture et me dirigeai vers Augerolles afin de remettre en mains propres les feuilles que tu m'avois confiées. Je guéai la Dore à Courpière, remontai la vallée du Couzon, atteignis Augerolles à l'angélus du soir, demandai le coucher au brave curé Dupon, que j'avois précédemment connu au Grand Séminaire. Je lui narrai notre rencontre en Italie et lui demandai quelque information sur les Tourlonias. Antoine, ton père, âgé de cinquante-cinq ans, continue d'occuper sa maison avec tes deux sœurs et ton frère, vivant toujours de bric et de broc, de pique et de chine. Je le rencontrai, lui fournis de tes nouvelles. « Je l'aurois cru mort », me répondit-il assez froidement.

Ton grand-père-parrain, Marin Cambray, exploite encore ses lopins. Je le trouvai penché sur un livre traduit du grec, L'Iliade, *qui raconte les exploits d'Ulysse parti conquérir une terre étrangère. Je lui remis les pages écrites par son filleul.*

— Bonnes gens ! s'écria Françoise, ta chère grand-mère, les larmes aux yeux. Comme c'est gentil à lui de ne pas nous avoir oubliés !

— Votre petit-fils Marin, dis-je, est en train de vivre une aventure aussi étonnante que celle d'Ulysse. Appelons-la, si vous voulez, une Marinade.

Je te souhaite, cher Marin, toutes les victoires possibles dans cette Rome qui se dit fille de Troie. Et je te prie de croire aux sentiments d'amitié et de charité de ton serviteur et frère en Jésus-Christ.

Auguste Provenchère

12

Ce 30 juin 1754

« Heureux comme un pape », dit-on en France et en Italie. Un dicton, mes chers parents, que vous avez pratiqué et qui inspira mon grand-père-parrain lorsqu'il eut l'idée de m'envoyer à Rome. Sans doute. Le pape est entouré de tant de ministres, secrétaires et serviteurs qu'il semble n'avoir rien d'autre à faire que manger, dormir et entrer directement en communication avec Dieu. Cela seroit vrai s'il n'avoit que le gouvernement des esprits. Mais il doit aussi gouverner les corps et les choses, les palais, les musées, les murailles de sa Ville, les biens de son Eglise, qui s'étendent d'une mer à l'autre ; les douaniers, les gendarmes, les suisses, les geôliers, les bourreaux qui sont la force de son bras. En un mot, ce que ses adversaires nomment le temporel. *C'est-à-dire le matériel. Son premier souci temporel est de trouver de l'argent. Il lui vient des dons et legs de toute la chrétienté. C'est ainsi que le 28 de ce mois, veille de la fête des saints Pierre et Paul, j'eus l'occasion de voir un cortège de cent seigneurs emplumés traverser Rome.*

Devant, marchoit une jument blanche chargée de fruits et de fleurs, mais surtout d'un coffre contenant trois mille écus d'argent. Un cadeau du roi de Naples résultant d'une très ancienne obligation. Imaginez alentour les cris, les rires, les quolibets d'une foule que peu de choses impressionnent, tellement habituée qu'elle est aux spectacles et processions. Le pape reçut l'animal sous le porche de la basilique vaticane, accepta la caisse, mais retint la jument par la bride. Il ne la relâcha que contre la remise de cent écus supplémentaires.

Il tire grand profit de ses parchemins, longuement, minutieusement noircis à l'occasion de certaines faveurs qu'il accorde : anoblissements, dissolution de mariages, reconnaissance de titres. Les procès en canonisation lui sont particulièrement profitables. Vous ne sauriez croire les dépenses qu'il faut faire en papiers timbrés, feuilles imprimées ou manuscrites, correspondances, cire, chandelle, auditions de témoins, avocats du diable ou du bon Dieu, cadeaux divers, pour établir officiellement la sainteté d'une personne qui, en général, vécut pauvre ou se dépouilla de ses biens. Les familles sortent de ces procès demi-ruinées. On comprend qu'un certain prince, qui avoit voulu placer une de ses tantes dans la glorieuse cohorte, réunit ensuite ses enfants pour leur dire :

— Soyez des anges si vous voulez. Mais pas des saints ! Ça coûte trop cher !

Tout cela, néanmoins, ne rapporte pas assez pour entretenir le temporel. Quand le pape manque de monnoie, il paye en billets à ordre que garantissent le Mont-de-Piété et la banque du Saint-Esprit. Ce papier est accepté de tous dans la Ville ; mais hors les murs il ne vaut pas grand-chose : on exige des espèces sonnantes. On sait qu'il a émis plus de billets à ordre que n'en garantissent ses dépôts métalliques. D'où sa nécessité de recourir à l'emprunt. Ses prêteurs, Génois, Florentins, Lombards, demandent une usure de trente pour cent. Il se fait aussi faux-monnayeur en introduisant dans ses pièces de plus en plus de cuivre ou d'étain, de moins en moins d'or ou d'argent. Il a mis depuis peu la main sur un jeu de hasard appelé lotto. L'usage en est ancien ; il ruinait depuis longtemps les Romains sans rien rapporter aux papes. Ceux-ci l'interdisoient régulièrement, sans être obéis. Aussi l'un d'eux jugea-t-il plus avantageux d'en faire sa chose. Il consiste à tirer cinq numéros sur un ensemble de quatre-vingt-dix. On peut miser sur un seul, sur deux, sur trois, sur quatre ou sur cinq. Mais les parieurs se bornent généralement à trois, au terno, *qui peut rapporter trois mille fois l'enjeu. Impossible de raconter l'engouement des Romains pour le lotto. Comme il a fait la fortune de quelques personnes, une infinité d'autres, dans la même espérance, portent au Mont-de-Piété, pour pouvoir jouer, jusqu'à leur chemise unique. La veille du tirage, elles font brûler des cierges devant leur madone favorite. Même des prêtres y sacrifient. Aucun ecclésiastique n'a le courage de dire en chaire :*

— Gardez vos deniers pour acheter des souliers à vos enfants qui vont pieds nus, au lieu d'acheter des billets du lotto. Et n'implorez pas la Mère de Dieu qui n'a pas d'yeux pour les tripotages.

Tous admettent les effets déplorables de ce vice. Mais il a une grande vertu : il rapporte au pape. Il rapporte aussi aux cabalistes, à ces sorciers qui font profession de deviner les numéros qui sortiront, d'après les événements de la vie courante ou d'après vos rêves : une jambe cassée vaut tant, un feu vaut tant, une pluie vaut tant, un bossu vaut tant, un bouquet de fleurs vaut tant. Ils notent la fréquence des sorties de chacun, supputent la probabilité de ses retours. Certains joueurs vont en consultation dans l'église Saint-Jean-le-Décollé. Quoique je ne joue pas moi-même, comptant davantage pour m'enrichir, auvergnatement, sur mon travail et mes petits commerces, j'y ai accompagné un de mes collègues nommé Biacio qui, lui, est un fidèle pratiquant. On y avoit déposé la veille un malandrin pendu sur le pont Saint-Ange. Le cadavre encore chaud se trouvoit étalé sur une sorte de catafalque, au milieu de l'église, un écriteau sur la poitrine : Voleur et assassin. *Les consultants faisoient la queue, canalisés par les bedeaux. Quand son tour est venu, Biacio a dit au mort, lui parlant à l'oreille :*

— Je peux jouer le 14, le 6 et le 9. Est-ce une bonne idée ?

C'étoit trop demander à la fois au pauvre pendu. Mon collègue a donc repris :

— Le 14, est-ce une bonne idée ?

Car les morts, dont l'esprit flotte très haut dans l'au-delà, sont informés des chiffres qui sortiront au tirage. Le tout est de comprendre leur mimique, les plissements de leur bouche ou de leurs yeux, les gargouillis de leurs entrailles. Biacio a cru voir un certain clignement de la paupière gauche qui approuvoit le 14. Il a prononcé ensuite les autres chiffres. Il faut avoir bonne vue et l'ouïe fine pour entendre le langage des pendus. Ayant joué ces trois numéros, il en a vu sortir un seul. Il n'a pas accusé l'assassin de l'avoir mal conseillé, mais lui-même de l'avoir mal compris.

Maintenant, je peux dire qu'en cette année 1754, Maria Angela et moi avons gagné le gros lot, puisque le 12 juin, il y a presque trois semaines, nous est né, casa Zuccari, un petit garçon que nous avons prénommé Jean-Raymond. Nous l'avons baptisé en l'église Trinité-des-Monts qui appartient à la France et montre deux tours avec deux horloges ; l'une indique l'heure italienne, l'autre la françoise qui n'ont qu'un point commun, le midi. Tandis que les nôtres sont toutes de soixante minutes, les italiennes varient selon la saison, plus longues l'été que l'hiver. C'est qu'on les compte de l'angélus du matin à l'angélus du soir : on divise cet intervalle par douze. Il faut les régler chaque semaine. Le baptême de notre enfant a été célébré par un prêtre poitevin, l'abbé Pasquier.

A cette occasion, le Saint-Père a enfin accepté, sur la demande de mon maître, de nous recevoir à Monte-Cavallo, sa résidence d'été. Son Eminence, qui nous accompagnoit, nous avoit enseigné l'étiquette. Sa Sainteté reçoit toujours debout. On doit s'agenouiller trois fois : la première, sur le seuil de la salle ; la seconde, après avoir fait deux pas ; la troisième, à ses pieds. J'exécutai soigneusement le rite. Ma femme se trouvoit dispensée des deux premiers agenouillements par l'enfant qu'elle portoit dans ses bras. Le cardinal nous présenta en ces termes :

— Saint-Père, voici mon camérier, Marino Torlonia, qui a fait un long voyage depuis la France jusqu'ici, dans l'espoir de recevoir votre souveraine bénédiction.

Le pape me tendit sa mule sur laquelle une croix d'argent est brodée. Je la baisai, tout pénétré de l'insigne faveur qui m'étoit concédée. Maria Angela fit de même et le fit faire aussi à Jean-Raymond, cependant que Benoît XIV posoit une main sur nos trois têtes. Je me rappelai soudain ma promesse au prieur de l'Hermitage de faire boire de son eau à ce Pontife ; mais j'avois eu l'étourderie de me défaire de mon outre en même temps que de la maringote. Il me demanda d'où je venois, ce que je désirois. Je n'eus pas la franchise de lui dire : « La fortune. » Je me contentai de :

— Bien servir mon maître et bien nourrir ma famille.

— Dieu accomplit toujours, me dit-il, les modestes ambitions.

Puis il ajouta, plissant les yeux avec malice, pour ne pas démentir sa réputation de pape joyeux :

— Quant aux grandes, elles ont aussi besoin des services du diable.

Mon cardinal en rit très fort, ce qui m'autorisa de sourire. Le Saint-Père me dit deux ou trois autres badineries. Puis il se tut. Comprenant que l'entretien était terminé, je me retirai à reculons : cela faisoit aussi partie de l'étiquette…

Sous le toit cardinalice, les Torlonia avaient l'occasion de rencontrer les personnes les plus importantes de Rome après Sa Sainteté : prélats, ambassadeurs, banquiers, princes, ducs, marquis. De fréquenter aussi ceux qui les entretenaient ou les illustraient : cuisiniers, médecins, musiciens, bateleurs, peintres, poètes, sculpteurs. Tout ce monde papotait, potinait, mangeait gros, buvait sec, ne disant de mal d'aucune notabilité, parlant de choses sans conséquence sur leur propre fortune. Par exemple, de la prochaine éclipse de soleil. Des brigands qui attaquaient les voyageurs dans les campagnes. Du dernier obélisque dressé. Des Anglais de plus en plus nombreux. Des fouilles et des restaurations. Du point d'orgue musical, qui permet au castrat de prouver sa puissance respiratoire. Du mauvais air, ou malaria : pour s'en prémunir, il eût fallu – mais ce n'était pas simple – cesser de respirer une heure avant le coucher du soleil et une heure après. Les militaires racontaient leurs campagnes, les marins leurs traversées. On jouait au billard, et le cardinal-geôlier se montrait de première force à caramboler.

Marino remplissait ses fonctions de camérier à l'entière satisfaction de son maître. Son capital enflait d'année en année. Ce qui lui permettait de rendre service à ses confrères en domesticité. Ils avaient complètement oublié sa qualité de *buzzurro*. Et de même à des artisans ou commerçants qui, informés de l'honnête usure qu'il demandait – six du cent au lieu de trente –, préféraient s'adresser à lui plutôt qu'aux juifs ou aux Lombards.

Maria Angela élevait son fils avec amour. Il avait, comme son père, des poches sous les yeux et, comme sa mère, les dents espacées. Toutes, pas seulement les incisives, pareilles à celles d'une roue d'engrenage. N'ayant jamais eu elle-même d'autres maîtres que ses père et mère, elle lui épargna d'abord l'expérience des écoles réservées aux enfants pontificaux, sous la férule redoutable de don Palmiro Giacometti. Ils en revenaient chaque soir le crâne cabossé, l'échine et les fesses bleuies par les verges.

— Ce qui ne vous entre point par la tête, leur promettait ce pédagogue, je vous le ferai entrer par le derrière.

Encore mal sortie de l'enfance elle-même, Maria Angela enseignait au contraire par la douceur, par les jeux, par les chansons, par les comptines le peu qu'elle savait : l'écriture, la lecture, les chiffres, les prières. Démontrant qu'on peut apprendre beaucoup de choses, sinon tout, en riant. Elle avait d'ailleurs ce privilège de rire ou de sourire à tout propos : du soleil, de l'orage, de l'argent qui entrait, de celui qui sortait. Si bien que cette habitude lui valut le surnom que lui donna son mari de *Donna Ridarella*, Dame Rigolette.

Un des plaisirs communs aux lingères de casa Zuccari était de jouer avec les vêtements intimes de leurs maîtres. Elles étalaient sur une table les chemises nocturnes de Mgr Acquaviva, toutes faites d'une toile épaisse et rude pour mortifier ses nuits, brodées de recommandations latines dont elles n'entendaient pas le sens. De même, ses caleçons de jour, noués aux genoux par des jarretières d'écarlate, si amples de circonférence que les trois Torlonia réunis y auraient tenu sans peine. Parfois, après avoir bien tourné la clé de la serrure, Dame Rigolette osait enlever sa robe, se coiffer d'un bonnet de coton, enfiler lesdits caleçons, imiter la démarche boiteuse de don Pasquale. C'était alors parmi ses collègues une telle explosion de rires que la maison en eût tremblé si chacune ne l'avait étouffée de son mieux en s'appliquant un oreiller sur la figure.

Tenu à l'écart de ces amusements d'adultes, Giovanni Raimondo aimait la fréquentation des chevaux et des palefreniers. Il traînait toujours dans ses vêtements une odeur de crottin. Dans les remises, il jouait à cache-cache avec les gamins et gamines de la valetaille, car ils étaient encore à l'âge où l'on se mélange sans péché. Ils envahissaient les calèches des Monsignori, tantôt chevaux, tantôt cochers, tantôt passagers, piaffant des quatre fers, criant hue ! dia ! claquant du fouet ou de la langue, accomplissant de beaux voyages sans changer de place.

— Nous voici à Sienne, Eminences ! criait Gustino, fils d'un cuisinier. Nous voici à Naples ! Nous voici à Venise !

— Emmène-nous à Paris ! réclamait Jean-Raymond, se souvenant de ses origines. Ou bien crève assassiné !

Le jeu consistait aussi à s'enfermer dans l'obscurité des voitures. Elle sentait l'encens et la sueur cardinalice. L'« aveugle » devait, les yeux bandés, découvrir et reconnaître à tâtons les dissimulés. Ses mains se promenaient sur les épaules, les visages, les cheveux, non sans quelque émoi quand ils appartenaient au sexe opposé. Il criait enfin des noms : Nanna ! Pippo ! Le premier identifié prenait sa place.

A ces relations, à des randonnées imaginaires, le petit Torlonia enrichissait son esprit. Dès l'âge de cinq ans, il sut employer couramment deux langages : le toscan avec sa mère et le *romanesco* avec les domestiques et leur progéniture. De cette basse fréquentation, il rapportait des mots à faire rougir un dragon suisse : « Et *cazzo* ! Et *babbao* ! Et *chiappe* ! » Termes sans traduction dans aucune langue bien élevée. Horrifié d'un tel vocabulaire, son père lui allongeait des taloches dont l'enfant ne comprenait pas la raison :

— Tu comprendras plus tard !

Le cardinal Pasquale Acquaviva qui, lui, n'avait aucune descendance, aimait jouer avec celle de ses serviteurs. Notamment avec le petit Torlonia dont il aimait la joliesse, les yeux vifs, la langue bien pendue, les répliques parfois surprenantes. A défaut de la mère, il entraînait le fils, l'installait sur ses genoux arthritiques. Un jour, sans crier gare :

— Quel âge as-tu, Eminence ? lui demanda cet enfant.

— Soixante-deux.

— Pas vrai, Eminence.

— Comment, pas vrai ? Est-ce que tu crois qu'un cardinal dit des mensonges ?

— Comment as-tu pu grandir soixante-deux ans et demeurer si petit ?

Ils jouaient ensemble aux dominos. Un jeu qui n'absorbe pas beaucoup les fonctions de l'esprit. Le cardinal souffrait de distractions, son partenaire d'impatiences.

— C'est à toi de servir, Eminence ! A quoi penses-tu ?

— Remue les pions.

— J'ai déjà remué.

— Remue encore, sinon le jeu ne prend pas. C'est comme l'ailloli.

— Est-ce assez maintenant ?

— Remue, remue. Fais monter la sauce.

— Eminence, je vois bien que tu te moques de moi.

Don Pasquale se décidait enfin à reprendre intérêt à la partie. Dissimulant ses propres dominos, il trichait pour permettre à l'enfant de gagner. Après chaque victoire, celui-ci manifestait une joie attristée par la déconfiture de son vis-à-vis :

— Pauvre Eminence ! Tu as encore perdu !

— Console-moi.

Il se baissait, tendait sa joue veinée et rebondie comme une pastèque, sur laquelle Giovanni Raimondo déposait un baiser humide. Après quoi, le cardinal ouvrait un tiroir et sortait un baïoque de cuivre qui était le prix de sa défaite.

— Tu le donneras à ta maman.

Celle-ci le glissait dans une tirelire de terre cuite en forme de tiare. Son modeleur avait sans doute voulu signifier par là que l'épargne est une vertu théologale.

Au mois d'avril 1758, Sa Sainteté Benoît XIV, qu'on croyait inaltérable, fut prise d'une grande faiblesse :

— Je viens de m'apercevoir, dit-elle, sans renoncer à son humeur folâtre, que j'avais accompli ma quatre-vingt-cinquième année. Telle est la vraie cause de mon mal.

Le vicaire général ordonna aussitôt que fussent suspendus tous les spectacles. Qu'on exposât le Saint Sacrement dans les quatre cents églises de la Ville. Ne sachant où passer leurs soirées, privés d'opéra et de comédie, les Anglais retournèrent dans leur île joyeuse.

Les choses traînèrent en longueur. Le Souverain Pontife ne se décidait pas à avaler sa langue. Certains fidèles brûlèrent des cierges pour que le Ciel, dans sa grande bonté, mît un terme à cette agonie inconvenante. Les travailleurs du spectacle, privés de salaire, commencèrent à faire tapage. Le gouverneur de Rome, désirant faire rouvrir les salles, vint supplier le cardinal-vicaire qui se laissa fléchir et accorda cette autorisation. La gaieté revint. Les Anglais aussi. Toujours farceur, Benoît XIV mourut en plein carnaval. Les Eminences se rendirent à Monte-Cavallo. Acquaviva se fit accompagner de Torlonia, son premier valet de chambre, sans le bras de qui il ne pouvait plus marcher. De sorte que Marino eut l'insigne privilège d'assister, derrière les écrevisses rouges, aux ultimes précautions.

Le défunt les attendait, étendu sur son lit, dans sa robe blanche, les mains jointes. Le camerlingue, Mgr Flavi, muni d'un petit marteau d'argent, le frappa trois fois sur le front en l'appelant par son nom de famille :

— Prospero Lambertini ! Prospero Lambertini ! Prospero Lambertini !

Pour le cas où il eût joué la comédie de la mort. N'obtenant pas de réponse, il en conclut :

— *Consumatum est !*

Il retira du doigt l'anneau du ci-devant Pontife et le brisa avec le même marteau sur une table de marbre. Aussitôt, les prélats se répandirent en de bruyants *De Profundis*.

Comme le corps devait rester longtemps exposé au public, le barbier habituel de Benoît XIV le rasa sans eau chaude ni savon, certain qu'il ne protesterait pas, lui mit du rouge aux pommettes pour atténuer sa pâleur. Puis les portes furent ouvertes au peuple. Bientôt, une immense affluence remplit les salles de sa sueur et de son piétinement, encadrée par les Suisses et les valets qui surveillaient tant de mains inconnues pour les empêcher de s'égarer. En même temps, elle gémissait et soupirait :

— Quel beau visage ! Quelle sainte face ! Nous sommes orphelins de toi, ô Saint-Père !

Les obsèques eurent lieu la nuit tombée ; car tout ce qui compte à Rome s'enterrait de nuit ; le jour appartenait aux morts vulgaires. La dépouille fut portée sur une litière découverte de velours cramoisi brodé d'or, précédée par des chevau-légers, entourée par la garde suisse, suivie par des pièces d'artillerie, au milieu de flambeaux et de cierges innombrables. Elle entra dans Saint-Pierre, fut hissée sur un catafalque orné de médaillons, de peintures, d'inscriptions qui rappelaient les travaux du décédé. La population vint pendant une semaine l'admirer dans cette posture. Après quoi il fut introduit dans un trou de muraille.

Dès le lendemain, le sacré consistoire se réunit à la chapelle Sixtine. Accourus de toute la chrétienté, les cardinaux électeurs s'installèrent dans des loges exiguës, construites à leurs frais, au moyen de cloisons de bois, à l'intérieur de la chapelle. Avec un guichet par où devaient passer les nourritures, les lettres et les rumeurs. La première semaine, chacun avait droit, théoriquement, à cinq plats. La seconde, à quatre. La troisième, à trois. Et ainsi de suite, jusqu'à être réduit au seul potage. En fait, nul ne songeait à appliquer ce règlement affamatoire. Don Pippo et Marino apportèrent toujours au cardinal Acquaviva, le maître, de quoi supporter ses épreuves. Notamment de grosses tranches de *porchetta*, de cochon de lait à la broche, qui étaient son aliment préféré.

Les cardinaux étrangers avaient hâte de retourner chez eux ; les Italiens, les plus nombreux, se trouvaient bien de cet interrègne et le faisaient au contraire durer à plaisir. Le camerlingue, Mgr Flavi, comme il en avait le droit, en profita même pour faire battre monnaie à son profit. On vit circuler de nouveaux blancs montrant sa face maigre et son nez crochu. Dans la Ville, les commentaires allaient bon train. Chaque Romain se prétendait informé à l'avance du résultat de l'élection, et l'annonçait par l'endroit d'où viendrait le nouveau pape :

— Ce sera Naples !

— Ce sera Venise !

— Ce sera Milan !

En vérité, au bout de deux mois, ce fut Padoue, dont l'évêque, Carlo Rezzonico, fils d'un banquier, fut choisi le 6 juillet et prit le nom de Clément XIII.

— Que dit-on de lui ? demanda Maria Angela, qui ne se mêlait guère aux cancans ecclésiastiques.

Et Marino :

— Qu'il a acheté naguère son chapeau de cardinal au neveu du pape de l'époque. Cent mille écus.

— Cent mille écus un chapeau !

— Le chapeau et le titre.

— On peut donc acheter des titres ? Comme des salades ?

— A Rome, tout s'achète. Et certains se demandent combien diable il a dû verser pour obtenir le pontificat !

Ce soir-là, la basilique Saint-Pierre fut tout illuminée. Cela s'obtenait en enflammant des poêles à frire remplies de suif, disposées autour du potiron central et des deux melons latéraux.

Selon la tradition, Clément XIII ordonna au Mont-de-Piété de rendre les objets engagés au-dessous de deux écus et fit libérer quelques voleurs de poules. Quant aux gros voleurs, naturellement, ils continuèrent de rouler carrosse, libres et respectés.

Contrairement à Son Eminence le cardinal Acquaviva qui restait petit avec l'âge, Giovanni Raimondo grandissait très bien, en taille et en rouerie, dans une société où presque chacun lui mettait sous les yeux de mauvais exemples. Les cuisiniers et dispensiers prélevaient des péages sur les marchandises qui passaient entre leurs mains. Les sacristains volaient sur l'huile, le vin, les cierges. Les secrétaires détournaient l'encre, la cire, les plumes, le papier. Les juges de Monte-Citorio rendaient justice en faveur du plus offrant. Les cardinaux détournaient les fonds publics au profit de leurs nièces et neveux. Au milieu de tant de tricheries, Giovanni Raimondo restait pourtant aussi honnête qu'il était humainement possible, grâce aux enseignements conjugués de sa mère siennoise et de son père auvergnat qui l'imprégnaient de principes opposés aux précédents :

— Qui vole un œuf vole un bœuf. Bien mal acquis ne profite jamais. La farine du diable se tourne en son. Qui n'épargne pas un sou n'en aura jamais deux.

A dix ans, il commença réellement à mettre de l'argent à gauche par l'exploitation des visiteurs étrangers. Il les cueillait place Navone, que les ménagères appelaient place Larronne, rendez-vous des voleurs, parce que tous les mercredis s'y tenait le marché aux légumes. Voyant ces Anglais, Français, Espagnols bayer sans y rien comprendre devant la fontaine monumentale, il récitait quasi sans respirer un texte que Son Eminence avait pris la peine de composer à son service :

— Vous êtes ici devant la fontaine des Fleuves œuvre du cavalier Bernin sous les ordres de Sa Sainteté Innocent X au milieu du bassin sont couchés quatre colosses qui versent de leurs urnes des torrents d'eau et représentent le Danube le Gange le Rio de la Plata et le Nil ce dernier voile sa tête pour exprimer le mystère de ses sources...

A une telle tirade, les milords s'émerveillaient et le comblaient de pourboires. Il les emmenait de même au Panthéon, à Saint-Pierre, au Capitole, au Janicule.

Pour faciliter son commerce, Marino Torlonia eut l'ambition de lui apprendre un peu de sa langue maternelle. Le soir, parfois, il lisait à voix haute quelques pages de la *Vie des plus grands saints et saintes, leurs martyres et leurs miracles*. Le français lui entrait dans l'oreille et atteignait son cœur, associé à l'idée de sainteté. Il crut longtemps que ce pays lointain était exclusivement peuplé de femmes et d'hommes vertueux.

Sur ces entrefaites, don Palmiro, le terrible pédagogue aux verges, livra son âme à qui la voulut, Dieu ou diable. Il fut remplacé par don Dionigi, surnommé Sciarpella, c'est-à-dire Bouche-Torse, qui jouissait d'une meilleure réputation. Sauf que, demi-aveugle et entièrement sourd, il n'entendait rien sans le secours d'un cornet acoustique. Maria Angela, qui n'avait plus rien à enseigner à son fils, décida qu'il suivrait les leçons de don Dionigi. De casa Zuccari, il n'y avait que quelques centaines de pas pour atteindre sa maison, *via Due Macelli*, rue des Deux-Abattoirs, près de l'église Sant'Andrea delle Fratte.

La pièce où il réunissait ses élèves était meublée d'une table ovale, pareille à celles qu'on trouve dans les auberges de campagne, autour de laquelle ils prenaient place, assis sur des bancs. Trois encriers de plomb leur permettaient de puiser une encre boueuse avec des plumes d'oie taillées chaque soir. Les douze ou quinze grimauds noircissaient des feuilles récupérées, provenant de l'imprimerie vaticane, au dos desquelles on trouvait des textes en latin, en allemand, en français ou en espagnol. Pour les éblouir, Sciarpella les lisait parfois à voix haute, à travers une loupe.

— Je sais, admettait-il, je suis un peu myope. Mais je possède une oreille capable de vous rouler tous. Elle reconnaît vos voix, vos rires, vos chuchotements. Par elle je sais vos noms.

Sans doute. Mais cette oreille prodigieuse n'entendait rien sans l'emploi d'une espèce de corne d'abondance dont il tournait le pavillon vers les bruits. Quelquefois, pour le punir de ses vanteries, la classe pratiquait le grand jeu. Il consistait, au signal de Grigorio, ou de Toto, ou de Pippo, à plonger la pièce dans un silence total. Plus de sabotage sous la table d'hôte, plus de rires, plus de murmures. Cependant, l'un ou l'autre levait le doigt, remuait les lèvres, faisait mine de parler. Sciarpella braquait sur lui son cornet, et n'en recevait rien. Supposant que la machine s'était obturée, il la secouait furieusement, soufflait dans l'embout. Toujours rien. Les élèves riaient en étouffant leurs rires. Jusqu'au moment où, sur un autre signal du meneur, tous les bruits revenaient soudain et rendaient le bonheur à Sciarpella : un sourire satisfait déformait ses lèvres obliquement. D'où son sobriquet de Bouche-Torse. Giovanni Raimondo osait raconter le soir ces simulacres, non point à son père qui se fût fâché, mais à sa mère et aux autres lingères. C'était alors, parmi les caleçons cardinalices, d'immenses éclats de rire sans remords. Le petit Torlonia en conclut qu'il fallait de temps en temps savoir se moquer des choses les plus graves. Précieux enseignement de Dame Rigolette.

Le matin, la classe commençait par ce que Sciarpella nommait « la quête du jour ». Chaque élève devait lui placer dans la main une pièce de dix baïoques, qui couvrait les fournitures d'encre, de papier, de plumes et son enseignement. Il la palpait minutieusement pour en vérifier la valeur, avant de la placer dans une bourse de cuir qui disparaissait dans les profondeurs de sa soutane. Si par hasard un enfant oubliait de payer, il était renvoyé immédiatement et ne pouvait rentrer qu'avec sa pièce dans le poing. Au terme de ladite quête, tout le monde se levait, faisait le signe de croix et récitait la prière augurale :

— Je vous adore, ô mon Dieu, et je vous aime de tout mon cœur. Je vous remercie de m'avoir créé à votre image et fait chrétien. Je vous offre les actions de ma journée. Faites qu'elles soient conformes à votre sainte volonté pour votre plus grande gloire. Amen.

Venaient ensuite les travaux d'écriture, de lecture, de calcul, d'histoire sainte, de catéchisme. Si un élève éprouvait le besoin de sortir pour une nécessité corporelle, il était admis par une porte dérobée dans le jardin de don Dionigi, où il trouvait, abrité derrière une charmille, un compost propre à recevoir ses soulagements. Le prêtre faisait mine de surveiller par une petite fenêtre ; mais comme les enfants savaient qu'il voyait le monde dans un épais brouillard, plusieurs profitaient de sa myopie pour pisser sur ses salades.

Giovanni Raimondo suivit pendant deux ans les leçons de Sciarpella. Au bout desquels il se trouva suffisamment instruit et décida de ne plus fréquenter son école. Mais il n'informa pas d'abord son père de sa décision et conserva par-devers lui les dix baïoques quotidiens. Les ayant laissés pendant trois jours s'accumuler, il se pourvut d'un panier qu'il remplit de fleurs achetées aux jardiniers du Borgo, au-delà du Tibre. Puis il s'en alla les vendre de porte en porte, chez les personnes bien nourries. Un peu sa jeunesse, un peu sa bonne mine, il n'eut pas de peine à placer près des dames ses lupins, ses roses, ses chrysanthèmes. D'autres fois, il débita de même des laitues, des fèves fraîches, des artichauts. Ces expériences lui procurèrent de nouveaux professeurs : les maraîchers, les harengères de piazza Navone ; les mariniers de Ripetta ; les savetiers du Ghetto ; les bergers du Campo Vaccino ; les vignerons de la Magliana. Ils lui apprirent à résister aux concurrents, soit en étant plus honnête qu'eux, soit en étant plus fripon, suivant les circonstances. Lorsque, enfin, il avoua à son père de quelle espèce était sa nouvelle école, Marino en fut d'abord stupéfait, puis émerveillé :

— Qui t'a donné l'idée de ce commerce ?

— Vous. Avec votre âne et votre charrette.

— Tu iras plus loin que moi, mon fils !

Désormais, Giovanni Raimondo rentra chaque soir les poches lourdes de cuivre et de billon, que Torlonia allait chez un changeur commuer en argent.

A quinze ans, il reçut l'autorisation de fréquenter les théâtres de marionnettes où l'on se moquait ouvertement du Souverain Pontife et de ses ministres. Il y vit des acteurs de bois coiffés de mitres, de chapeaux à glands et même de tiares. D'autres vêtus en suisses, en moines, en dragons cornus. Le peuple du Transtévère s'y désopilait si fort que, dans les excès de son hilarité, il lui arrivait de se plier en deux et de se mordre les chaussures. Le pape, qui interdisait les satires vivantes, tolérait ces spectacles de pantins, se contentant d'y envoyer des espions. Les montreurs les enivraient avant la farce, si bien qu'ils s'endormaient et n'entendaient rien. Après quoi, soulagé d'avoir bien ri, le peuple retournait à sa misère, dans une ville gouvernée par les prêtres. Servant les riches, bricolant, mendiant, dérobant, se prostituant. Vaguement assisté par les institutions charitables. A chaque anniversaire du couronnement, il faisait la queue au Vatican pour recevoir un paolo par tête. Le 25 mars, jour de l'Annonciation, ses filles en désespoir de mari défilaient, au milieu des quolibets, vêtues de blanc, de Sainte-Claire à Sainte-Marie-sur-Minerve, où elles recevaient une petite dot des mains du Saint-Père. Celles qui n'avaient pas le courage d'affronter cette épreuve engageaient une remplaçante salariée. Communier au temps pascal était une obligation non seulement religieuse, mais civique. La liste noire de ceux qui s'en étaient exemptés était affichée à la porte de Saint-Barthélemy, avec menace d'excommunication en cas de récidive. Mais cette contrainte n'était pas non plus sans recours. Certains communiaient plusieurs fois, sous des noms différents, et vendaient leurs billets de communion aux réfractaires. Le catholicisme imbibait toutes choses : le travail, le vêtement, l'ameublement, les réjouissances. Les devantures des charcutiers représentaient le Christ en saindoux. A ce peuple irrémédiablement joyeux, qui ne demandait qu'à rire, qu'à chanter, qu'à boire, qu'à forniquer, les prêtres répétaient chaque jour :

— Frère, il faut mourir !

Les rues étaient sans cesse parcourues de convois funéraires, de pelotons ecclésiastiques portant les saintes huiles aux moribonds. En novembre, les cryptes exposaient des couronnes de fleurs réalisées avec les ossements des défunts.

A dix-huit ans, transportant ses marchandises dans une hotte, Jean-Raymond vendit lui-même aux portes des églises des scapulaires, des chapelets, des images et médailles saintes, des livres de piété, des portraits du pape, des bénitiers. Il en vint à gagner dix écus par semaine.

13

Ce 31 décembre 1773

Je veux poursuivre ce livre de raison en ma langue maternelle afin de n'en pas perdre entièrement l'usage, car à Rome je la pratique peu. J'ai perdu l'habitude de lire le soir à ma famille la Vie des plus grands saints et saintes *ou tout autre ouvrage imprimé en France. C'est que nous avons trop à faire avec la comptabilité de Jean-Raymond. Agé de quarante-huit ans bien sonnés, père d'un fils de dix-neuf, je continue d'exercer mes fonctions sous le toit de S.E. Pasquale Acquaviva. Non plus comme simple valet de chambre, mais en qualité de majordome, ayant succédé il y a trois ans à don Pippo qui, ayant pipé son maître un quart de siècle, s'est jugé assez riche pour se retirer à la campagne. Maintenant, c'est moi qui règle le ménage de la maison (elle y trouve son compte) ; qui recrute les serviteurs ; qui les congédie. La pantoufle du pape que j'ai baisée dans ma jeunesse ne m'a pas rapporté la fortune qu'espéroit mon parrain d'Augerolles. Du moins ai-je su, sous sa protection, élever dignement ma famille. Je place à présent les grandes espérances sur la tête de mon fils.*

Il ne vit plus avec nous. Depuis l'an dernier, il a loué rue du Cours, face au palais Ruspoli, une boutique sur laquelle il a fait peindre ce nom ambitieux : EMPORIO, *c'est-à-dire bazar. Il y vend de tout : chaussures, chapeaux, lunettes, balais, papiers, réglisse, café, robinets, etc. En somme, en plus vaste, tous les produits que je débitois moi-même sur ma maringote quand je passai de France en Piémont. Excepté l'eau guérisseuse de l'Hermitage et les caresses sur l'échine de Galant. Dieu ait son âme, même si sa chair a fini en mortadelles. Maria Angela, ma femme, sert de commise. La bonne humeur constante de Dame Rigolette attire la clientèle comme le miel les mouches. Le soir, nous nous retrouvons dans l'appartement un peu déserté de casa Zuccari que don Pasquale a bien voulu laisser à notre disposition.*

Jean-Raymond a ses pratiques dans toutes les couches de la société romaine. La ménagère du Borgo vient acheter du savon en pâte et des allumettes soufrées. Checca, la servante du percepteur des douanes, prend du sucre cassé au marteau et ne manque pas d'en mettre incontinent un morceau dans sa bouche. L'avocat Lilli mande son cocher pour le sulfate purgatif de ses chevaux. La prostituée Ghita achète de l'eau de Farina, parfumée au citron, et un cierge qu'elle ira brûler devant la Madone du Bon Conseil pour que celle-ci la protège des maladies honteuses. Les comédiens du théâtre Alibert et les marionnettistes de Fiano veulent des pastilles pour la gorge. Les castrats de la Sixtine, portant soutane et grand chapeau comme les prêtres, de la céruse pour la peau. Nous recevons aussi, naturellement, les authentiques religieux, de toutes robes et toutes couleurs. Certains entrent sous prétexte de s'abriter de la pluie ou du soleil. Ils n'achètent rien, mais sollicitent beaucoup. Si bien qu'ils ne ressortent jamais les mains vides. Comment leur refuser ?

Les étrangers tirent de leur bourse des guinées, des thalers, des shelings, des kreutzers, etc. Dame Rigolette les écarte d'abord, sous prétexte qu'elle n'en connaît pas la valeur. Mais ensuite, Jean-Raymond les accepte, pourvu que ce soit à petit prix. Quand il en a accumulé un plein panier, il va les changer contre de la monnoie romaine à la banque du Saint-Esprit. Ou chez le comte Giraud, au borgo Sant'Angelo, qui est, malgré son nom françois, d'origine piémontoise.

J'aime, sitôt que je le peux, me rendre dans l'emporio de mon fils ; il me rappelle mes commencements. J'entends dans la rue les cris qui passent. Celui du juif, peillereau de Rome comme je le fus d'Augerolles, acheteur aussi de chiffes, de paperasses, de vieilles bouteilles, de vieux souliers :

— Ha-hé-ho !... Ha-hé-ho !... Roba vecchia !

Celui du vendeur de viande avariée pour les chats, qui imite leur miaulement :

— Gnào ! Gnào !

Du marchand d'oranges :

— Demandez le Portugal ! Le véritable Portugal !

Du marchand de lupins ou de pissenlits cueillis dans la campagne à la pointe du couteau :

— Comme elle est douce ma graine ! Comme elle est tendre ma petite chicorée !

*De la marchande de poires cuites, vendues les soirs d'été, à la fraîche, qu'on appelle pour cette raison l'*heure des poirecuitiers :

— Elles sont confites, mes poires cuites ! Elles le sont !

Il concurrence les frères mendiants qui vont de maison en maison proposer leurs salades :

— Jésus-Christ te l'offre, mon frère ! Jésus-Christ te l'offre !

Des écrivains publics cherchent la clientèle en faisant claquer le couvercle de leur boîte :

— J'écris ! J'écris ! En ronde et en bâtarde !...

Pendant que s'opérait l'ascension des Torlonia, les papes se succédaient sur le trône de saint Pierre en respectant le proverbe : *Dopo un papa magro viene un papa grasso*. Après un pape maigre vient un pape gras. On y vit l'étique Clément XIV qui finit, selon la rumeur publique, empoisonné à petites doses par ses ennemis. Devenu, sous l'effet de ce traitement, complètement imbécile, il s'amusait, placé à une fenêtre de Monte-Cavallo, à éblouir les passants au moyen d'un petit miroir aux alouettes. Pendant son règne, sept mille homicides furent commis dans ses Etats, dont deux milliers à Rome même. Puis ce fut le potelé Pie VI : il avait la réputation d'être aussi beau d'âme que de visage. Selon une tradition bien enracinée, il combla de ses générosités, tout le long de son règne, ses frères, sœurs, neveux et nièces.

Les Torlonia, eux, s'enrichissaient sans le secours de personne. Le jour de Pâques 1776, Marino parla en ces termes à son maître, Mgr Acquaviva :

— Eminence, je bénirai toute ma vie le jour où je me suis placé sous votre sainte protection. J'étais comme un oiseau tombé du nid. Vous m'avez ramassé, tenu et réchauffé entre vos mains.

Il se tut et se signa, comme s'il venait de prononcer le nom de Jésus-Christ. Le petit cardinal le considéra muettement, pressentant qu'une annonce désagréable allait suivre ce poétique préambule.

— Où veux-tu en venir ?

— A solliciter une nouvelle faveur.

— Laquelle ?

— Que vous ouvriez à présent votre poing.

— Pour quoi faire ?

— Pour que je m'envole.

— Tu veux me quitter ? Après vingt années de service ?

— Vingt-trois, Eminence. Je désire me mettre au service d'une autre personne qui m'est aussi très chère : mon fils unique, Giovanni Raimondo, dont je dois assurer l'avenir. Vous savez que depuis longtemps, je me partage entre votre maison et l'emporio qu'il a fondé. Or – je l'ai appris de votre bouche – nul ne peut servir deux maîtres à la fois. C'est pourquoi je vous demande, Eminence, de m'ouvrir votre main. Et je continuerai de la bénir comme je fais à présent.

Le cardinal-geôlier finit par céder à des supplications aussi flatteuses. Il avait gardé un faible pour ce Giovanni Raimondo qui l'avait naguère battu tant de fois aux dominos, et ne demandait qu'à favoriser sa prospérité. Marino et Maria Angela transportèrent leurs meubles sur le Corso afin d'y exploiter en commun le commerce des ficelles, des lunettes, des pains de sucre. Auquel on ajouta les copies de l'antique, monnaies de la République romaine et de l'Empire, lampes pigeon, torques, bagues, bracelets, chaises curules, seuils de mosaïque avec l'avertissement *Cave canem*.

Ce fut là que désormais Marino construisit chaque soir les piles des thalers, des douros, des francs, des couronnes laissés par les étrangers. Une fois la semaine, mais jamais le même jour pour tromper les tire-laine, empruntant des itinéraires variés, se déguisant en mendiant, en faquin, en voiturier, en camaldule, il transportait toute cette recette à un bureau de change.

Un peu plus tard, il se tint ce simple raisonnement : « Pourquoi enrichir le comte Giraud ? Nos ecclésiastiques étrangers, nos visiteurs, nos importateurs ont besoin de douros, de thalers, de couronnes, de francs. Pourquoi ne les leur fournirais-je pas moi-même ? » C'est ainsi qu'il adjoignit à l'emporio de son fils une autre boutique qu'il fit surmonter d'une enseigne en fer forgé. Elle représentait une balance dont les plateaux étaient chargés de pièces. Au-dessous, les mots *CAMBIAVALUTE. CHANGEUR. MENSARIUS.*

Tout le monde à Rome remuait de l'argent. Ou bien en manquait. L'emporio vendait à crédit. Huit fois sur dix, les débiteurs s'acquittaient tôt ou tard de leur dette. Les prix de vente étaient calculés pour couvrir le déficit des deux autres. Dans son officine, Marino échangeait les pièces étrangères contre des piastres, des écus (ou *gnocchi*), des gros, des lustrins, des carlins, des sequins, des quartins, des testons, des paoli, des jules, des lambertini (ou *prosperi*), des papetti, des baïoques. Car la monnaie de Rome était aux non-Romains aussi incompréhensible que le *romanesco*. Torlonia concurrençait le Monte dei Paschi et le Saint-Esprit en recevant les dépôts, en escomptant les billets à ordre, en prêtant à un taux inférieur. Il concurrençait le Mont-de-Piété en acceptant les gages. Non point les vieilles chaussures, les bijoux de faux or, les mandolines crevées, les canaris en cage. Il se fit une spécialité de se garantir sur des œuvres d'art, antiques ou nouvelles. La Ville en débordait. Il recueillit ainsi des Hercules, des Apollons, des Vénus, des Mercures, des Minerves. D'adorables *putti* de marbre jouant avec des grappes de raisin. Des patriciens de bronze au front plissé, aux joues creuses, au menton fendu. Un saint Jean-Baptiste enfant serrant un agneau contre son cœur. Un berger rattachant sa sandale. Une Madeleine courbée sous le poids de sa honte et de ses cheveux.

Il en achetait aussi, de préférence à ces artistes affamés, peintres, sculpteurs, graveurs, dont Rome regorgeait. Des célébrités lui proposèrent aussi de leurs œuvres.

— Vous êtes trop grand pour moi, Monsieur, leur répondait-il. Je ne suis pas assez riche. Revenez dans dix ou quinze ans : mon fils Giovanni Raimondo vous achètera.

Petit à petit, il devint un connaisseur. Sut distinguer les époques, le moderne de l'ancien, le vrai du faux. Et dire avec compétence :

— A la manière de Donatello... A la manière de Mantegna...

Ainsi commença chez lui ce qui devait être effectivement un jour la plus magnifique collection privée de toute l'Italie.

Les trois Torlonia, père, mère et fils, habitaient toujours l'immeuble à trois étages de la via del Corso dont le rez-de-chaussée était occupé par les deux boutiques. Puis le premier étage fut consacré aux collections d'art. Celles-ci, se multipliant, occupèrent aussi le second. A chaque extension, l'appartement des propriétaires refluait vers les combles. Giovanni Raimondo commença de se plaindre de la modestie et de l'étroitesse du bâtiment :

— Il nous faut l'abandonner tout entier à nos commerces et nous transporter ailleurs. Ici, je manque de place pour les magasins, pour les bureaux. Cherchons quelque chose qui soit plus digne de nous.

— Je n'aime pas déménager, dit Marino. Je suis comme les chats : je m'attache aux maisons. Vingt ans nous sommes restés casa Zuccari, chez don Pasquale. Les œuvres d'art, ici, nous ont obligés à monter d'étage en étage. De ce troisième, la vue est belle sur la Ville, sur la campagne. On voit même la mer. Alors, mon fils, permets que j'y reste jusqu'à la fin de mes jours. Tu t'installeras ailleurs quand je serai parti.

Il n'en fut plus question.

Les années s'écoulaient toutes pareilles. Le pape Pie VI faisait d'énormes dépenses. Construisait un palais pour son neveu Angelo Braschi, commandant des gardes nobles. Relevait des murailles ruinées. Remplissait des musées. Desséchait les marais pontins. Tout cet argent en circulation, tous ces billets à ordre répandaient une certaine prospérité dont la banque Torlonia Père et Fils profitait largement. Maria Angela avait beaucoup grossi, ce qui, à Rome, était signe de fortune. Sans jamais cesser de rire.

Le cardinal Acquaviva vint à mourir, nonagénaire. Marino en eut un peu de peine. Pas au point de le pleurer. Il alla s'incliner devant sa dépouille exposée dans la chapelle de casa Zuccari, déposa dessus trois roses au nom de sa famille. Jean-Raymond ne l'accompagna point : il avait ce jour-là un arrivage de chandelles turques qui exigeait sa présence.

En 1784, profitant de l'été qui engendrait une certaine désertion de la Ville brûlée par le sirocco, le pape et ses cardinaux se trouvant au frais à Castel Gandolfo, sur les rives du lac d'Albano, Torlonia résolut de se mettre en paix avec sa conscience. De retourner en Auvergne pour revoir ce qui restait de sa parenté et secourir ses nécessiteux. Dame Rigolette tenta de l'en dissuader :

— C'est une folie, à soixante ans, d'entreprendre un voyage si long et si hasardeux. Vous ne reviendrez pas vivant. Les brigands vous égorgeront. Les loups vous dévoreront. Vous tomberez dans quelque précipice. Vous...

— Dieu me gardera comme il m'a toujours gardé.

Il toucha de l'index le scapulaire qu'il portait encore sur la poitrine. Rien ne put le retenir.

Confiant le soin des deux maisons à sa femme et à son fils, solide garçon de trente ans, il monta à cheval le matin du 5 juillet, fit bénir sa bête devant Saint-Antoine-des-Camaldules et se mit en route, bien assis sur un coussin carré. Il emportait en croupe quelque bagage, dans les fontes deux pistolets chargés et de l'or dissimulé en divers endroits, ses poches, ses bottes, son chapeau, le harnais de sa monture.

Il refit en lignes droites, autant qu'il le put, le parcours qu'à l'aller il avait suivi en zigzags. Il voyageait de jour, par les chemins les plus battus, descendait dans les meilleures auberges, ne visitait ni ruines, ni théâtres, ni églises ; ne voyait rien d'autre que la crête des montagnes, au loin, vers lesquelles il courait. Plusieurs fois, il changea de cheval dans les relais de poste, ne conservant que les harnachements cousus d'or. A Turin, il remplaça le coussin. Il franchit les Alpes sans neige ; longea la Durance sans eau. A Tournon, comme il allait s'éloigner du Rhône, une jeune fille sortit d'une masure et lui offrit des pêches dans un panier. Elle avait le teint hâlé, des yeux noirs, de longs pendants d'oreilles. Il mordit dans une pêche avec l'envie de mordre dans sa joue. Ce fut, en sa vie de commerce et de finance, la première fois qu'il éprouva cette sorte de tentation. Un moment il se demanda s'il n'était point, dans sa course à la fortune, passé sans les voir à côté des choses essentielles. Puis il se dit que chacun a son destin tracé dans les étoiles. L'un est né pour remuer la terre, l'autre pour remuer les hommes. Celui-ci pour se remplir le cœur de sentiments, celui-là pour remplir son coffre de lambertini. Tel était son cas. Il en donna un à la jeune fille aux pêches. Il ne convient pas au financier de songer à l'amour, au poète de s'enrichir, au religieux de brandir l'épée.

Ayant franchi le col du Grand Bois, il eut la surprise de trouver close l'auberge de Ponce Pilate où il avait rêvé d'un agneau noir. Des planches étaient clouées sur les portes et les fenêtres. Un paysan lui apprit que l'aubergiste, qui avait la déplorable habitude d'étouffer la clientèle sous une couette et d'enterrer les corps dans son jardin pour fumer ses légumes, avait été pendu à Bourg-Argental. Depuis, personne n'avait eu le courage de rouvrir la maison.

Après vingt-huit jours de trot, il atteignit Augerolles le dimanche 1er août, comme les cloches sonnaient la sortie de la grand-messe. Il retrouva la pauvre maison où il avait passé son enfance. Elle aussi bien fermée. Le jardinet où ses sœurs cultivaient des œillets et des salades était envahi d'herbes mauvaises. Un vieil homme, qui fumait la pipe devant sa porte, l'avertit, sans le reconnaître :

— Y a personne. Il est mort.

— De qui parlez-vous ?

— D'Antoine Tourlonias. On l'a enterré l'hiver passé. A quatre-vingt-neuf ans.

— Et ses enfants ? Il en avait quatre.

— Trois sont établis : Françoise à Courpière ; Antoinette à la Bodie ; Joseph au Buisson.

Le vieux se tut, tira sur sa pipe, avala la fumée.

— Et le quatrième ?

— Le quatrième est au diable.

Geste vague de la main en direction du levant.

Marin s'éloigna, sans se nommer. Au cimetière, derrière l'église, la plupart des morts dormaient sous une herbe anonyme. Seules, çà et là, une croix forgée, une croix de pierre gravée rappelaient le souvenir de notables. N'ayant pas trouvé la tombe des siens, il s'enquit près du sacristain-fossoyeur :

— J'ai plusieurs Tourlonias, dit celui-ci. Lequel voulez-vous ?

— Antoine, mort l'hiver dernier.

— Le peillereau ?

— Sans doute.

Il lui désigna un rectangle de terre encore fraîche, mais déjà quelque peu enherbée. Marin revit sous son front la haute silhouette de ce père aventurier, chineur, piqueur, un peu loup, un peu bandit, avec qui il avait fait plusieurs campagnes et qui ne lui aurait appris que de mauvaises pensées si grand-mère Rivaud ne les avait corrigées par sa dévotion. N'empêche qu'il avait quitté ce monde quasi nonagénaire, après avoir enterré sa femme, quatre de ses enfants et beaucoup d'Augerollois nés après lui. Le chagrin ne tue pas. Marin se pencha sur son lopin, en arracha les pissenlits qu'il était en train de sucer par la racine. Le même jour, il fit confectionner par le maréchal une croix de fer portant un cœur gravé de cette épitaphe : *Antoine Tourlonias, 1694-1783, bien regretté.*

— Et mes grands-parents Cambray, du Vert ? demanda-t-il au sacristain-fossoyeur.

— Quand sont-ils partis ?

— Je ne sais pas.

— Il y a seulement trois ans que je suis en fonction à Augerolles. Je ne sais pas non plus. Cherchez.

Il chercha. Il ne trouva point. Son parrain et sa Grande n'eurent plus d'autre sépulture désormais que sa mémoire. Il versa au curé d'Augerolles la valeur de dix messes pour le salut éternel de chacun de ses défunts. Antoine, qui en avait le plus besoin, reçut double allocation.

Le lendemain, il se rendit à Aubusson et y trouva son frère Joseph, conjoint sans enfant de Marie Gay, une veuve épousée sur le tard. Propriétaire d'une maisonnette au bord du ruisseau avec un pigeonnier et une écurie, car Joseph pratiquait les transports, blé, briques, tonneaux, charbon, acier.

— J'ai, dit-il avec fierté, de la clientèle jusqu'à Montbrison, jusqu'à Firminy.

Marin vit de même à Courpière sa sœur Françoise, épouse d'un certain Thorin Montagne. Et à la Bodie sa plus jeune sœur, Antoinette, mariée à Guillaume Boy. Tous ces frère, sœurs, beaux-frères, belle-sœur, nièces, neveux le reçurent affectueusement, admirèrent son cheval, son harnais, ses vêtements, ses bottes et reçurent deux sequins d'or par tête. Il poursuivit son cousinage jusque dans des hameaux fort reculés.

Ayant accompli tous ses devoirs, il renfourcha sa monture et reprit le chemin de Rome, chargé de fromages et de saucissons.

14

(Traduit de l'italien) Ce 25 mars 1785

Décès, il y a quatre jours, de mon cher père, Marino Torlonia. Dans sa soixante et unième année. Mort subite qui nous a tous pris au dépourvu, ma mère Maria Angela, ses parents, nos serviteurs.

Fin prématurée, due sans doute aux grandes fatigues qu'il s'imposa toute sa vie. Fils et petit-fils de laboureurs auvergnats, il s'éleva d'abord au rang d'homme de confiance d'un illustre cardinal romain. Ensuite à celui de banquier.

S'endormit le 20 mars au soir dans sa chambre après avoir, comme à l'ordinaire, établi le bilan de la journée en crédit et débit. Le dernier couché, toujours debout aux premiers chants des coqs. Le matin du 21, étonnement de ma mère de ne pas le voir déjà perruqué lorsque, à son tour, elle se leva. Avait gardé l'habitude de son enfance de manger le matin une soupe aux choux bleuie de vin. Menico, notre cuisinier, trouvait cela plutôt répugnant. Un chien n'en voudrait pas, disait-il. Mon père riait de ces propos et disait : J'y prends la force de ma journée.

Ma mère alla gratter à sa porte. Pas de réponse. Entra et le trouva dans son lit, comme en plein sommeil. Mort sans souffrance, sans agitation, en bonnet de nuit.

Stupeur et chagrin. J'ordonnai qu'on fermât les deux boutiques. Cent clients vinrent cogner aux volets. « Tout le quartier est en deuil ! » me confia notre majordome Ambrogio. Nous les rouvrîmes donc dès le lendemain. Croyais entendre au fond de mon oreille la voix du disparu : « Mon fils, le monde ne s'arrête pas pour un paroissien qui ferme son missel. Prends exemple sur les fourmis, quand le sabot d'une vache écrase leur fourmilière. Elles entreprennent aussitôt de réparer les dommages. Poursuivent leurs besognes sans compter les mortes. Fais comme elles, mon fils. Quand viendra mon tour, poursuis notre besogne. »

Condoléances des plus illustres Romains. Même le Saint-Père me fit écrire une lettre très affligée. L'ambassadeur de France, Mgr de Bernis, m'exprima « la part qu'il prenait à notre immense douleur ». De même, Mgr Flavi, Mgr Annibal della Genga, Mgr Chiaramonti, Mgr Mattei, Mgr Malvasia. Des princes et princesses qui nous doivent de l'argent : la Braschi, la Giustiniani, la Santa-Croce. Le jour des funérailles, trois cents personnes derrière son cercueil. Enterré aux flambeaux dans le cimetière de Saint-Louis-des-Français. Ferai graver sur sa dalle cette inscription :

HIC REQUIESCIT MARINUS TORLONIA
QUI NIHIL ERAT ET ALIQUID EVASIT.
Ci-gît Marino Torlonia
Qui n'était rien et qui devint quelque chose.

Composée par l'abbé Raynal de ladite église.

Aucune illusion : sur les trois cents accompagnateurs, deux cent quatre-vingts carognes. Reste une vingtaine d'amis véritables. Me donnent la force de continuer son œuvre. Au service de notre famille, de l'Etat pontifical, du commerce, de l'industrie, de l'agriculture. Accroître la prospérité de la Ville et de ses habitants.

Participer au bonheur des hommes...

Le 21 mars 1785, Maria Angela, surnommée Dame Rigolette, restée adolescente malgré sa cinquantaine, entra soudain dans son âge mûr. Ayant perdu son cher Marino, elle n'avait plus désormais qu'une raison de vivre : aider son fils Giovanni Raimondo à ajouter de nouveaux chapitres à la *Marinade.*

Il était devenu un homme large d'épaules, avec un soupçon de bedaine, les gros mollets qu'il tenait de son père. Dans Augerolles, les Tourlonias possédaient les plus volumineux mollets de la paroisse. Des bas de soie. Des pieds larges et longs dans des souliers à talons épais pour ajouter à sa stature médiocre. Un habit de velours sombre, des jarretières de coton. Là-dessus, un visage coloré, joufflu, des oreilles spacieuses, une perruque à catogan, un tricorne noir galonné d'or. Maria Angela veillait elle-même sur ses vêtements, ses nourritures, ses boissons. Elle achetait personnellement ses légumes et ses viandes ; les cuisinait de ses mains. Cédant la comptabilité à un calculateur spécialiste, elle se consacra entièrement au ménage de sa maison et à la santé de son fils. C'est elle qui convoquait, quand elle le jugeait bon, le tailleur, le perruquier, le cordonnier, l'apothicaire. Ainsi débarrassé de tout souci domestique, il pouvait mettre au service de la banque ses forces et ses pensées.

Quand il rentrait, elle le déchaussait, lui enfilait ses pantoufles, lui versait un petit verre de marasquin, sa liqueur préférée. Puis elle l'interrogeait sur ses affaires du jour. Non par curiosité, mais pour lui prouver son intérêt. Il était, ces années-là, en train de se faire une importante clientèle parmi les juifs. Ceux-ci vivaient le long du Tibre, dans le Ghetto. Entourés d'un mur à cinq portes qu'on verrouillait chaque soir. Mais à l'intérieur de cette enceinte, tous avaient à cœur de s'enrichir par le commerce ou l'artisanat. Les femmes se plaisaient même à faire étalage de leur réussite : elles portaient une bague à chaque doigt, des colliers à plusieurs rangs de perles, des résilles d'or sur les cheveux, qui faisaient d'elles de véritables présentoirs. Des édits pontificaux avaient essayé de réduire cet apparat, sans y parvenir. Une seule obligation était respectée, qui allait aux hommes : ils devaient porter sur la tête un mouchoir jaune. Ils étaient aussi, sous peine d'amende, tenus d'assister chaque semaine à un sermon destiné à les convertir. Le missionnaire les accablait de malédictions ; et, pour peu qu'ils se montrassent distraits, un sbire leur meurtrissait l'échine avec un bâton. Il tapait moins fort sur ceux qui lui versaient la *buona mano*. « Certains chrétiens, se disait Torlonia, interrogent : Juifs, quand donc vous convertirez-vous à la religion véritable ? Et moi, je demande : Chrétiens, quand donc vous convertirez-vous à la tolérance ? » Il se rappelait la parabole qu'avait coutume de débiter son père dans le secret de la famille : les religions sont pareilles aux fromages, toutes utilisent les mêmes ingrédients, etc. Il n'arrivait pas à mépriser ceux qui mangeaient un autre fromage que le sien.

C'est assez dire que la clientèle étrangère était aussi la très bienvenue aux comptoirs de la banque Torlonia. Parmi elle, de jeunes attachés d'ambassade qui, succombant aux multiples tentations que leur offrait la vie romaine, ne savaient pas toujours contenir leurs dépenses. Mais c'étaient de bons emprunteurs. Soucieux de leur réputation et de leur carrière, ils finissaient toujours par rembourser. Les pensionnaires de l'Académie de France, peintres, sculpteurs, musiciens, architectes en herbe, avaient une autre ressource : ils s'acquittaient en œuvres d'art. C'est ainsi que Jean-Raymond reçut deux petits tableaux d'un certain Jean-Louis David. Pareillement, deux dessins lui furent remis par le jeune Léonor Mérimée.

S'il arrivait qu'un client n'honorât point sa parole, il lui rendait visite. Discrètement. De préférence la nuit, afin que leur réputation à tous deux n'en fût pas entachée. Car la silhouette du banquier était à présent connue comme le loup blanc : son tricorne, son habit sombre, les deux chaînettes d'argent qui se croisaient sur son gilet pour conduire à deux montres : l'une disait l'heure de Rome, l'autre celle de Paris. Fidèlement copiées sur les horloges de la Trinité-des-Monts. Armé de la canne-épée que lui avait aussi léguée son père, accompagné d'un lanternier, il se déplaçait dans les rues obscures, que n'éclairait aucune lumière publique. Par ordre du Vatican, la seule veilleuse des madones devait en effet leur fournir quelque clarté. Certains projets d'installation de quinquets avaient été soumis aux autorités, et repoussés comme sacrilèges :

— Dieu a créé le jour et la nuit. Tout procédé qui tendrait à contrecarrer cet ordre serait impie et profanatoire.

Aussi Rome se vidait-elle dès la tombée du jour. L'ombre y était aussi un refuge que nul, pas même la police, ne devait troubler. Il arrivait à Jean-Raymond, dans ses équipées nocturnes, d'entendre cette injonction d'un passant inconnu :

— Détournez votre lanterne !

Les emprunteurs lui savaient gré de ses précautions. Il vérifiait avec eux la marche de leurs affaires. Les conseillait dans leur comptabilité et le choix de leur clientèle. Plus d'une fois, il lui arriva de redresser une barque sur le point de sombrer.

Certains débiteurs, qui ne pouvaient faire face à leurs engagements, le mettaient en relation avec plus gros et plus solvable qu'eux-mêmes. C'est ainsi que, de goujon en carpillon, et de carpe en brochet, il était monté jusqu'au pape à qui il prêta cent mille écus pour lui permettre de continuer ses travaux d'assèchement et ses fouilles. N'est pas créancier qui veut d'une Sainteté.

Un de ses plus considérables clients fut le prince de Fürstenberg. Ils se rencontrèrent la première fois chez Angelo Braschi, neveu du pape, un jour de réception en l'honneur de son palais inauguré. Cent ducs et duchesses, comtes et comtesses se trouvaient là réunis. En train de débiter les habituelles couillonnades mondaines, en buvant du champagne et en croquant des *maritozzi*, petits pains aux raisins et aux pignons. Un huissier annonça :

— Le banquier Giovanni Raimondo Torlonia.

Il y eut un grand silence, de prudence plus que de respect. La plupart des présents lui devaient quelque chose ou s'apprêtaient à lui emprunter. L'homme s'avança, intimidé, se répandant en courbettes. Chacun s'amusa intérieurement de sa gaucherie, de ses deux chaînes croisées sur le ventre, de sa carrure de bouvier ; mais personne ne risqua un sourire. Peu à peu cependant les conversations reprirent.

Un moment plus tard, il vit devant lui un maigre jeune homme qui portait, comme le héron de la fable, un long nez au-dessus d'un long cou.

— Permettez, Monsieur, dit-il avec un accent germanique, que je me présente : Fürstenberg.

— Votre serviteur.

— A la vérité, mon nom complet – je le sors rarement, comme les bonnes ménagères font de leurs nappes de dentelle – est : Charles Joachym, baron de Cologne, comte de Munster, prince de Fürstenberg. Vous êtes d'origine française, n'est-ce pas ?

— Par mon père, Marin Tourlonias, qui devint Marino Torlonia.

— Mon grand-oncle fut un ami du roi de France Louis XIV, qui lui conféra les bénéfices de l'abbaye de Saint-Germain-des-Prés. Il jouissait de plus de cent mille écus de rente et il mourait exactement de faim, sans faire aucune dépense, ni avoir personne à entretenir. Ce n'est point là ma façon de vivre.

— Il y a plusieurs bonnes façons de vivre. Tout dépend de ce qu'on désire et de ce qu'on peut se permettre.

Le prince héronnier garda le silence un long moment, mâchonnant l'ongle de son pouce. Brusquement, il dévoila ses pensées :

— Il paraît, Monsieur, que votre banque sert aux dépositaires un intérêt généreux. Est-ce la vérité ?

— Nous servons communément, Monseigneur, le quatre et demi du cent. Mais nous pouvons servir jusqu'à six, pour les dépôts d'importance.

— On ne m'a pas menti. Je voudrais vous confier certaines sommes. Venez me voir, Monsieur, dans ma maison de la rue du Triton.

Torlonia ne manqua point cette invite. Le prince le reçut en peignoir :

— Je sors du bain. Je n'ai pas voulu vous faire attendre.

Puis il exposa ses intentions. L'argent lui pleuvait de Vienne, de Cologne, de Munster, de Trente. Mais il n'arrivait pas à le retenir :

— On dit que j'ai les mains percées. Aussi, je me propose de vous confier deux cent mille écus qui pour l'instant me restent. A quatre et demi du cent...

— J'irai jusqu'à six, Monseigneur.

— Parfait. Cela me donnerait quel revenu ?

Torlonia fit le calcul sans plume ni papier :

— Il vous en reviendrait mille écus chaque mois.

— Cela n'est pas énorme !

— Mon père en gagnait vingt quand il était au service du cardinal Acquaviva. Il est vrai que nous étions logés et nourris.

— Voilà ce que nous allons faire. J'essaierai de vivre avec ces mille écus. Si, de temps en temps, je prétendais que vous me versiez aussi un peu du principal, je vous demande instamment de me le refuser trois fois sur quatre.

— Trois fois sur quatre ? Littéralement ?

— Littéralement. Prenez-en note. Et ne craignez pour vous aucune conséquence fâcheuse de vos refus.

Ainsi commencèrent les bonnes relations de Torlonia et du prince. Celui-ci venait régulièrement toucher ses intérêts. S'il lui arrivait d'implorer un supplément :

— Non, Monseigneur ! répondait le banquier trois fois sur quatre.

Fürstenberg essaya de ruser avec les chiffres, de se faire refuser trois petites sommes pour en obtenir une quatrième d'importance. Torlonia y trouva d'ingénieuses parades et y gagna, en définitive, l'estime et l'amitié de son prince.

15

(Traduit de l'italien) Ce 13 août 1788

Sommes en train de déménager. Depuis longtemps, désirais quitter l'immeuble de la via del Corso. Installation dans le palais Raggi, proche de la place Colonna. Payé 53 000 écus, plus 2 500 de commission et frais d'écritures, plus 5 800 de travaux divers qui duraient depuis six mois. Bureaux de la banque spacieux et accueillants. Coffres en sous-sol, dans crypte ancienne chapelle. Trois ans après la mort de mon père parti de France avec cinq livres en poche, pouvons nous vanter de mesurer l'argent au boisseau.

Proches du palais Salviati où se tient l'Académie de France, pleine de jeunes artistes. Proches aussi de la banque Moutte, dans le palais Palombara. Moutte est comme moi d'origine française. Son chiffre d'affaires est modeste ; mais il a dans ses attributions celle d'entretenir l'immeuble de ladite Académie. En très bons termes avec les pensionnaires.

Naturellement, avons abandonné l'emporio que je gardais seulement en souvenir de mon père. Ma mère se plaint que Raggi dépasse ses forces. A dû accepter que j'engage plusieurs domestiques. Lui épargnent toute peine. Et presque tout mouvement.

— C'est tout juste si je peux me moucher seule ! Et je ne peux éternuer sans qu'ils me crient en chœur : Salute ! Felicità ! *Ce sont des souhaits payés, dont je n'ai nul besoin.*

Ai songé à un majordome. Dame Rigolette s'est alors mise en colère :

— Je serai le majordome ! Sinon, à quoi servirais-je sur terre ?

Sert toujours à prendre soin de moi. Me glisse de la charpie dans le dos si me voit en sueur. M'oblige à prendre bain de pieds si je rentre frileux.

— Tu dois monter encore ! se justifie-t-elle. Tu n'as pas atteint les étoiles !

Va quelquefois pleurer sur la tombe de son défunt mari, au cimetière de Saint-Louis-des-Français.

Ai toujours de bonnes relations avec la France. Purement financières. Des correspondants en plusieurs villes : Bergeret à Paris ; Napouty à Marseille ; Sauvant à Lyon ; Régis à Grenoble. Font régulièrement le voyage de Rome pour me rendre des comptes. M'apportent aussi des nouvelles du pays des Louis. Pas très réjouissantes. Des choses graves semblent s'y préparer. Certaines familles patriciennes quittent ce pays et vont s'établir ailleurs. En ai rencontré une à Saint-Laurent-in-Lucina. Mais peut-être viennent-ils surtout pour connaître Rome, capitale du monde. Comme tant d'étrangers.

Et nous, avons la chance de l'avoir chaque jour à notre disposition. Sous nos yeux. Sous nos semelles. Dans nos oreilles. Dans nos narines. Ne sent pas toujours bon. Puanteur de la corne des chevaux, brûlées par les maréchaux-ferrants. Chaudrons de tripes qui bouent devant Saint-Marcel. Des choux près de la place Colonna. Du café sur le mont Citorio où se tiennent les épiciers et leurs brûloirs. Femmes du peuple cuisinent peu. Sainte et salubre fainéantise. Ne veulent pas engager leurs maris dans les délices de la bouche pour qu'ils se consacrent mieux à leurs devoirs chrétiens. Achètent donc leurs aliments tout cuits. Après tout, fins ou délicats, comme disait mon père à la fin de sa vie, tous nos aliments s'en vont tomber dans le même trou. Tutto se ne va al cacatoio.

C'est pourquoi il préférait le plaisir que lui procuraient les œuvres d'art dont il remplissait notre maison. Je continue d'y ajouter les pièces que l'on m'apporte en gage, quand elles en valent la peine...

Maria Angela disait souvent à son fils :

— Qu'attends-tu pour te marier ? N'as-tu pas l'intention de fonder une famille ? De me donner des petits-enfants ? Tu auras bientôt atteint ta trente-cinquième année, qui est le milieu du chemin de notre vie. Veux-tu que je te cherche une femme ?

— Je la trouverai bien tout seul. Pour l'instant, les affaires m'absorbent trop.

— Tu ne vois pas assez de monde.

— Moi ? Je passe mon temps à cela ! Chaque jour que Dieu fait ! Des hommes et des femmes !

— Des femmes d'argent. Des femmes mariées. Ce n'est pas ce qu'il te faut. Mêle-toi un peu à la société ordinaire.

Il fréquenta les places publiques. Les musées. Les jardins. Il regarda les jeunes Romaines aux cheveux d'encre, aux yeux de charbon, au teint d'ambre. Accompagnées de leurs chaperons, mère, grand-mère, tante, nourrice. Elles ne le regardaient point. Ou bien détournaient les yeux. Il entendait leur rire dans son dos. Il regarda les filles seules. C'étaient presque toujours des putains, qui se vendaient pour un écu, à vos risques et périls.

Un jour, il remarqua un rassemblement devant une porte de la place Farnèse. Il se mêla par curiosité à cette foule, sut qu'elle venait rencontrer un magicien qui prétendait dévoiler l'avenir. On le disait fils d'un savetier de Palerme ; mais il se faisait appeler le comte de Cagliostro. Il avait fait le tour du monde, visité l'Egypte, la Chine et le royaume de Barbala. Le roi de France l'avait reçu et gardé plusieurs mois dans un de ses châteaux appelé la Bastille. L'ambassadeur de France, le cardinal de Bernis, qui se trouvait être présent, révéla que cette Bastille était une prison.

— Sans doute. Ai-je dit le contraire ? répondit Cagliostro. Beaucoup d'hommes grands et vertueux ont connu la prison : saint Pierre, saint Paul, Savonarole, Galilée.

Pour montrer son pouvoir, Cagliostro demanda une bague que le cardinal portait au doigt et en fit gonfler l'améthyste comme une éponge. Mais quand elle regagna la main de l'ambassadeur, elle reprit son volume ordinaire. Puis il se mit à prophétiser en déchiffrant les jeux de lumière dans une carafe d'eau :

— Je vois le roi de France assiégé dans son palais. Une bataille sanglante. La cour jonchée de cadavres. Louis sur le point de perdre son trône.

Ayant réussi à s'approcher de lui, Jean-Raymond demanda :

— Pouvez-vous me dire si je me marierai ?

Le magicien secoua l'eau de sa carafe, se pencha dessus, déclara :

— Assurément. Vous trouverez bientôt une femme à votre goût.

— Honnête ?

— Très honnête.

— Aurons-nous des enfants ?

— J'en vois quatre ou cinq.

Jean-Raymond paya généreusement cette prestation ; puis, rassuré sur ses lendemains et ceux de sa banque, il retourna à ses affaires et n'y pensa plus.

Quelques mois plus tard, certaines prophéties du comte de Cagliostro se trouvèrent confirmées par M. Napouty, venu de Marseille traiter des affaires avec Torlonia. Les Parisiens s'étaient emparés de ladite Bastille, ce château-prison situé au centre de leur ville, l'avaient démolie pierre à pierre, puis s'étaient empressés de créer un grand nombre de prisons nouvelles pour y enfermer leurs anciens maîtres. Rome avait les siennes. Spécialement le grand édifice en brique des *Carceri nuove* où les voleurs étaient traités avec une si grande humanité que beaucoup, à peine élargis, s'efforçaient d'y revenir. Elles ne risquaient aucun assaut populaire.

— Mais pourquoi donc la destruction de cette Bastille ?

— A cause, disent-ils, des droits de l'homme, répondit le Marseillais.

— Quels droits de l'homme ?

— La liberté. L'égalité devant la loi. L'abolition des privilèges.

— Quels privilèges ?

— Ceux dont jouissent les nobles et le clergé. De ne pas payer d'impôts au Souverain. D'échapper à sa justice. De tondre la laine du paysan jusqu'à la peau.

Ce fut pour Torlonia et bientôt pour tous les Romains une révélation presque aussi forte que celle de l'Evangile. Les hommes avaient donc des droits non satisfaits ? La religion, la charité, les confraternités, les hôpitaux, les hospices ne répondaient-ils pas à tous leurs besoins ? Et les Français osaient appeler privilèges ce qui n'était aussi que les *droits* du clergé et de la noblesse ! On discutait de tout cela sur les places publiques, sous les porches des églises, dans les tavernes du Transtévère. Des écrits circulèrent, venus clandestinement de France malgré la surveillance des douaniers, rédigés en français et en italien. Les prêtres eux-mêmes, dans leurs homélies, se firent l'écho de ces bouleversements d'outre-Alpes. Les fidèles se pressaient spécialement dans les églises françaises, avec l'espoir d'y être mieux informés.

— Des nouvelles horribles, mes très chers frères, prêcha-t-on à Saint-Louis, nous arrivent de France. Des hordes d'excités s'y efforcent d'abattre les fondements millénaires de la société. On brûle les châteaux. On pend, on décapite des personnes innocentes : des nobles, des prêtres, des boulangers. Une Assemblée qui se prétend nationale vient de décréter là-bas la suppression des vœux monastiques. Il n'y aura donc plus dans ce pays, qui se dit la fille aînée de l'Eglise, aucune espèce de couvent ni de monastère. Leurs biens sont confisqués, les religieux rendus au siècle. Plus abominable encore : si l'existence des prêtres est toujours tolérée dans les paroisses, ils ne dépendront plus désormais de leurs évêques, ni les évêques du pape. Comment seront-ils donc nommés ? Elus, simplement, par ce qu'ils appellent la voix populaire. Or cette voix populaire ne vient pas seulement des catholiques ; elle vient aussi des protestants, des juifs, des païens. On assistera donc à ce prodige : des juifs et des mécréants qui élisent des prêtres catholiques ! Prions, mes très chers frères, pour que cessent ces abominations. Pour que la France recouvre la raison et le Saint-Père son autorité sur toutes ses églises.

A Trinité-des-Monts, l'on apprit des choses à pleurer de rire :

— Savez-vous, mes très chers frères, comment se nomment les malfaiteurs parisiens qui cherchent à abattre le roi et son gouvernement ? Des sans-culottes. Vous avez bien entendu, mes frères : *sbracati !* Ils font la révolution en montrant leur derrière ! Apprenez aussi qu'ils abandonnent leurs noms de baptême. Ils ne s'appellent plus Jean, Raymond, Pierre, Marthe, Françoise ; mais Céleri, Piment, Groseille, Giroflée ! Ils ont supprimé la semaine, remplacée par une période de dix jours, et le dimanche, remplacé par le décadi ! Plus de Noël, plus de Pâques, plus de Toussaint. Ils promènent dans les rues des mannequins qui figurent le pape, leurs évêques, leur roi, et les font brûler aux carrefours. Prions, mes très chers frères...

Les Torlonia entendirent de leurs oreilles ces incroyables nouvelles. On sut que le cardinal de Bernis, ambassadeur de France, avait été destitué. Quelques jours plus tard, arriva son remplaçant dans un carrosse orné de cocardes bleu-blanc-rouge. C'était un militaire chamarré des bottes jusqu'au chapeau. Alors, le peuple romain sortit de ses bicoques et se rassembla sous les fenêtres de l'ambassade pour crier :

— Vive le pape ! Vive la religion ! Mort à la France ! Mort aux sans-culottes ! A bas les droits de l'homme !

Rome se remplissait d'aristocrates en exil qui demandaient l'hospitalité à leurs confrères pontificaux. Des prêtres débarquèrent aussi, déguisés en colporteurs, en mendiants, en domestiques. Ils furent accueillis dans les couvents et chez les Monsignori. Torlonia crut de son devoir, comme catholique et demi-français, d'en recevoir un. Son voisin Moutte l'en dissuada :

— Nous sommes des hommes de finances. Les agitations politiques ne nous concernent pas.

On vit arriver un matin deux princesses royales, tantes du malheureux roi Louis XVI. Elles furent triomphalement reçues à la porte du Peuple par trente cardinaux et deux mille applaudisseurs.

Au mois d'août 1792, on apprit que ce même souverain avait été assiégé dans son palais, destitué, emprisonné. L'Assemblée dite nationale avait proclamé en France la République.

— Le plus détestable de tous les gouvernements, mes très chers frères ! commenta Saint-Louis-des-Français. Comme l'ont prouvé tous ceux qui ont essayé de l'établir : Tarquin, les frères Gracques, Spartacus, César, Brutus, Cassius, Cicéron, Giordano Bruno, Calvin !

Encore tout chauds de ce sermon, les fidèles se répandirent sur les places en criant :

— A bas la République ! Mort aux *sbracati !*

Paris décida de convertir Rome à de meilleurs sentiments et lui envoya des prédicateurs républicains. Parmi eux, un certain Hugou Bassville. Il vint en novembre et logea chez le banquier Moutte, via San Lorenzo in Lucina, qui le présenta à Giovanni Raimondo et à quelques autres amis. C'était un homme encore jeune, coiffé d'un chapeau emplumé et qui portait bel et bien, avec élégance, une culotte de nankin jaune chamois. Ses cheveux longs et frisés au fer tombaient sur le col de sa redingote, dont les pans lui battaient les mollets. Autour du ventre, une ceinture tricolore. Sur la poitrine, une cocarde. Tout en lui semblait démentir les accusations de grossièreté, de brutalité, d'ignorance dont on couvrait à Rome les nouveaux Parisiens. Il parlait d'une voix modeste, mais ferme et convaincante. Il exposa les principes de la Révolution française : libérer tous les peuples des despotes qui les opprimaient ; établir le règne de la justice, du savoir, de la tolérance, du bonheur. Il conclut par cette exclamation :

— Mort aux tyrans ! Paix aux chaumières !

Tous les présents l'applaudirent comme on applaudit un musicien qui a bien joué sa partition.

Le lendemain, il se rendit à l'Académie de France, se fit présenter les pensionnaires et leur répéta son homélie. Il leur fit ensuite chanter un certain *Hymne à la Liberté* ou *Marseillaise* qui faisait alors fureur parmi les soldats de la République, composé par un capitaine nommé Rouget. Comme le poisson. Emporté par la musique et les paroles, ces jeunes gens se dirigèrent aussitôt vers le buste de Louis XV, fondateur de leur Académie, et le renversèrent. Ils dépendirent les portraits de quelques vieilles barbes, les remplacèrent par ceux de Brutus et de Mucius Scaevola. On déboucha des bouteilles, on porta des toasts républicains :

— A la Liberté ! A l'Egalité ! A l'Unité ! A la guillotine !

Le vin aidant, leur enthousiasme déborda. Ils ouvrirent toutes grandes les fenêtres et braillèrent les strophes de Rouget, afin de narguer les autorités vaticanes. Alors, la bile transtévérine commença de s'échauffer. Quelques pensionnaires qui étaient sortis dans la rue furent pris à partie et roués de coups. Moutte et Torlonia assistèrent d'un balcon à l'échauffourée.

L'année 93 s'annonça chargée d'orages. En France, le roi passait en jugement devant l'Assemblée. A Rome, Bassville ordonna à Moutte de faire pavoiser sa façade de bleu-blanc-rouge. Le 13 janvier, devant rencontrer à Monte-Cavallo le secrétaire d'Etat Zelada, il décida de s'y rendre en grande pompe. Le cocher de Moutte et un estafier reçurent l'ordre de se cocarder eux-mêmes, de cocarder leur carrosse et leurs chevaux. Ainsi outrageusement colorée, la voiture osa se mettre en route. Aussitôt, les passants de crier :

— A bas les cocardes !

Place Sciarra, une grêle de pierres s'abattit sur les voyageurs, les contraignant à faire demi-tour. Les émeutiers forcèrent les portes du palais Palombara et le mirent à sac. D'autres ravagèrent l'Académie de France et, pour faire bonne mesure, traitèrent de même la demeure de Torlonia dont on savait les attaches françaises. Réfugié au dernier étage avec sa mère, il entendit le fracas et les hurlements. Un certain barbier, armé d'un rasoir, se trouvant soudain devant Bassville, lui en porta un coup qui lui ouvrit le ventre. Il fut ramassé plus tard dans son sang, confié au médecin de Giovanni Raimondo.

Ne pouvant rien d'autre pour lui, les deux banquiers et leurs familles jugèrent préférable de quitter la Ville pour quelque temps et de se réfugier à Naples. Les pensionnaires de l'Académie suivirent leur exemple. Excepté le peintre Léonor Mérimée, caché par une belle dame romaine qui lui portait de l'intérêt.

Malgré les soins reçus, Bassville expira dans de grandes souffrances. Les chrétiens du Transtévère s'en réjouirent et remercièrent la Madone de cette victoire remportée par la foi catholique sur l'impiété républicaine.

16

(Traduit de l'italien.)

De Naples, ce 12 mai 1793

Installés ici depuis fin janvier, ma mère et moi. Chez Gennaro Sansovini, un de mes bons clients. Vit dans le quartier de Chiaja, au pied du château de l'Œuf. Possède à Bagnoli un chantier où il construit des barques de pêche. Sa femme ne s'adresse jamais à lui en l'appelant autrement que « don Gennà » :

— Don Gennà, parlez un peu moins et finissez votre calmar. Sinon, vous le mangerez froid.

Par lui, j'apprends toutes les nouvelles du monde. Les rapporte du port en même temps que son poisson quotidien qu'il va acheter lui-même.

Moutte vit chez sa fille mariée à un fonctionnaire du roi Ferdinand. Nous nous voyons peu.

En arrivant, trouvâmes Naples plongée dans la douleur officielle. Triste fin du roi de France et emprisonnement de sa femme Marie-Antoinette, sœur de Marie-Caroline, épouse de Ferdinand. Lui, m'a-t-on raconté, recevant l'avis de la guillotinade de son beau-

frère, prit une colère napolitaine. Piétina son chapeau et jura grossièrement dans le dialecte de la Campanie. Seul langage qu'il pratique couramment. Marie-Caroline, l'Autrichienne de Naples, le mène par le bout du nez. Aidée par son ministre Acton, qui lui fait l'amour. En compensation, donne à son mari des enfants en veux-tu en voilà. Ferdinand se soucie peu de savoir s'il est vraiment leur père naturel. De son côté, il folâtre beaucoup avec les jeunes femmes de sa cour. Quand voit passer son ministre et rival Acton, et qu'il sait la reine à portée de voix, frappe dans ses mains et s'écrie :

— Place ! Place ! Laissez passer Sa Majesté !

Une flotte française croisait au large du port. Ses équipages politiques avaient formé ici des disciples républicains et enrichi le vocabulaire italien d'un terme nouveau : sanculotti. *Puis Bassville était monté vers Rome, pour mourir presque dans mes bras. Les Français avaient rembarqué.*

Avons assisté à la célébration du carnaval. Occasion pour les habitants les plus gueux de se procurer à la force des poings et des couteaux un peu de subsistance. S'appellent lazzaroni, *parce qu'ils sont la peste véritable et permanente de la ville. Sous les yeux du roi, le jour de la Cocagne, on avait disposé un échafaudage au milieu de la rue centrale, qui partage la ville en deux, et pour cette raison se nomme* Spaccanapoli. *Dessus, une montagne de pains, de morceaux de bœuf, de gigots, de merluches. Des dindons, des oies, des poulets crucifiés vivants à des planches verticales. Leurs soubresauts désopilent la foule. Le tout, gardé par la troupe, mais déjà dévoré des yeux par ces affamés. Le reste de la ville et Ferdinand lui-même aux fenêtres.*

Le moment venu, le canon tonne. Les soldats s'écartent, les chaînes tombent. Les affamés se ruent sur la Cocagne. Escaladent l'échafaud, se disputent les quartiers de bidoche, comme des chiens sur le même os. Sont bien quatre ou cinq mille. Dix minutes suffisent à la destruction totale de l'édifice.

On relèvera, on emportera dix morts et soixante blessés.

La misère ici est bien plus visible qu'à Rome. Prisons pleines, non point de petits voleurs qui disent merci, mais d'opposants politiques qu'on ne voit jamais ressortir. On aurait envie de chanter avec le poète Rouget :

Tremblez, tyrans ! Et vous, perfides...

Après trois mois d'exil en ce pays de Cocagne, éprouve l'envie de retrouver ma Chère Rome, où la charité ne s'accompagne pas d'atrocité. Plusieurs lettres ou messages m'y rappellent pour nos affaires. Les pensionnaires de l'Académie de France savent ici où je réside. Plusieurs sont venus sonner à ma porte pour m'emprunter, sans autre garantie que leur talent, disent-ils.

M. Moutte semble ne pas avoir l'intention de repartir. Le sac de sa maison l'a dégoûté des agitations politiques.

Bénéfice inattendu pour moi : le meurtre de M. Bassville m'aura débarrassé d'un concurrent...

Giovanni Raimondo et Maria Angela regagnèrent Rome en juin 1793, accompagnés jusqu'à la frontière pontificale par le gendre de M. Moutte.

Sur ces entrefaites, un second concurrent, le banquier Chiaveri, quitta la scène financière. Pour cause de décès. Il laissait une veuve, Anna Maria, et trois orphelins. Giovanni Raimondo avait eu de bonnes relations avec cette famille, s'était pris d'amitié tout spécialement pour ces enfants proches de l'adolescence, qui le traitaient comme une sorte d'oncle éloigné. L'appelant *zio Giaimondo*. Après la disparition du mari, il s'aperçut soudain qu'à trente-huit ans Anna Maria était encore une jolie femme, qu'il était grand dommage de laisser se flétrir dans la solitude. Que lui-même, à quarante, n'avait pas encore eu le loisir de songer au mariage. Qu'une occasion honnête se présentait d'y remédier. Par un scrupule de conscience autant que par élan de cœur, ayant laissé passer un délai convenable, il consulta d'abord les orphelins :

— Si quelqu'un... une personne honorable... un monsieur bien habillé, bien propre, bien élevé vous proposait de remplacer votre papa dans votre maison, que lui répondriez-vous ?

— Que notre papa est irremplaçable.

— J'entends bien. Mais votre mère ne peut rester seule. Elle a besoin d'un second mari qui l'aide à tenir sa maison, à vous fournir l'éducation et l'état que vous méritez. Parmi vos connaissances, qui choisiriez-vous pour cet emploi ?

Et eux, unanimes et sans l'ombre d'une hésitation :

— Vous, oncle Giaimondo !

Conforté par ce plébiscite, il osa s'entretenir avec Anna Maria, qui rougit, puis se montra intéressée, puis donna son consentement.

— Beaucoup de choses, souligna-t-il, me plaisent en vous. Votre beauté, naturellement. Votre sagesse. L'amour que vous portez à vos enfants. Et aussi, vos origines.

— Que savez-vous de mes origines ?

— J'en aime la modestie. Vous êtes fille d'un sellier. Moi-même, je suis fils d'un ancien colporteur auvergnat. Connaissez-vous l'Auvergne ?

— Non.

— Personne ne connaît l'Auvergne, excepté les Auvergnats eux-mêmes. Ils la gardent comme une épouse trop belle qu'ils ne veulent pas exposer. Mais elle est pauvre et ses enfants nombreux. Mon père, Marin Tourlonias, la quitta par ambition de fortune. Il en partit vers 1750 avec un âne et une charrette...

La jeune veuve s'enflamma pour ce beau-père décédé. Il dut lui narrer tous les chapitres de la *Marinade*. A tout bout de champ, elle criait d'admiration :

— Est-il possible !... Comme il fit bien !... Quel homme merveilleux !...

Si bien qu'il osa dire, en souriant :

— Prenez garde, ma chère. C'est moi qui vous ai demandée en mariage. Ce n'est pas de lui que vous devez tomber amoureuse !

Leurs noces se firent au printemps suivant et furent magnifiques. L'église de San Lorenzo in Lucina, toute fleurie, se trouva trop petite pour recevoir la ribambelle des Monsignori, des bourgeois romains, des clients italiens et étrangers qu'elle enveloppa dans des flots d'encens et de musique. Après la cérémonie, un secrétaire de Torlonia déposa un baïoque dans chacune des mains tendues à la porte de l'église par une triple ligne de mendiants. Sa Sainteté elle-même envoya un message de félicitations. Pour mettre un comble à tant de bonheurs, le prince Charles Joachym Fürstenberg apporta à son banquier son cadeau de noces personnel : un parchemin orné de sceaux de cire rouge par lequel, en langue allemande, *par suite de services exceptionnels rendus aux Fürstenberg, Herr Giovanni Raimondo Torlonia [était] proclamé Noble d'Empire.* Ce qui lui donnait droit à tous les privilèges de la noblesse germanique et au *don* nobiliaire des Romains. Avec l'aide d'un artiste de l'Académie de France, il se composa des armes formées de deux comètes séparées par une bande de roses. Les comètes représentaient la double ascension de son père et de lui-même. Des étables aux étoiles. Les roses symbolisaient les bonheurs reçus et les services prodigués.

Ainsi s'accomplit la seconde prophétie du comte Cagliostro : il se trouvait bel et bien marié, et déjà père de trois enfants.

Dès les premiers jours de leur vie commune, Anna Maria dit à son nouvel époux :

— Je dois vous avertir de deux choses. La première est que je suis très étourdie. Je confonds le sel avec le poivre. Si l'on me commande un travail pour le lundi, je le tiens prêt le mercredi. Quand il pleut, j'ai toujours oublié de prendre un parapluie. Je perds mes clés, je me trompe d'heure, j'appelle les gens par un nom qui ne leur appartient pas. Chaque fois que j'ouvre la bouche, je dis une sottise. Quelquefois deux. Et ainsi de suite.

— Tout cela n'est rien, ma bonne amie. Et la seconde chose ?

— La seconde est que je ne suis bonne à rien. Mauvaise cuisinière, mauvaise pâtissière, mauvaise ravaudeuse, mauvaise jardinière. Sans doute aurais-je dû vous avertir de ces défauts avant notre mariage. Mais… mais… j'ai oublié !

Devant sa propre nullité, elle fondit en larmes. Il la consola :

— Du moins savez-vous parfaitement réussir les enfants. N'est-ce pas le principal ? Vos trois fils en témoignent.

Elle promit de faire de son mieux pour s'amender. Par bonheur, la belle-mère réparait ses bévues, tout en en riant de bon cœur. Il était heureux que Dame Rigolette fût d'une nature aussi accommodante.

Une des sottises les plus fréquentes de la jeune femme était de donner à son second mari le prénom du premier :

— Croyez-moi, cher Giambattista..., commençait-elle.

Et lui de corriger doucement son lapsus :

— Je m'appelle Giovanni Raimondo.

— Oh ! pardon ! Voyez comme je suis ! Quelle tête de linotte !

— Vous disiez donc, Anna Maria ?

Ou bien, elle évoquait le témoignage, les opinions, les mœurs du défunt, l'appelant toujours le *signor Chiaveri :*

— Comme disait le *signor Chiaveri...*

Après avoir supporté longtemps ces références, Dame Rigolette cessa de rire et finit par se fâcher :

— Nous nous moquons entièrement de ce que disait le *signor Chiaveri* ! Vous vous appelez maintenant la *signora Torlonia* !

De nouveau, elle fondit en larmes. Et Jean-Raymond la consola.

La comète torloniesque poursuivait son ascension. Don Giovanni ne se contentait plus de faire le commerce de l'argent. Pressentant que la République française allait produire de grands désordres financiers – faute de métal, elle s'était mise à fabriquer de la monnaie de papier, qui n'était rien d'autre qu'une imitation des billets à ordre pontificaux –, craignant que le Souverain Pontife ne multipliât ses succédanés, le banquier décida d'acheter des biens indévaluables : terres, auberges, maisons d'habitation. Un de ses employés était chargé de battre Rome et la campagne environnante pour lui signaler les meilleures occasions.

En famille, il s'entendait bien avec ses trois beaux-fils. Spécialement avec Luigi, l'aîné, auquel il confia des responsabilités. Mais ce n'étaient jamais que des Chiaveri. Don Giovanni eût bien aimé avoir des fils à son nom qui eussent assuré l'avenir de ses entreprises. Or sa femme, âgée de trente-huit ans, semblait avoir oublié l'art de produire de nouveaux fruits. Elle allait verser des larmes aux pieds de Sainte Marie Libératrice, qui avait la réputation de déboucher les tuyauteries.

Elle eut donc trente-neuf ans. Elle approcha de la quarantaine. Parfois, le soir, Dame Rigolette lui lisait la Bible. Lui montrait que Saraï, l'épouse d'Abraham, eut un fils qu'elle appela Isaac, dans sa quatre-vingtième année. L'enfant du miracle.

— Vous n'y êtes point encore ! concluait-elle en souriant.

Et le miracle eut lieu ! Un jour, toute rosissante, Anna Maria en fit à son époux l'Annonciation. Un garçon naquit avec des poches sous les yeux.

— C'est un vrai Tourlonias ! s'écria le père émerveillé.

Ils lui donnèrent le prénom de Marino, fondateur de la dynastie, et le baptisèrent dans l'église de leur mariage, Saint-Laurent-en-Lucina. Dame Rigolette fut la marraine.

Il n'est pas de bonheur qui ne soit accompagné de tristesse, comme il n'est pas de lumière sans ombre. Des voyageurs venus de Toscane informèrent les Romains que les armées des sans-culottes avaient passé les Alpes, traversé le royaume de Sardaigne, battu les Piémontais et les Autrichiens, et qu'elles se préparaient sans doute à pénétrer dans les Etats pontificaux. L'étrange était qu'elles étaient commandées par un condottiere italien, Napoleone Buonaparte. Ou du moins toscan. Ou peut-être corse. Les cloches des quatre cents églises sonnèrent le tocsin, ce qui fit un tapage assourdissant. Les prêtres en chaire exhortèrent les hommes valides à s'enrôler sous les bannières de Pie VI pour courir sus aux barbares.

Un Monsignore vint trouver Torlonia :

— Faites quelque chose pour le salut de Rome, don Giovanni !

— Puis-je m'engager, presque quinquagénaire ? (Il avait en réalité quarante-deux ans.)

— On peut lutter d'une autre façon. Je suis chargé de m'occuper du nerf de la guerre.

Après marchandage, il accorda deux mille écus qui devaient permettre d'équiper un escadron de quatre-vingts cavaliers.

Pie VI décréta que si un seul soldat français osait mettre le pied sur les terres pontificales, il serait aussitôt excommunié. En dernier recours, c'est au Ciel qu'il s'adressa. Une belle procession partit d'Aracoeli et s'allongea jusqu'au Vatican. Une demi-lieue de pieds déchaux, de cordes aux cous, de bras en croix, de *mea culpa*, de *miserere*, d'encensoirs, d'oriflammes, de reliques, de gémissements, d'implorations.

Les jours suivants, on vit sur les places principales des pelotons de recrues, encadrés par des soldats suisses, s'exercer au maniement des armes et aux manœuvres militaires. Leur désordre, l'uniformité de leurs uniformes, leur gaucherie, leur manque d'enthousiasme (c'étaient pour la plupart des mendiants ayant pour seule solde la nourriture) suscitaient les applaudissements ironiques des spectateurs. Pour les cavaliers, on alla chercher des chevaux de labour abruzzais. On enrôla même des mulets et des ânes. C'est sans doute à cette époque que se forgea un proverbe qui devait durer longtemps :

Ci vogliono tre soldati del papa
Per strappare una rapa.
Il faut trois soldats du pape
Pour arracher une rave.

L'année 96 s'acheva sous des tempêtes de neige. Peu de cartchofoliers descendirent de leurs montagnes et ils ne firent pas recette. Dans les églises, on priait, priait, priait.

Dans ses bureaux, comme aux autres saisons, don Giovanni comptait, comptait, comptait.

Au mois de janvier, il fut convoqué à Monte-Cavallo, en même temps qu'une demi-douzaine d'autres Romains importants. Ils furent reçus par le cardinal Valenti, secrétaire d'Etat.

— Je vous parle, dit Son Eminence, au nom de Sa Sainteté. Des nouvelles très graves nous parviennent. Dans le duché de Reggio-Modène, un certain nombre d'émeutiers, gagnés par le sans-culottisme, ont chassé leur souverain, proclamé une république et l'ont mise sous la protection de Buonaparte. Lui ne se l'est pas fait dire deux fois. Venant de Lombardie, il a envahi cette république. De là, il a franchi les frontières de nos Etats, pénétré en Romagne et dans les Marches, battu nos faibles troupes, pillé Lorette. Il semble prendre un peu de repos aux environs de Macerata avant d'aller plus loin. Nous devons l'arrêter.

— Mais comment ? dit Torlonia.

— Par la négociation. Le Saint-Père nous a choisis, Messieurs, pour que nous allions au-devant de l'envahisseur afin de connaître ses conditions.

Un messager fut envoyé aux Français. Il revint au bout de huit jours, annonça que le général recevrait les négociateurs plénipotentiaires le 10 février à l'évêché de Tolentino, petite ville des Marches, au milieu de l'Apennin. S'ils n'y étaient pas à cette date, il marcherait sur Rome.

Ils se mirent en route discrètement à l'aube du 26 janvier. Neuf dans trois carrosses sans escorte. Ils sortirent par la porte Nomentana.

Ils durent affronter les neiges des montagnes. Torlonia tua d'un coup de pistolet un loup qui harcelait les chevaux et menaçait de faire rouler l'équipage dans un ravin. Notre-Dame de Lorette les protégea des brigands et des ours. Ils arrivèrent le 8 février à Tolentino, bourgade de vallée, tout étourdie par l'occupation étrangère. L'évêque terrorisé les hébergea.

— Comment sont ces Français ? lui demanda-t-on.

— Horribles. Ils bivouaquent dans nos églises. Ils boivent, chantent et dansent avec une partie de la population.

Dès le lendemain, les neuf se réunirent dans une salle glacée.

— Pourquoi n'y a-t-il pas de feu ?

— Parce que les Français nous l'ont interdit. Ils veulent que les négociations se fassent à froid. Afin qu'elles durent moins longtemps. C'est du moins ce qu'ils espèrent.

— Apportez-nous des manteaux, répliqua fièrement Valenti. Elles dureront le temps qu'il faudra.

Ils attendirent trois heures d'horloge, battant la semelle. A midi, dans des assiettes locales ornées d'anges et de prophètes, ils eurent une collation qui ne les réchauffa guère, devant laquelle le cardinal récita le *Benedicite* en claquant des dents.

Enfin, l'après-dînée, des éclats de voix, des bruits de bottes dans le couloir. La porte s'ouvrit brusquement. Parut un officier porteur de moustaches provocantes.

— Je suis, dit-il en français, le colonel Haller, représentant du général Bonaparte. Je viens traiter avec vous en son nom. Avez-vous pleins pouvoirs ?

Ils produisirent leurs lettres de créance. Il s'assit, seul devant neuf, avec quelques feuilles de papier serrées dans une chemise bleu-blanc-rouge.

— Qui commence ? demanda-t-il. (Et aussitôt il se répondit :) Moi. Le Directoire de la République française une et indivisible presse le général de s'emparer de votre ville. Nous sommes prêts à le faire. A abattre le tyran qui vous opprime.

Long silence. On entendit toussoter plusieurs négociateurs. Le cardinal répondit enfin au nom de tous :

— Je ne sais de quel tyran vous voulez parler. Le Souverain Pontife qui nous envoie est disposé à reconnaître officiellement votre République et toutes celles que vous voudrez.

— *Optime* ! dit en latin le colonel.

— Vous avez mis, en France, la main sur des territoires qui nous appartenaient depuis des siècles : Avignon et le Comtat Venaissin.

— Ce sont leurs populations qui se sont spontanément libérées.

— Nous sommes disposés à y renoncer pour toujours.

— *Optime.*

— A ce prix, nous espérons que le général renoncera à nous envahir.

— En somme, vous nous donnez ce que nous possédons déjà ? (Il éclata d'un rire qui souleva cruellement sa moustache.) Croyez-vous que cela nous suffise ? Pour ne pas vous occuper, nous exigeons une rançon.

Le cardinal avala sa salive, on la vit descendre derrière sa pomme d'Adam.

— Quelle rançon ?

— Trente millions.

— Trente millions de quoi ?

— De nos francs. Cela doit faire six millions de vos écus.

— Six millions d'écus ! dit Valenti avec horreur.

— Estimez-vous que Rome ne les vaut point ?

— Six millions d'écus ! répéta l'autre avec résignation.

— Je vois que vous vous habituez à ce chiffre. *Optime.* Mais nous voulons encore...

— Encore ?

— ... mille œuvres d'art ou manuscrits anciens. Trophées que nous emporterons comme Marcellus de Syracuse, dont nous ornerons nos musées et nos villes.

Il poussa une feuille vers le cardinal, qui la lut avec des lèvres blanches. Elle comportait des articles anonymes : vingt calices d'or, vingt calices d'argent, vingt calices de vermeil, vingt croix incrustées de pierres précieuses, vingt groupes statuaires antiques de marbre blanc... Et d'autres désignés par leurs auteurs : dix manuscrits de Pétrarque, dix toiles de Raphaël, dix sculptures de Michel-Ange... A cette simple lecture, Valenti sentit les cheveux qui lui restaient se dresser sur sa tête. Il n'eut que la force de chuchoter :

— Vous êtes des gens bien informés.

— Nous avons nos compétences ! dit Haller.

Commencèrent alors les véritables négociations qui durèrent quatre jours et furent très chaudes, malgré le froid de la pièce : nous vous ajoutons tel manuscrit en échange de tel autre ; nous vous abandonnons deux peintures de Caravage contre une de Raphaël... A la grande terreur de Son Eminence, qui se demandait si Torlonia possédait dans ses caves une fabrique de fausse monnaie, don Giovanni racheta pour un million supplémentaire deux cents chefs-d'œuvre. Il fit renoncer à deux cents autres en assurant que Rome ne pourrait jamais les fournir.

Le soir du quatrième jour, Haller déclara en frisant de l'index sa moustache :

— Citoyens, je crois que nous sommes parvenus à un accord.

— Un accord que vous nous imposez ! protesta le cardinal.

— Quelle qu'en soit l'espèce, le général Bonaparte viendra demain de bonne heure le signer. Vous n'avez pas intérêt à vous dédire.

Il se tourna vers l'évêque qui grelottait sur son fauteuil dans un coin :

— Et maintenant, citoyen évêque, vous pouvez faire allumer du feu.

Le lendemain, dès l'aube, ils se retrouvèrent dans la même salle, autour de la cheminée. On entendit au-dehors le piétinement d'un peloton, des commandements militaires. Tous leurs regards se portèrent vers la porte où devait paraître le fameux condottiere, dont ils ignoraient encore la figure et les traits. Suivi d'un Haller silencieux, il entra, le bicorne sur la tête, mais se décoiffa devant les neuf et dit en italien :

— *Cittadini, vi saluta un uomo libero.* (Citoyens, c'est un homme libre qui vous salue.)

Sous-entendant par là qu'eux étaient encore des esclaves. C'était un homme petit et maigre comme un scorpion, avec de longs cheveux raides et gras. Les paroles qu'il prononçait entrouvraient à peine ses lèvres, comme font les ventriloques. Un moment, il marcha autour de la pièce, à pas fébriles. Son sabre se cognait aux meubles. Il demanda :

— *Chi siete ?* Qui êtes-vous ?

Chacun se présenta. Il s'assit, les négociateurs l'imitèrent. Il lut ligne à ligne la liste des œuvres d'art et des manuscrits, approuvant du front. Il griffonna dessous, en écrasant les becs de la plume, une signature indéchiffrable. A son tour, le cardinal Valenti signa au nom de Pie VI.

Et ce fut le traité de Tolentino du 19 février 1797.

17

(Traduit de l'italien.) Ce 13 avril 1797

Que serait devenu Pie VI sans don Giovanni ?

Revînmes de Tolentino. Rendîmes compte de nos négociations et du froid au cul qui nous fit grelotter là-haut une semaine. Dormions tout habillés dans des cellules de moines. Jamais autant tremblé de ma vie. Le pape ne songeait qu'à ses œuvres d'art :

— *Aïe ! ma* Transfiguration ! *Aïe ! mon* Laocoon ! *Aïe ! mon* Apollon du Belvédère !

Et moi :

— *Votre Sainteté les retrouvera un jour, après la fin du sans-culottisme.*

Ne voulait pas me croire. Pleurait comme un enfant.

Pleura un peu moins sur les millions, mais s'enflamma d'une belle colère :

— *Où puis-je les prendre ? Je ne les ai pas !*

— *Je me ferai un devoir d'en prêter une partie à Votre Sainteté.*

— *Et le reste ?*

— J'ai des amis juifs qui viendront à votre secours, pourvu que j'apporte ma garantie.

— Don Giovanni, vous êtes mon sauveur terrestre !

— A six du cent d'intérêt.

— Cela va de soi.

Quelques semaines plus tard, arrivée du nouvel ambassadeur de France. Et qui donc ? Joseph Bonaparte, le frère aîné du général. Sa femme Julie Clary, fille d'un boutiquier marseillais. S'installent au palais Corsini avec une nombreuse suite civile et militaire. Pie VI reçoit personnellement tous ces excommuniés couverts de plumes. Noblesse locale ouvre ses maisons. Se répand en courbettes. Baise la main de Julie Clary. Celle-ci admise chez duchesse Braschi qui lui présente toutes les grandes dames romaines.

Même les prêtres se mettent au sans-culottisme. Entendu ce sermon :

— La forme démocratique de gouvernement, mes très chers frères, ne répugne aucunement à l'Evangile. Elle exige dans la société des vertus qui s'apprennent à l'école de Jésus-Christ : amour du prochain, respect de ses opinions, égalité des pauvres et des riches devant la loi, fraternité des citoyens. Soyez donc de bons chrétiens, mes très chers frères, et vous serez de bons démocrates.

Personnellement, me sens tout disposé à servir la démocratie si elle paye bien…

Une étrange atmosphère enveloppait la Ville en cette année 1797 que plusieurs Romains appelèrent plus tard « l'aurore de la Liberté ». L'enlèvement du butin s'opérait la nuit, comme les enterrements. Des charrettes remplies de tableaux, de sculptures, de calices, de croix, couvertes de bâches sortaient de Rome, entourées de soldats en armes. Les auteurs de pasquinades, au contraire, ne se gênaient plus pour coller en plein jour leurs écrits sur Pasquin et Marforio. Toutes ces feuilles leur formaient des chemises blanches. La foule s'amassait autour, les alphabètes déchiffraient à voix haute, suscitant les rires ou les colères : *Sais-tu que Mgr Valenti est payé par Joseph Bonaparte ? Sais-tu que Torlonia a détourné une part du butin des Français ?* C'étaient parfois des distiques en italien ou en latin :

La Braschi, Monzù, da tutte le parte,
L'è propio un boccon da Bonaparte.
La duchesse Braschi, Monsieur, dans toutes ses parties,
C'est vraiment une bouchée de Bonaparte.

Don Giovanni savait que son nom y était cité, et ne s'en offensait guère : la célébrité et la richesse font toujours naître l'envie. La liberté d'expression est d'abord la liberté de médire. Une marmite ne peut longtemps bouillir sans cracher un peu de sa vapeur. Il laissait le soin aux sbires pontificaux de déchirer ces torchons. Ce qu'ils faisaient en effet, sans trop de promptitude.

Des *sanculotti* italiens, jeunes ébouriffés, artistes sans clientèle, écrivains sans lecteurs, professeurs sans élèves, se promenaient par les rues en vociférant :

— Vive la République ! A bas la tyrannie !

Certains arboraient des cocardes vert-blanc-bleu, inspirées par les cocardes françaises. Ils étaient reçus quelquefois au palais Corsini.

Cette aurore dura jusqu'au 28 décembre, quand un officier français, Léonard Duphot, fut abattu d'un coup de fusil devant la porte de son ambassade. Le prétexte était excellent. Un mois plus tard, les troupes françaises, venant des Marches, entrèrent dans Rome en tambours et en trompettes, se déployèrent sur les sept collines, occupèrent le château Saint-Ange, désarmèrent les pontificaux, arrêtèrent plusieurs Eminences. Torlonia et d'autres pressèrent Pie VI de chercher refuge à Naples, comme eux-mêmes précédemment :

— Ma place, répondit-il, est à la porte de Saint-Pierre.

Le 15 février 1798, quelques centaines de *sanculotti* affichèrent une proclamation où l'on pouvait lire : *Le peuple romain déclare qu'il se constitue en souverain libre et indépendant.*

Le 16, le drapeau bleu-blanc-rouge flotta sur le Vatican.

Le 20, un peloton força l'entrée de Monte-Cavallo où Pie VI s'était enfermé. Le même Haller qui avait préparé Tolentino lui donna avis de sa déchéance et de son arrestation.

— Laissez-moi, supplia-t-il, mourir près du tombeau des apôtres Pierre et Paul.

— On peut mourir n'importe où.

Il fut emmené dans une voiture, en compagnie de commissaires.

Le général Berthier, qui commandait les troupes étrangères, organisa une cérémonie sur le Capitole. Devant le cheval de Marc Aurèle, bardé de tricolore, il proclama l'avènement d'un ordre nouveau :

— Le dernier des papes a été abattu par les forces de la Liberté. Rome vivra désormais dans le bonheur de la fraternité et de l'égalité républicaines.

Les *sanculotti* applaudirent. Parmi eux, des nobles, des curés, des prélats précipitamment ralliés.

Les rues furent rebaptisées. L'ange du château, coiffé d'un bonnet phrygien, promu « Génie de la France libératrice ». Les troupes étrangères bivouaquaient sur les places, chantaient, jouaient du fifre, dansaient des farandoles autour de leurs feux. Quelques Romaines, le plus souvent des filles de joie, s'y laissèrent entraîner. Les officiers s'installèrent de force dans les maisons particulières. Suivant le bon exemple de Marcellus à Syracuse, ils en enlevaient tout ce qu'ils y trouvaient de précieux. On en vit de nombreux se promener avec une pendule sous le bras. Les familles spoliées se plaignirent au général qui répondit :

— Que voulez-vous ! Je suis dans l'incapacité de payer leurs soldes. Alors, je leur permets de se payer sur l'habitant.

Lesdites familles réfléchissent et se disent :

— Parlons-en au banquier Torlonia.

Don Giovanni leur répond :

— Je peux prêter à Berthier l'argent nécessaire. Mais qui me le rendra ? Vous ?

— Si nous devons vous rembourser, ce sera pour nous une autre forme de spoliation.

Le banquier cherche alors et trouve un moyen de prêter sans retour.

L'argent carré, l'argent de papier sera le sauveur. En France, les assignats n'ont plus cours. Leur valeur convertible était tombée si bas que le Directoire a mis un terme à leur usage. « Si je peux me procurer une quantité importante de ces billets démonétisés, j'aurai le moyen de contenter tout le monde. » Aussitôt, il se met en route, muni d'un sauf-conduit de Berthier. Deux semaines plus tard, à Marseille, il achète au prix du papier quatre quintaux d'assignats sur le point d'être réduits en bouillie.

Cet argent carré fut distribué aux troupes occupantes. Dès lors, tous leurs achats furent payés en monnaie de singe. Aucun négociant n'eut le droit de la refuser. Pressentant la précarité de ces billets, les détenteurs se hâtaient de les investir en valeurs concrètes, comestibles, buvables, combustibles, immobilières. Jamais dans la Ville sainte le temporel ne fut aussi prospère que sous le règne des excommuniés. Bientôt, les assignats importés furent insuffisants. Torlonia créa une imprimerie dans sa propre maison et en imprima pour la République romaine et toutes celles qui avaient, comme des champignons, poussé sur les pas du condottiere corse. Il en fabriqua bien deux tonnes. Peut-être trois.

A l'angle du palais Braschi, Pasquin et Marforio commentaient l'atmosphère politique :

— Quel temps fait-il à Rome en ce moment ?

— Un temps de voleurs.

La signora Torlonia vivait au milieu de ces commerces sans y rien remarquer d'anormal. Elle avait assez à faire à rechercher ses lunettes, ses ciseaux, ses clés disparues. Cette année-là, elle eut cependant l'esprit de procurer à don Giovanni un second fils. Il fut baptisé Carlo.

Accessoirement, on sut que le dernier des papes, Pie VI, était mort à Valence le 29 août 1799, prisonnier de la République française. Cela confirmait la parole du colonel Haller : « On meurt partout. »

Or la République romaine lui survécut peu de temps. Bonaparte s'était éloigné pour aller conquérir les pyramides égyptiennes. Ses troupes restées en Italie furent battues de toutes parts, les *sanculotti* chassés de la Ville. On en remplit les prisons. On en pendit beaucoup.

Un jeune cardinal, Ercole Consalvi, désigné par ses éminents collègues, vint en petit collet, à la tombée du jour, trouver don Giovanni :

— Il est urgent qu'un nouveau pape soit élu, pour bien prouver l'éternité de l'Eglise. Par la volonté du défunt, il le sera dans l'île Saint-Georges, à Venise, afin que le conclave échappe aux querelles romaines. Cela nous pose le grave problème des finances. Ruinés par les Français, nous n'avons que de l'argent carré dont Venise ne veut point. Que pouvons-nous faire ?

— Demandez à l'empereur d'Autriche, maître des lieux.

— C'est déjà fait. Il nous offre vingt mille écus. Somme très insuffisante. Est-ce que vous imaginez ce que coûte un conclave ?

— Je n'en ai qu'une pauvre idée.

— Bref, il nous en faut vingt de plus.

— Vingt écus ?

— Vingt mille.

— A six du cent ?

— A six du cent.

— Affaire conclue.

Après trois mois de délibérations, fut élu, sous le nom de Pie VII, un grand diable de moine émilien qui avait précédemment témoigné quelque indulgence envers les idées démocratiques. Il rentra dans le palais du Vatican, vide de maître depuis trente mois, dépouillé de ses meubles, de ses tableaux, de ses tapis, de sa vaisselle. Il y fit brûler des casserolées d'encens pour chasser l'odeur de l'étranger, « aussi puant sous l'habit républicain que sous le monarchique ». Le cardinal Consalvi remercia Giovanni Raimondo Torlonia de sa large contribution.

A peine installé sur son saint siège, Pie VII apprit que Bonaparte, rentré d'Egypte, venait de battre les Autrichiens à Marengo.

18

(Traduit de l'italien.) Ce 4 juillet 1800

Marengo, Marengo, Marengo. Depuis deux semaines on n'entend dans Rome que ce nom d'un bourg jusque-là inconnu. Me rappelle la maringote dans laquelle mon père partit aussi à la conquête de l'Italie. Rome est une auberge indescriptible où s'entremêlent sans-culottes, émigrés, papistes, Suisses, cardinaux. Les Napolitains ne savent pas s'ils doivent rester ou s'enfuir. On ignore si quelqu'un commande. Mais on sait bien que personne n'obéit. Qui demain nous occupera ?

Rome vibre encore des acclamations qui ont accueilli, il y a un mois, le nouveau pape. Le 253ᵉ. Alors qu'on en croyait l'espèce à jamais perdue. Songe surtout, dit-on, à récupérer son pouvoir temporel. Réclame la restitution des territoires occupés. Semble prêt à reconnaître Bonaparte. A signer avec lui, pour prix de ce retour, on ne sait quel pacte. Avec le diable.

Inspirée par Sainte Marie Libératrice, ma femme prépare un nouvel enfant. Son sixième, si je compte bien. Marino, l'aîné des petits Torlonia, vient d'accom-

plir sa quatrième année. Semble très étourdi comme sa mère. Ne s'intéresse à rien qui vaille. Ni aux jeux, ni au commerce. Perd l'argent que je lui donne. Péché mortel entre tous. Carlo pousse bien. La nature lui a dessiné sur le cœur une sorte de croix rouge. Sa mère y voit un signe de future sainteté.

Cela nous fait en tout cinq garçons. Aimerais bien recevoir une fille.

La mode change. On porte de moins en moins la perruque. Sauf si l'on veut exprimer opinions contre-révolutionnaires. Il y en a. Les modernes ont les cheveux libres, demi-longs. En suis. Mon barbier me les frise tous les dimanches avant la messe. Le long des joues, on doit garder des favoris. Bien pratiques pour ceux qui, comme moi, ont les oreilles un peu larges. Certains descendent jusque sous le menton. Marino et Carlo les saisissent et les tirent à poignées. Je fais mine de crier de douleur. Marino rit, Carlo pleure.

Reçu la semaine dernière 1 200 000 livres de blé venues de Sicile. Bien à l'abri dans mes entrepôts de Ripetta. De quoi nourrir la ville pendant un mois. Bénéfice probable : 150 du 100.

Suis en pourparlers avec prince Odescalchi. Prince en pleine débine. Vend deux petits fiefs, l'un près de Bracciano, et l'autre dit Pisciarello. Peu d'intérêt agricole. Confèrent en revanche à leur possesseur titres de noblesse. On m'appelle don Giovanni, d'accord. Noble d'empire. Un peu vague cependant. Prince, duc, comte, marquis jettent beaucoup plus de jus. A Rome, tout se vend et tout s'achète. Les corps, les âmes, la communion, la virginité.

La noblesse aussi. D'épée, de robe, de soutane. La vraie ? La fausse ? Qu'est-ce donc qui fit la prétendue vraie ? La rapine, la violence, le sang versé. Et si la vraie noblesse était celle qu'on acquiert pacifiquement, pour services rendus, en secours apportés ? Il serait fort instructif de demander à chaque noble : qui t'a fait prince ?...

Ce troisième enfant Torlonia, contre toute espérance, fut encore un garçon : Alessandro. Destiné à dire toute sa vie, dans les circonstances favorables : « Je suis venu au monde l'année de Marengo. »

Après Marengo, le monde bascula. Napoléon Bonaparte devint le seul maître de la France et de l'Italie. Presque toute l'Europe à sa botte. Le pape signa avec lui, sous le nom de *Concordat*, un pacte de capitulation qui lui rendait une portioncule de ses Etats et autorisait le Corse à faire célébrer sa fête le 15 août, devenu la Saint-Napoléon. Ces accords déplurent à Pasquin et Marforio :

Pio per conservar la fede perdè la sede.
Pio per conservar la sede perdè la fede.
Pie (VI) pour conserver la foi perdit son siège.
Pie (VII) pour conserver son siège perdit la foi.

Cependant, plus modestement, les Torlonia continuaient de s'élever. Don Giovanni y mit le prix ; mais il devint réellement duc de Bracciano et comte de Pisciarello, c'est-à-dire comte de la Bibine.

Le pape enregistra avec plaisir et grand profit ces glorieuses appellations, et lui donna l'accolade :

— Que votre cœur aussi, cher don Giovanni, monte vers les étoiles ! Il en est capable. Et si certains ricanent dans votre dos...

— Qui me ricane par-derrière, Votre Sainteté, ricane à mon derrière.

— Voilà aussi une noble devise qu'il vous conviendra de faire mettre en latin.

Ils rirent ensemble, comme deux bons amis.

La noblesse d'épée ne ricanait pas quand elle venait sonner à sa porte. Celle des Braschi, des Santa-Croce, des Orsini, des Sforza, des Borghese. Un jour, il reçut un jeune homme assez hautain, qui se présenta ainsi :

— Je suis le vicomte François René de Chateaubriand, premier secrétaire à l'ambassade de France, auprès du cardinal Fesch. Etes-vous bien M. Torlonia ?

— Je suis le duc de Bracciano et comte de Pisciarello.

— Je croyais...

— C'est la même personne.

Avec moins de hauteur, le jeune secrétaire lui avoua qu'il était un peu nécessiteux en ce moment et que deux cents écus lui rendraient bien service. Il fut exaucé.

Afin de consolider son rang ducal, don Giovanni acheta, face au palais de Venise, sur la place du même nom, le palais Bolognetti, ex-Bigazzini, qui devint dès lors aux yeux de tous le palais Torlonia. Une bâtisse grise à trois étages dont les fenêtres se rapetissaient en s'élevant. La porte d'entrée imitait un arc de triomphe. Les quatre côtés, qui encadraient la cour, étaient suivis par une longue galerie reliant plusieurs salons. Torlonia engagea les plus célèbres artistes du moment. Landi, Palaggi, Camuccini les ornèrent de fresques. L'illustre Canova reçut commande d'un groupe colossal dont on lui laissait le choix du sujet.

Une après-dînée qu'il sortait de Bolognetti, Torlonia fit la charité à une bohémienne accroupie sur les marches de son palais. Pour le remercier, elle lut les lignes de sa main :

— Je vois pour toi de grandes prospérités. Mais je te conseille de ne jamais dormir dans ce palais : tu mourras la première nuit que tu y coucheras.

Il suivit sa recommandation et continua d'habiter son modeste palais Raggi où il vivait bourgeoisement avec sa nombreuse progéniture. Sans dépenser un baïoque pour la nourrir : ses fermiers lui apportaient chapons, œufs, légumes, fromages, fiasques de vin, pain de campagne. Depuis longtemps, Luigi Chiaveri, le fils aîné de sa femme, était devenu de taille plus grand que lui. C'est le duc de Bracciano qui finissait d'user les gilets et les culottes de son beau-fils. Il ne faut rien laisser perdre.

Deux filles lui vinrent enfin : Teresa en 1802 et Maria Luigia en 1804. Après quoi, sa femme, quasi quinquagénaire, ferma les robinets de sa fécondité.

(Traduit de l'italien.)

De Paris, ce 4 décembre 1804

Très chère Anna Maria, très chers enfants,

J'aurais tant de choses à vous raconter sur mon fabuleux séjour en France que je n'espère pas y parvenir. Mon encrier n'y suffirait pas. Sachez seulement que je me trouvais dans la sixième berline pontificale, en compagnie de quatre Monsignori et de trois secrétaires ecclésiastiques. Après un mois de voyage à travers les neiges et les brouillards, nous avons atteint Paris où Napoléon Bonaparte nous a logés au pavillon de Flore. La foule des Parisiens est venue sous nos fenêtres acclamer Sa Sainteté Pie VII et sa suite.

Avant-hier a eu lieu, dans la cathédrale Notre-Dame, pleine à craquer, le sacre impérial du petit général que je rencontrai à Tolentino, non plus maigre comme un scorpion, mais gras comme un porcelet. J'ai vu ce nouveau Charlemagne prendre des mains du Pontife la couronne, s'en coiffer lui-même, puis coiffer pareillement sa femme Joséphine. Cependant que le pape, humilié, se mouchait derrière lui en faisant semblant de ne rien voir. Puis les cloches de la capitale française ont sonné à toute volée. Les pigeons ont tracé dans le ciel une croix de la Légion d'honneur. Plusieurs fontaines ont versé du vin. Des mourants aux Invalides se sont redressés sur leur couche et ont crié : « Vive l'Empereur ! » A écrire ces choses incroyables, je crois avoir rêvé…

Quatre ans après ce couronnement, Rome devint le chef-lieu d'un département français, celui des Bouches-du-Tibre. La fortune des Torlonia changea de face : don Giovanni retrouva la nationalité de son père Marin Tourlonias. Napoléon le nomma des premiers parmi les soixante sénateurs qui devaient administrer la Ville et invita dix d'entre eux, les plus illustres, à venir ou revenir à Paris recevoir de ses mains les insignes de la Légion d'honneur.

(Traduit de l'italien.) De Paris, ce 18 juin 1808

... Il nous reçut dans le palais royal des Tuileries, assis sur un trône surélevé de cinq marches. En habit rouge, culotte blanche et bas blancs. Autour du cou, une sorte de fraise et un jabot de dentelle. Autour du ventre, une ceinture de soie. Les pieds sur un coussin de velours vert. Nous-mêmes étions en habits brodés d'or ou d'argent, notre bicorne sous le bras.

Harangue du maire de Rome : « Majesté, envoyés par nos concitoyens, choisis par notre faveur et votre souveraine générosité, nous venons mettre à vos augustes pieds l'hommage d'une ville que vous avez libérée du despotisme pontifical, etc. »

Réponse de l'empereur : « Messieurs, mon esprit est plein du souvenir de vos ancêtres. Je veux remettre en fonction sur le Capitole le glorieux sénat romain. Et c'est à vous que j'offre cette lourde charge, certain que vous saurez, etc. »

Il épingla ensuite la croix sur nos dix poitrines. Applaudissements. Trompettes. Festins.

Sachez cependant que j'ai profité de mon séjour pour visiter les grands miroitiers de Paris, avec l'intention d'orner de glaces notre palais de la place de Venise. En y mettant, selon ma bonne règle, le moins d'argent possible. Dans cette intention, je m'habillai plutôt gueusement, je me jaunis la figure au café. Ainsi déguisé, je me présentai à divers marchands, disant que je n'étais qu'un pauvre miroitier romain chargé d'acheter des glaces en diverses capitales d'Europe pour le banquier Torlonia qui est très riche et très avare.

« Pourquoi iriez-vous ailleurs, Monsieur ? me répondaient ces commerçants. Vous trouverez chez nous tout ce que vous désirez. »

Et moi : « Cela pourrait se faire. Mais convenez que je dois moi-même, pauvre miroitier romain, y gagner quelque chose. »

Tous alors m'ont consenti des rabais, qui de cinq, qui de dix du cent…

Tout le reste de son existence, don Giovanni prit plaisir à raconter à sa clientèle romaine les détails de cette ladrerie. Chaque fois, il riait, se frottait les mains, concluait :

— Ainsi se font les bonnes maisons.

D'aussi excellents principes le conduisirent, lors de ce second voyage en France, à faire d'une pierre trois coups. Il avait précédemment reçu avis d'un certain

Claude Amable Gondre, notaire à Courpière, arrondissement de Thiers, département du Puy-de-Dôme, que son oncle Joseph Tourlonias, âgé de soixante-douze ans, voiturier à Aubusson d'Auvergne, avait été trouvé mort de mort naturelle dans sa voiture à Saint-Just-sur-Loire. Décédé sans enfant, il laissait une veuve, Marie Gay, et une maisonnette avec grange, écurie, jardin et pigeonnier. *Il appert*, précisait Maître Gondre, *que, fils de Marin Tourlonias, frère du défunt, vous êtes le seul héritier naturel avec votre cousine Anne-Marie Montagne, veuve Fayon, demeurant à Naud, près de Courpière.* Ladite cousine réclamait la part d'héritage qui lui revenait ; mais la veuve du voiturier ne voulait ni déloger de la maison de son défunt mari, ni verser aucun loyer aux ayants droit légitimes. Après avoir terminé ses affaires parisiennes, le banquier romain décida de passer par Courpière pour régler cet important litige.

Il rencontra d'abord sa cousine Montagne. Tous deux se rendirent chez le notaire.

— Votre tante par alliance, Marie Gay, expliqua celui-ci, est une personne fort têtue, et il sera difficile de lui faire entendre raison. Elle n'arrive pas à comprendre que cette maisonnette dans laquelle elle vit depuis son mariage avec Joseph Tourlonias ne lui appartient aucunement. Elle refuse de me recevoir. Je ne peux lui parler qu'à travers la porte.

— La raison, dit le banquier, lui viendra de la loi.

— Elle fait la sourde.

— Un bon procès lui ouvrira les oreilles.

— Cela demandera des mois de procédure.

— Prenez le temps qu'il faut. Mais faites-nous rendre justice.

Il fit seul le voyage d'Aubusson, hameau encaissé dans une gorge, pour essayer de rencontrer la tante. Un habitant lui désigna sa demeure, une bicoque de pisé, flanquée d'un jardinet. Il y compta deux poiriers et deux ruches de paille. Des poules audacieuses vinrent picorer le crottin de son cheval. Il cogna à la porte en criant : « Marie Gay ! » Le visage d'une vieille femme parut derrière une vitre.

— Je suis votre neveu, Jean-Raymond Tourlonias.

Elle répondit en patois quelque chose qu'il ne comprit point. Mais le geste de sa main était assez clair : Allez au diable ! Je ne vous connais pas !

— Le fils de Marin ! insista-t-il.

Même mimique, même réponse.

Il regagna Courpière. Par-devant Maître Gondre, il rédigea une procuration à sa cousine *afin de lui donner plein pouvoir de, pour lui et en son nom, recueillir la succession dudit défunt Joseph Tourlonias, actionner tous débiteurs et poursuivre Marie Gay en privation d'usufruit.* Signant *Jean Torlonias*, il n'hésita pas à reprendre un prénom français et un *S* final. Le jeu en valait la chandelle.

Sitôt rentré à Rome, don Giovanni fit installer dans son nouveau palais les glaces qu'il avait rapportées de Paris. Après quoi, désireux de célébrer sa croix de la Légion d'honneur, il y donna un bal qui coïncida avec le Carnaval de 1810. La duchesse de Bracciano, comtesse de la Bibine, y parut travestie en Dame de Trèfle et ruisselante de pierreries. Ils étaient entourés de leurs huit enfants, six garçons et deux filles, dont l'âge s'échelonnait de six à vingt-huit ans.

Cette même année, il acheta le marquisat de Romavecchia et de Turrita. Ses ennemis – qui étaient souvent des amis de surface – en firent des gorges chaudes :

« Marquis de *Roba Vecchia* ? Marquis des Vieilleries ? Cela convient bien à sa tenue ! »

Il usait en effet ses vêtements jusqu'à la corde.

En 1813, par les mêmes moyens, il devint prince de Civitella Cesi. Il eut quelque peine à s'habituer au titre d'*Altesse* qui, au début, le faisait sourire, à cause de sa taille modeste. Spécialement dans sa bibliothèque :

— *La mia Altezza* (Ma Hauteur) ne me permet pas d'atteindre ce rayon...

Don Giovanni lui convenait mieux, pour ce qu'il contenait de débonnaire et de bourgeois. Mais sa femme veilla toujours à ce que l'appellation d'Altesse fût rigoureusement respectée dans sa maison.

Lorsque Napoléon tomba de son trône, le plus illustre de ses prisonniers, Pie VII, revint à Rome, acclamé par toute la Ville en folie. Des princes prirent la place de ses chevaux et tirèrent son carrosse. Torlonia fut du nombre. Il avait simplement ôté de son revers la rosette rouge de la Légion d'honneur. Le pape, riant dans sa barbe, officialisa par un bref *ad hominem* la kyrielle de titres qu'il avait acquis. Et Sa Sainteté encaissa les droits de registre correspondants.

Pendant plus de quinze ans, il partagea ses journées entre ses deux domiciles, au palais Raggi, rue du Corso, il menait ses affaires, feuilletait les effets, pesait les monnaies en provenance de tous les pays, recevait ses agents, dînait, faisait la sieste. L'après-midi, au palais Bolognetti, place de Venise, il accueillait et régalait somptueusement diplomates, Monsignori, artistes, tout le gratin de Rome, tout ce qui avait un nom dans les capitales européennes, Mme Récamier, Stendhal, lady Morgan, la comtesse Potocka, le prince Poniatowski. Plus avare le matin qu'un juif de tradition, plus magnifique en soirée qu'un monarque oriental.

Un jour de 1820, prenant de grandes précautions, entouré de plusieurs médecins dont un lui tenait le pouls en permanence, il osa coucher dans son second palais. Il ne put en ces circonstances fermer l'œil de la nuit. Du moins se leva-t-il à l'aube suivante en parfaite santé. Seulement un peu mou. Il répéta son audace le soir d'après. Cette fois, il dormit la moitié de la nuit. A la troisième expérience, il ronfla comme un sonneur. La prédiction de la bohémienne se trouva conjurée.

Son Altesse aimait à se promener au milieu de ses collections. Caresser les Vénus, les Grâces, les Adonis. Tâter les biceps de ses Hercules, de ses Atlantes, de ses Prométhées. Lorsqu'il recevait un visiteur de marque, le prince Torlonia le conduisait devant ces trésors de toile, de bois, de bronze ou de marbre, commentait chaque figure en fin connaisseur qu'il était devenu. Au terme de la rencontre, il annonçait :

— Et maintenant, Monsieur, je vais vous montrer mes deux plus belles pièces.

Il sortait un moment, revenait avec ses deux filles, Thérèse et Marie-Louise, toutes rougissantes, bien qu'elles fussent habituées à ce genre d'exhibition.

Quand il présentait ses trois fils naturels, il parlait d'eux avec une franchise surprenante :

— Marino, mon aîné, est un nigaud parfait. Il ne s'intéresse qu'aux vêtements, qu'aux chevaux, qu'aux divertissements, qu'à la musique. Je lui laisserai trois millions et deux duchés qui lui permettront de vivre. Carlo, mon second, est le saint de la famille. Entre nous, nous l'appelons saint Charles Borromée. A l'exemple de cet évêque qui dilapida ses biens en œuvres de charité. Il a d'avance abandonné sa part d'héritage et prétend mener une vie d'ermite. Je lui réserve tout de même un petit domaine pour qu'il y cultive des fleurs et des légumes. Mon préféré est le plus jeune : Alessandro. Lui connaît le prix de l'argent. Ce sera un homme véritable, astucieux comme un Toscan, travailleur comme un Auvergnat. C'est donc à lui que je laisserai ma banque. Il l'augmentera et vous le verrez un jour, non pas plus riche que tel ou tel prince d'épée, mais plus que tous les autres princes romains réunis. Et s'il arrive à la moitié de la ruse de son père, il fera son fils pape ! Toute sa vie, ce garçon-là sera vainqueur. Il est venu au monde l'année de Marengo !

En attendant, lui-même n'en avait pas fini avec les victoires. En 1827, il acheta la demeure, non loin de Saint-Pierre, qu'avait occupée le banquier Giraud. Un palais Renaissance avec une cour intérieure où chantonnaient deux fontaines. « L'eau, se disait-il, a été le commencement de notre fortune. » Il songeait aux outres homéopathiques grâce auxquelles son père Marin Tourlonias avait accompli tant de miracles.

Avant de mourir, il eut le temps d'acquérir les duchés de Poli et de Guadagnolo, la châtellenie de Capodimonte, Marto et Bicenzo ; et, près du lac d'Albano, à Castelgandolfo, une villa qui le fit voisin d'été du Souverain Pontife.

Il s'éteignit le 28 février 1829, en sa soixante-seizième année, après deux jours de maladie. Pour une fois, on lui mit des vêtements neufs qu'il avait réservés à cette occasion. Jamais personne ne l'avait vu si bien habillé. On lui attacha au flanc une épée, comme il convenait à sa noblesse innombrable. Son perruquier ordinaire le rasa, puis lui peignit de rouge les lèvres et les joues. Tout le monde, le croyant endormi d'un sommeil simulé, s'attendait à le voir se lever, éclater d'un petit rire et pousser une exclamation qui lui était restée familière depuis son enfance :

— Crevez tous assassinés !

Il n'en fut rien. La noblesse romaine, noire ou bleue, défila unanimement devant sa dépouille avec les marques du plus profond respect.

Don Marino, le fils aîné du défunt, le nigaud de la famille, avait épousé en 1823 une jeune princesse, Anna Sforza Cesarini. Tous deux se trouvèrent impliqués dans une scandaleuse histoire d'héritage, de bâtardise, de légitimation qui ne fit guère honneur à la noblesse romaine. On y vit la duchesse Gertrude Sforza Cesarini, sœur d'Anna, revendiquer haut et fort ses adultères, appuyée par les témoignages de deux prostituées et d'un moine confesseur. Le Petit Duc, comme on l'appelait dans la Ville, se méfiant de sa propre étourderie, eut du moins la prudence de confier ses affaires au seul « homme » de la descendance torloniesque, son frère Alessandro. Celui-ci lui fit obtenir dans les tabacs et le monopole du sel des gains considérables qui lui permirent d'acheter deux palais : le Verospi sur le Corso, et le Condotti sur la rue homonyme.

Alessandro accomplit largement les espérances que son père avait placées sur lui en le faisant seul maître de la banque Torlonia. C'était un homme de courte taille, mais de forte ossature, le visage ingrat, le nez courbe, le menton volumineux. La race semblait se rapetisser de génération en génération. Lui aussi gagna un sobriquet parmi les Romains : ils l'appelèrent « la noble sangsue », à cause de ses capacités prodigieuses à aspirer l'argent, qui est le sang du corps social. Jusqu'à l'âge de quarante ans, il n'eut pas d'autre souci. Puis il tomba soudain amoureux d'une jeune beauté qui aurait pu être sa fille, ayant vingt-trois ans de moins que lui. Elle appartenait à l'illustre famille Colonna Doria, provisoirement assez démunie. Celle-ci profita des circonstances pour lui vendre hors les murs, sur la via Nomentana, une villa qu'il fit somptueusement restaurer, n'hésitant pas à dresser dans le parc deux obélisques tirés du lac Majeur. Cette union l'autorisa également à ajouter dans ses armoiries la colonne de sa belle-famille aux comètes et aux roses de la sienne. Désireux de s'élever sur tous les plans, il payait comme M. Jourdain des professeurs de maintien, de philosophie et de français.

Très jaloux des charmes de sa femme, il la tenait enfermée près de lui dans ses bureaux de onze heures du matin à cinq heures de l'après-midi. Mais le soir, elle présidait les bals et les réceptions qui remplissaient les rues avoisinantes de carrosses, de chevaux, de gardes pontificales. Le pape lui-même acceptait quelquefois d'y paraître.

Alessandro Torlonia gagna la réputation du roi Midas : tout ce qu'il touchait se changeait en or. Mais la meilleure affaire de sa vie fut l'achat du lac

Fucin, dans les Abruzzes, en territoire napolitain. Celui-ci occupait une cuvette peu profonde de cent kilomètres de tour, alimentée par plusieurs rivières. Il lui arrivait de déborder régulièrement, inondant les villages, les cultures, les pâturages, créant des zones marécageuses. Dans les temps antiques, l'empereur Claude voulut l'assécher. Pendant onze années, des milliers d'esclaves percèrent un tunnel sous la montagne qui borde le lac au couchant, afin de le conduire à déverser son trop-plein dans le Liri. L'an 52 eut lieu l'inauguration.

(Traduit du latin.)

Pour faire admirer la magnificence de l'ouvrage, l'empereur ordonna que fût organisé sur le lac, avant de le vider, un grand combat naval. L'annonce qui en fut faite à son de trompes attira des milliers et des milliers de spectateurs. Les vaisseaux étaient des galères à trois ou quatre rangs de rames, remplies de dix-neuf mille hommes. Une enceinte de radeaux chargés d'artillerie empêchait toute fuite des navires. Elle embrassait un espace assez vaste pour que pussent bien s'y déployer la force des rameurs, l'habileté des pilotes, l'élan des vaisseaux. Les rivages, les collines et les sommets des montagnes environnantes formaient un immense théâtre où se pressait une foule innombrable accourue des campagnes – bergers aux jambières retenues par des lanières de cuir et coiffés de chapeaux pointus, bûcherons hirsutes aux dents de loup, accompagnés de leurs enfants nus et de leurs femmes – ou des villes voisines. On était aussi venu de Rome, par curiosité, ou pour plaire à l'empereur. Celui-ci, sur une tribune, vêtu d'un manteau de guerre pourpre et, près de lui, Agrippine, qui était à la fois son épouse et sa nièce, encore jeune et belle, portant une chlamyde en tissu d'or, présidèrent au spectacle.

Deux flottes devaient s'opposer. L'une portait un équipage de Rhodiens, l'autre de Siciliens, composés l'un et l'autre d'assassins, de faussaires et de voleurs. Un monstrueux triton artificiel, recouvert d'écailles luisantes, émergea à fleur d'eau et produisit un mugissement, signal de la bataille. Des galériens monta une clameur collective :

— Ave, César ! Ceux qui vont mourir te saluent !

A laquelle répondit une seconde clameur venue des foules amassées. Alors, faisant force de rames, les deux flottes se jetèrent l'une sur l'autre en poussant des cris sauvages, s'entremêlèrent, s'entrechoquèrent avec fureur. Ceux qui ne périssaient pas sous le fer des épées tombaient à l'eau et se noyaient. Les spectateurs, enthousiastes, criaient :

— Tue ! Tue ! Tue !

Les balistes disposées sur les radeaux n'eurent pas besoin de tirer pour empêcher les fuites. Après une heure de cette boucherie, les eaux du lac étaient rouges comme du vin, parsemées d'épaves, de lances brisées, de cadavres flottants. Par un nouveau mugissement, le triton de bois annonça la fin de la naumachie. On repêcha comme des poissons trois cents charrettes de corps, sans compter ceux qui restèrent au fond de l'eau.

Les ingénieurs ouvrirent les vannes qui devaient permettre l'écoulement. Opération qui dura plusieurs semaines.

On s'aperçut alors que l'entrée de l'exutoire ne se trouvait pas assez basse et que le niveau du lac restait élevé. Les esclaves rappelés, noyés jusqu'au ventre, abaissèrent de six coudées le fond de l'ouverture. Après quoi, voulant de nouveau attirer les multitudes, Claude organisa un combat de gladiateurs sur des planchers suspendus. Les invités revinrent. Quand assez de mirmillons se furent étripés, on ouvrit de nouveau les vannes. Il se produisit aussitôt une aspiration si violente que les pilotis des planchers s'effondrèrent et furent emportés avec les gladiateurs survivants. Même la tribune officielle en fut ébranlée. Claude, dans sa terreur, ne trouvait pas la force de crier, mais happait l'air comme une carpe. Agrippine insultait et souffletait Narcisse, le favori de l'empereur, qui avait dirigé les travaux. Et comme celui-ci ne le défendait point, Narcisse lui cria, avec son sans-gêne habituel :

— Crois-tu, César, que ce ne soit pas plus difficile que d'ajouter trois lettres à l'alphabet ?

Il faisait allusion à trois caractères empruntés à l'étrusque, inconnus dans le grec et qui, selon Claude, manquaient au latin. Ils sont depuis ce temps-là tombés en désuétude ; mais on les voit encore sur certaines tablettes gravées à cette époque…

Au cours du Moyen Age, le tunnel de vidange s'écroula, le lac se reforma et reprit ses habitudes de débordement. Les riverains se lamentaient, mouraient de faim et de fièvres. En 1852, un groupe de propriétaires s'associa pour tenter un nouvel assèchement. Sans y parvenir. En 1854, Alessandro Torlonia racheta leurs parts, fit venir des ingénieurs français et suisses. Il fallut creuser, non pas un canal d'évacuation, mais tout un réseau, entre Avezzano et Ortucchio, entre Luco et San Benedetto. Mille kilomètres de canaux parallèles, entourés d'une « petite enceinte » et d'une « grande enceinte ». Le tout aboutissant à un canal collecteur régulé par des vannes et des écluses. Pendant vingt ans, les terrassiers s'acharnèrent sur ce sol spongieux.

— J'assécherai le Fucin, proclamait Torlonia. Ou bien c'est lui qui me séchera.

Chaque hiver détruisait en partie ce qu'ils avaient fait à la saison chaude. Don Alessandro eut pourtant le dernier mot : en 1875, le Fucin n'existait plus.

Il avait cédé la place à 16 500 hectares d'une terre vierge et merveilleusement fertile, bonne pour le blé, pour la pomme de terre, pour le tabac, pour la betterave ; 2 500 furent donnés aux villages établis en bordure, les 14 000 autres mis en exploitation par les locatiers et les métayers du prince. Huit mille familles dont les conditions de vie n'étaient pas douces. Véritable Etat dans l'Etat, avec son administration, ses préfets, ses villages, ses ponts et chaussées, ses canaux et fontaines, sa police, ses tribunaux et ses prisons. Les rapports avec le maître des lieux s'établissaient par l'intermédiaire de régisseurs rapaces, impitoyables. Afin d'obtenir des contrats plus favorables, les paysans eurent l'idée de s'organiser en « ligues agricoles ». Alors, les curés des paroisses, aux ordres de l'administration, faisaient sonner les cloches pour assourdir leurs réunions. Le Prince devint bientôt la personne la plus détestée de la région, quoique personne ne l'eût jamais vu de ses yeux, même de loin, perdu qu'il était sur l'invisible Olympe de son pouvoir. La haine des paysans était un fait reconnu et admis. Elle suscitait des comparaisons : « Avare comme Torlonia... Laid comme Torlonia... Vieux comme Torlonia... » Cela ressemblait aux blasphèmes qu'on profère à l'encontre des divinités hostiles : ils ne servent à rien, mais ils soulagent.

En 1875, au terme des travaux d'assèchement, l'Etat pontifical avait cessé d'exister. La maison de Savoie avait réalisé à son profit l'œuvre unificatrice commencée par Napoléon, et construit un Royaume d'Italie des Alpes à la Sicile. Son premier souverain, Victor-Emmanuel II, conféra à don Alessandro, qui n'en était plus à compter ses principats, le titre de Prince du Fucin.

Venu tard au mariage, il n'eut qu'une fille à laquelle il donna les prénoms de sa mère : Anna Maria. Faute de descendance masculine, tous ses titres couraient le risque de tomber en quenouille.

— Il nous faut, dit-il à sa femme, dénicher un gendre qui renonce à la vieille loi romaine sur le mariage.

— Quelle loi romaine ?

— Celle qui oblige l'épouse à prendre le nom de son époux. Le nôtre, au contraire, devra renoncer à son propre nom et prendre celui de sa femme.

En y mettant le prix, ce merle blanc fut trouvé, en la personne du prince Giulio Borghese. Il consentit à s'appeler après les noces Torlonia Borghese.

La gloire et la fortune de ces Torlonia, descendants d'un Marin Tourlonias originaire d'Augerolles, plus anciennement d'un Jean Tourlonias laboureur à Marat, arrondissement d'Ambert, répandues par les journaux, les colporteurs, les voyageurs, faisaient grand bruit en Auvergne. Spécialement dans ce territoire qui porte le nom de Livradois. Les nombreux Tourlonias qui, petitement, y vivaient encore, au reçu de ces nouvelles, secouaient la tête comme l'âne ses oreilles au bourdon des mouches, et n'y pensaient guère.

Il n'en fut pas de même d'une certaine Jeanine Delaguillaumie, plutôt disgraciée de visage et de tournure, encore célibataire aux approches de la cinquantaine. Née le 19 mars 1826 à Gondalasse, commune de Marat, elle était fille d'Antoine, journalier, et de Marie-Anne Tourlonias son épouse, dont l'arrière-grand-père avait aussi été fils dudit laboureur Jean Tourlonias. Elle possédait une maisonnette mi-pierre, mi-pisé, sise au village de la Sauvanie, qui surplombait la rive gauche de la Dore, un jardin de deux cartonnées, un pré, une étable à chèvres et à lapins. Chaque soir, elle suppliait dans ses prières tous les saints de sa connaissance de vouloir bien la secourir.

Or une nuit, voici que le bon curé d'Ars, mort depuis quelques années après avoir accompli tant de prodiges, lui apparaît en songe :

— Pourquoi, ma fille, n'irais-tu pas à Rome rencontrer ton cousin le prince Torlonia ? On le dit généreux à ses moments. Il te tendra la main.

Jeanine, qui n'est point sotte, pense : « Le conseil est bon. Mais la recommandation d'une personne vivante et influente ne serait pas mauvaise non plus. » Elle choisit le député du Puy-de-Dôme, Prosper-Claude de Barante, qui ne vit pas très loin de chez elle, à sept ou huit lieues de là, sur les rives de la Dore. N'étant pas forte en écriture, elle décide de s'y rendre à pied, en descendant le cours de la rivière qu'elle franchit à Pont-David. Les personnes de connaissance qui la rencontrent demandent :

— Où vas-tu donc si pressée, Jeanine ?

— Voir le baron de Barante.

Elle s'éloigne à longues enjambées, de sa démarche de sauterelle. Les autres se touchent le front : le baron de Barante existe-t-il réellement ? On parle de lui dans les campagnes comme d'un personnage fabuleux, riche, puissant, invisible. Pareil au sire de Flamboisy. Or voici que cette misérable toquée prétend...

Elle repasse la Dore au pont de Courpière. Puis de nouveau, en sens inverse, par le bac, en aval de Peschadoires. Elle arrive devant le château, qui dresse ses tours au fond d'un parc. Le baron veut bien la recevoir. Il existe sans conteste. Elle expose sa pauvreté, son dessein, et le conseil du saint curé d'Ars.

— Pourquoi pas ? dit le député. Je vais vous rédiger une recommandation pour François de Corcelles, notre ambassadeur près le Saint-Siège. Il fera ce qui lui semblera bon. Mais ne partez pas sans preuves. Emportez une attestation de votre parenté avec le prince établie par un notaire.

Elle vend ses chèvres et son pré, chausse les brodequins de son père – elle possède justement de grands pieds – et se met en route pour Rome. Après un mois de marches et de transports, elle atteint la ville où réside son cousin.

Ne sachant pas un mot d'italien, excepté *grosso modo* qu'elle prononce *au grossi modo*, elle met sous le nez des passants le pli adressé à l'ambassadeur de Corcelles. Après quelques zigzags, elle est reçue par ce diplomate. Elle lui fournit des explications confuses, sans préciser les motifs exacts qui l'ont poussée à entreprendre ce voyage. Pour se débarrasser d'elle, il fait rédiger par un secrétaire une vague attestation qui découpe son nom en plusieurs tranches afin de lui conférer un petit air de noblesse :

J'atteste que Mademoiselle Jeanne de la Guillaumie m'a été recommandée de la manière la plus honorable par mon collègue et ami M. le Baron de Barante, député du Puy-de-Dôme, et par sa mère, veuve de l'ambas-

sadeur de France à Saint-Pétersbourg. Ils habitent le même pays que ladite demoiselle, et les marques d'intérêt qui viennent d'eux sont assurément fort respectables. Rome, le 6 mars 1874. François de Corcelles.

Au sortir de l'ambassade, son cabas à la main, elle entre dans une église pour se reposer. Elle ne sait pas que les églises italiennes sont dépourvues de sièges, hormis les stalles du chœur. Cherchant des yeux autour d'elle, dans l'obscurité, elle aperçoit un confessionnal, entrebâille la porte, se glisse dans ce meuble, s'assied sur le fauteuil habituel du confesseur. Il est mou, confortable, avec un je ne sais quoi de suave qui lui vient de la fréquentation des péchés. Elle s'y assoupit.

Après un moment, quelqu'un la secoue. En plusieurs langues :

— *Cosa fate qui dentro ? Qué hace aquí ?* Que faites-vous là-dedans ?

Elle explique qu'elle est une pauvre femme recrue de faim et de fatigue. Qu'elle vient d'Auvergne, en France, avec la recommandation du bon curé d'Ars. Qu'elle se propose de rencontrer dès le lendemain son cousin le prince Torlonia. En attendant, elle ne sait où passer la nuit.

— Je vais, dit le jeune prêtre qui l'a découverte, vous conduire jusqu'à l'hospice des Pèlerins qui vous hébergera quelques jours.

Le lendemain en effet, reposée, lavée, brossée, peignée, elle ose sonner à la porte du palais Torlonia, place de Venise. Au valet qui la reçoit, elle dit dans sa langue :

— Veuillez informer le prince Torlonia que je suis sa cousine d'Auvergne.

Leur dialogue est laborieux. Le serviteur comprend ce qu'il peut et s'en va porter le message avec le pli de M. de Corcelles. Après une longue attente, elle est enfin introduite devant un petit vieillard chauve, mal rasé, si édenté qu'il avale ses lèvres, un lorgnon en équilibre au bout de son nez crochu, retenu à son gilet par une cordelette. Son dos a manifestement été courbé par cette longue habitude qu'ont les gens riches de compter leurs sous. Des mains grippeuses. Il sent le tabac à priser et bave un peu en s'exprimant. Ils se regardent longtemps, avec une certaine pitié réciproque, se trouvant l'un l'autre fort vilains. « Il a soixante-quatorze ans, songe-t-elle, se remémorant sa généalogie. Il en paraît bien dix de plus. » Elle répète :

— Altesse, je suis votre cousine de Marat, en Auvergne.

Elle lui place entre les mains l'arbre planté par Maître Monteilhet. Don Alessandro se plonge dans l'examen du branchage. Au terme de quoi, il se décide à se racler profondément la gorge et les bronches, puis à parler :

— Vous êtes donc ma cousine ?

— Oui, Altesse. Jeanne Delaguillaumie.

— Qui vous a envoyée à moi ?

— Le bon curé d'Ars.

— Vous le connaissez en personne ?

— Je l'ai vu une fois ou deux.

— Et que voulez-vous de moi ?

— Votre aide, Altesse, s'il est possible.

— Mon aide ? C'est-à-dire des sous ?

Elle baisse la tête, consentante. Il se gratte les joues, qui font cra-cra sous ses ongles noirs.

— Ecoutez. Je veux bien faire quelque chose pour vous aider. Voilà. Je vous accorde une pension mensuelle de vingt-cinq lires.

— Vingt-cinq lires, Altesse, cela fait combien de francs ?

— A peu près vingt-cinq francs.

— Merci, Altesse. Merci un million de fois.

— Et maintenant, chère cousine, tournez en France. Vous serez plus heureuse sans doute grâce à moi que jamais vous n'avez pas été.

— Comment vous rendre, Altesse... ?

— En ne m'oubliant pas dans vos prières. Je vous ferai passer les versements suivants par votre notaire. Mandez-moi chaque fois une recevute signée de votre curé.

Il dépose enfin les pièces dans sa main tendue, tandis qu'elle s'agenouille. Il l'oblige même à refermer dessus ses cinq doigts, comme pour dire : « Ne les laissez pas s'échapper. » Puis il la relève, l'embrasse trois fois – il pue décidément très fort le tabac à priser – et la pousse vers la porte en disant :

— Bonne fortune !

Elle s'éloigne en lui faisant du bras un au revoir. « Quel âge a-t-elle ? » se demande-t-il. Il consulte l'arbre généalogique et se répond : « Quarante-huit ans. Elle en paraît bien soixante ! »

Le retour de Jeanine vers la Sauvanie, malgré ses efforts pour économiser, absorba presque entièrement les cinq écus que le prince avait enfermés dans sa main. Si bien que, rentrée dans sa maison au-dessus de la Dore, elle se trouva Gros-Jean comme devant. Avec du moins, dans son cœur, cette richesse de mémoire d'avoir été reçue par son cousin Torlonia, l'homme le plus important d'Italie après le Roi et le Pape. Malgré sa bouche édentée. Elle, au contraire, avait la sienne encore bien garnie. Ce qui confirmait un dicton auvergnat sur les choses les plus tristes du monde : avoir des dents et pas de pain, avoir du pain et pas de dents.

Elle se dit : « Jeanine, prends patience. Chaque mois t'apportera cinq autres écus. » Mais aux échéances successives, elle ne vit rien venir. Elle rendit maintes visites au curé et au notaire de Marat. Leur réponse était toujours la même :

— Votre cousin d'Italie vous a oubliée. Mais peut-être est-il mort !

Elle renonça à l'espérance.

Sa résignation dura cinq années. Un jour, cependant, la colère l'enflamma : « Quel est ce prince qui ne tient pas ses promesses ? Il faut que je sache s'il est mort ou vif. Quand je serai devant lui, je lui rappellerai ses paroles. Chose promise, chose due. Et je demeurerai à Rome plusieurs mois, pour m'assurer qu'il me verse ce qu'il me doit régulièrement. »

Son second voyage dura dix semaines. Une éternité. Quand elle fut sur place, reçue provisoirement par l'hospice des Pèlerins, on lui dit :

— Le prince Torlonia, malade et très vieux, ne reçoit personne pour le moment. Il faut attendre sa guérison. Ce qui risque de durer longtemps. En conséquence, vous devez quitter notre hospice et chercher un autre domicile.

Elle trouva un taudis épouvantable côte Sant'Onofrio, non loin de la rive droite du Tibre, dans lequel elle allait laver le linge sale des auberges.

Elle reçut un jour la visite d'un homme portant au menton la barbiche mise à la mode par le roi Victor-Emmanuel. S'exprimant en bon français, il lui dit :

— Je sais que vous êtes venue de France pour rencontrer Alessandro Torlonia. Qu'y a-t-il entre lui et vous ?

— Je suis sa petite cousine.

— Pas d'autre lien ? Pas un sentiment secret ?

— Monsieur, vous rêvez !

— Le connaissez-vous bien ?

— Un peu.

— Ce soi-disant prince Torlonia descend d'un certain Torlogne ou Torgnole venu à Rome à la suite d'un régiment français. Torlogne ou Torgnole spécula sur la guerre. Puis il spécula sur la paix. Sur le monopole du sel et des tabacs. Sur les Bourbons napolitains. Sur la maison de Savoie. Il opprime huit mille familles de paysans. Bref, sans jamais enlever leurs gants, ces Torlogne ont gagné des milliards. Puisque vous êtes une parente desdits Torgnole, j'aimerais que vous me donniez des détails sur leur origine très basse. Que vous me racontiez comment vous avez été reçue par le prince actuel.

— Monsieur, dit-elle, offensée d'un tel nom, je ne connais pas ces Torgnole dont vous parlez. Ma mère était une Tourlonias, non une Torlogne. Je n'ai rien d'autre à vous dire.

Elle le mit dehors, lui claqua la porte aux fesses.

Il revint encore deux fois, sans rien obtenir d'elle.

Elle fit aussi la connaissance de l'abbé Crévoulin, vice-supérieur de Saint-Louis-des-Français, qui lui délivra un certificat de bonne conduite :

Je soussigné, certifie que Mlle Jeanne de la Guillaumie pendant son séjour à Rome a toujours eu une conduite chrétienne en fréquentant toutes les pratiques de notre religion.

Il la mit en rapport avec un avocat charitable, Carlo Marini, qui écrivit en sa faveur le placet ci-dessous :

(Traduit de l'italien.)

Excellence, une pauvre, très pauvre femme, pleine d'une foi exemplaire comme il est attesté par des certificats ecclésiastiques, aujourd'hui se rappelle à vous par mon entremise. Il s'agit de Jeanne de la Guillaumie, âgée de 53 ans... qui, s'appuyant sur des documents généalogiques irréfutables, affirme une commune descendance avec Votre Altesse. Rien donc de plus naturel si, attirée par la grandeur de votre nom, attirée par votre réputation mondiale de générosité et encouragée par le vénérable curé d'Ars, elle s'est présentée devant vous en 1874.

Ses vœux semblèrent alors vouloir s'accomplir. Elle eut en effet le bonheur d'entendre de votre bouche les mots suivants qu'elle a religieusement gardés dans sa mémoire et dans son cœur : Allez, ma cousine. Tournez en France : vous serez plus heureuse que jamais vous n'avez pas été.

Elle obéit, regagna son village, réconfortée par votre secours. Mais ensuite, pendant cinq longues années, elle attendit en vain la réalisation de votre promesse, détournée sans doute ou bien oubliée à l'insu de Votre Excellence.

Convaincue que la cause de cette déception était due à tout autre chose qu'aux sentiments paternels de Votre Altesse, la malheureuse est revenue à Rome le 5 avril de cette année 1879. Elle vit misérablement dans un taudis de la côte Sant'Onofrio, attendant toujours et espérant l'occasion propice de pouvoir vous rencontrer.

Une sordide publication qui vit de chantages, ayant flairé la présence de cette femme à Rome, n'a pas manqué d'exercer sur elle des pressions pour l'induire à se laisser impliquer dans des fables ou des romans dirigés contre Votre Excellence. La pieuse et généreuse Française a toujours dédaigneusement repoussé ces infâmes propositions.

Maintenant, elle se fie à mon faible patronage pour implorer de Votre Excellence un secours mensuel grâce auquel elle pourrait retourner dans son pays et y terminer honnêtement sa vie en bénissant son bienfaiteur, etc.

Carlo Marini, avocat.

Cette voix insignifiante fut entendue. Don Alessandro fit répondre qu'il accordait les vingt-cinq lires promises. Plus les frais de retour. Jeanine en pleura d'émotion. Puis elle réfléchit et fit ressortir devant son avocat que ses deux voyages à Rome lui avaient coûté les yeux de la tête. Qu'elle s'était endettée. Que depuis 1874 le prix du pain était passé de quatre sous à quatre sous et demi. Que vingt-cinq lires mensuelles représentaient pour son auguste cousin la même charge qu'un grain de poussière sur sa manche. Qu'en conséquence elle sollicitait le doublement de cette allocation.

Armé d'une sainte patience, Carlo Marini reprit la plume :

(Traduit de l'italien.)

Excellence ! Suite à mon mémoire précédent, je me permets de faire une nouvelle violence à votre grand cœur afin que votre subvention mensuelle soit élevée jusqu'à la somme de cinquante lires. La pauvre suppliante sera ainsi en mesure de rembourser des dettes criardes qu'elle a contractées pour venir deux fois à Rome, suppléant par son travail aux plus indispensables nécessités de la vie.

Veuillez donc, ô Prince générosissime, accomplir ma prière et par ce moyen sécher définitivement les larmes d'une malheureuse qui met en vous depuis des années toutes ses espérances. Elle n'attend que ce dernier secours pour retourner chez elle. Elle y passera le reste de sa vie à vous bénir et à prier le Tout-Puissant pour qu'il vous récompense de vos bienfaits.

Sûr d'être exaucé, quoique médiateur très indigne, j'ai l'honneur, etc.

Carlo Marini, avocat.

Don Alessandro accorda les cinquante lires et pria sa très chère cousine de bien vouloir dorénavant aller se faire patafioler en Auvergne ou ailleurs.

S'engageant toutefois à lui expédier chaque mois ladite somme par l'entremise du notaire.

— N'oubliez pas la recevute !

La promesse fut tenue pendant sept ans. Jeanine envoya quelques reçus signés du curé. Puis elle pensa que la signature du notaire devait suffire et négligea cette formalité. L'argent italien arrivait quand même. Elle vécut ainsi à la Sauvanie dans la tranquillité et un minuscule bien-être que ses voisines lui enviaient.

A partir de 1885, le notaire ne reçut plus rien d'Italie : don Alessandro venait de mourir. En quasi-odeur de sainteté. Lassé des splendeurs, il avait passé les derniers temps de sa vie dans une chambre nue, abandonnant le reste de ses biens à sa descendance. On dit même que, disciple de saint François, il s'était fait déposer avant de rendre l'âme sur un lit de cendres.

Dès qu'elle fut informée par Maître Monteilhet de ce ruineux malheur, Jeanine fut tentée de reprendre son bâton de pèlerine et de retourner à Rome. Elle préféra cependant écrire et envoya plusieurs lettres au gendre et successeur du prince, don Giulio Torlonia Borghese. Longtemps, elle n'obtint aucune réponse. Elle écrivit encore, priant le bon curé d'Ars d'appuyer sa requête. Et voici que le miracle s'accomplit ! Cinquante francs arrivèrent, dans une pochette de cuir marquée au chiffre de l'expéditeur : *T.B.* Mais il fut sans lendemain.

Ayant entendu parler d'une certaine guerre que menaient les Italiens en Afrique, elle crut ou voulut croire que ces combats étaient la cause du silence princier. Indigne illustrateur d'un si grand nom, j'ai sous les yeux la minute d'une lettre de sa main où elle exprime sa préoccupation, son inextinguible espérance et n'hésite pas à se vieillir de dix ans. Mais peut-être ne savait-elle pas son âge avec certitude.

M le 23 feverer 1838 a son exellance le prinse don jule borghese torlonia et a son epouse anna Maria torlonia vellier me prmetre que je vous presante ma beam sainsere reconaiseance…

(Traduit de Jeanine Delaguillaumie).

Marat le 3 février 1888

A Son Excellence le prince don Giulio Torlonia Borghese et à son épouse Anna Maria Torlonia.

Excellences, veuillez me permettre que je vous présente ma bien sincère reconnaissance que je n'oublie jamais, et pour toute votre aimable famille tout le temps qu'a duré la guerre. Oh ! je pensais toujours à Votre Excellence, surtout dans mes prières devant Dieu. Je m'inquiétais de ce qui se passait à Rome. J'ai envoyé trois lettres à l'adresse de Votre Excellence, et même recommandées.

Je n'ai reçu aucune réponse. Veuillez me donner cette satisfaction que rien de fâcheux n'est arrivé à Votre Excellence. Permettez que je renouvelle ma plus sincère reconnaissance pour l'honneur que vous m'avez donné en me faisant envoyer une lettre chargée et un beau cadeau portant les initiales de Votre Grandeur et un billet de cinquante francs. Oh ! que le saint enfant Jésus vous le rende ! Excellence, permettez que j'obtienne votre charitable pension dans la triste situation où je me trouve, dépourvue de toute ressource et âgée de soixante-douze années, et incapable de me procurer le nécessaire. Quand j'étais à Rome, je recevais vingt-cinq francs le mois de la part de votre vénérable défunt papa Alexandre prince Torlonia. Il m'avait demandé de retourner en France, disant qu'il me rendrait heureuse et de bien prier Dieu pour lui. Il me demanda un reçu avec la signature du curé, ce que j'ai trop négligé. Mais dorénavant, je vous enverrai toutes les signatures que Votre Bonté exigera, pourvu qu'elle veuille bien m'être favorable comme votre vénérable papa.

Je me dis votre toute soumise

Jeanne Delaguillaumie Torlonias.

Ultime requête qui demeura sans réponse.

Après quinze ans d'espérances, de sollicitations, de voyages, de fatigues, Jeanne finit par renoncer à la pension romaine. Elle vécut le reste de son âge pauvrement, au service de sa mère, de ses neveux, de ses chèvres, de ses lapins. Elle ne gagna rien de durable à ses longues et patientes entreprises. Excepté le surnom qu'elle reçut de ses voisins : ils la baptisèrent *Jeanne la Gratte.*

Elle mourut en 1930, plus que centenaire. Laissant à ses neveux et nièces sa bicoque, son lopin et son sobriquet. Car ils furent désormais appelés les *Grattons.* Cela valait autant qu'un peu de brioche.

A chacun la descendance qu'il mérite. Celle des Torlonia poursuivit ses chemins parmi les étoiles et les roses. Elle a produit une longue lignée de financiers, propriétaires, députés, maires, princes et princesses, ducs et duchesses, où reviennent par prédilection les prénoms de Marino, Giovanni, Alessandro. En 1935, un Alessandro Torlonia épousa Béatrice de Bourbon, infante d'Espagne, fille du roi Alphonse XIII, arrière-petite-fille de la reine Victoria, descendante de Louis XIV. Ainsi se sont remêlés le sang des laboureurs et le sang des rois, longtemps séparés, mais – comme l'avait bien exprimé le grand-père-parrain de Marin Tourlonias – nés d'une source commune.

DU MÊME AUTEUR *(suite)*

Des chiens vivants (Julliard, 1967 ; Presses de la Cité, 2010)
Une vie en rouge et bleu (Calmann-Lévy, 2010)
Les Doigts bleus de la pluie (Presses de la Cité, 2011)
Le Dernier de la paroisse (Calmann-Lévy, 2011)
Un lit d'aubépine (Presses de la Cité, 1995 ; coll. Trésors de France, 2011)
Le Choix d'Auguste (Calmann-Lévy, 2012)
Le Faucheur d'ombres (Presses de la Cité, 2012)
Le Saintier (Presses de la Cité, 1997 ; coll. Trésors de France, 2012)
Les Ventres jaunes (Presses de la Cité, 2007 ; coll. Trésors de France 2013)
Le Sculpteur de nuages (Calmann-Lévy, 2013)
Une pomme oubliée (Julliard, 1969 ; Presses de la Cité, 2013)
Le Tilleul du soir (Julliard, 1975 ; Presses de la Cité, 2014)
Le Point de suspension (Gallimard, 1969 ; Presses de la Cité, 2013)
Les Convoités (Gallimard, 1955 ; Presses de la Cité, 2014)
Le Tour du doigt (Julliard, 1977 ; Presses de la Cité, 2015)
La Foi et la Montagne (R. Laffont, 1962 ; Presses de la Cité, 2016)

BIOGRAPHIES

Hervé Bazin (Gallimard, 1962)
Sidoine Apollinaire (Volcans, 1963)
Pascal l'insoumis (Perrin, 1988)
Les Montgolfier (Perrin, 1990)
Aux sources de mes jours (Presses de la Cité, 2002)

HISTOIRE

La Vie quotidienne dans le Massif central au XIXe siècle (Hachette, 1971)
Histoire de l'Auvergne (Hachette, 1974)
La Vie quotidienne contemporaine en Italie (Hachette, 1973)
Les Grandes Heures de l'Auvergne (Perrin, 1977)
La Vie quotidienne des immigrés en France, de 1919 à nos jours (Hachette, 1984)
Le Pape ami du diable (Le Rocher, 2002)

ESSAIS

Les Greffeurs d'orties (La Palatine, 1958)
Grands Mystiques (Pierre Waleffe, 1967)
Solarama Auvergne (Solar, 1972)
La Bête et le Bon Dieu (Presses de la Cité, 1996 ; coll. Trésors de France 2016)

MIXTE
Papier issu de sources responsables
FSC™ C003309
www.fsc.org

Composition et mise en pages
Nord Compo à Villeneuve-d'Ascq

Dépôt légal : août 2017